Pars Vite Et Reviens Tard

急往 迟返

［法］弗蕾德·瓦尔加斯◎著

余 宁◎译

新 华 出 版 社

图书在版编目（CIP）数据

急往迟返 /（法）弗蕾德·瓦尔加斯著；余宁译.
北京：新华出版社，2017.12
书名原文：Pars Vite Et Reviens Tard
ISBN 978－7－5166－3754－8

Ⅰ.①急… Ⅱ.①弗…②余… Ⅲ.①长篇小说—法国—现代
Ⅳ.①I565.45

中国版本图书馆 CIP 数据核字（2017）第 308869 号
著作权合同登记号：01－2015－7610

急往迟返

作　　者：（法）弗蕾德·瓦尔加斯　译　　者：余　宁

责任编辑：张　谦　　　　　　　封面设计：李尘工作室

出版发行：新华出版社
地　　址：北京石景山区京原路 8 号　邮　　编：100040
网　　址：http://www.xinhuapub.com
经　　销：新华书店
购书热线：010－63077122　　中国新闻书店购书热线：010－63072012

印　　刷：河北鑫兆源印刷有限公司
成品尺寸：148mm×210mm　　开　　本：32
印　　张：11　　　　　　　　字　　数：250 千字
版　　次：2018 年 12 月第一版　印　　次：2018 年 12 月第一次印刷

书　　号：ISBN 978－7－5166－3754－8
定　　价：39.80 元

一

然后，当蛇、蝙蝠、獾和所有生活在地洞深处的动物成群地出现在田野上，抛弃它们固有的居所时；当瓜果豆蔬开始腐烂，充满蛆虫时……

二

巴黎的那些家伙，走得要比吉尔维内克的人快多了，若斯很久以来就验证了这一点。每天早晨，行人们都以三节①的速率沿缅因大道流动。这个星期一，若斯几乎以他三节半的步速疾行着，想努力挽回已经耽搁的二十分钟。这都是因为咖啡渣全部洒在了厨房地板上的缘故。

这没什么可让他惊讶的。若斯早就知道，事物具有一种秘密和危险的生命力。以他布列塔尼水手的记忆来看，或许只有水线以上的一些建筑片段才从来不会攻击他。物质世界明显掌控着一种能量，倾注全力地来使人类糟心。哪怕最小的操作错误，因为给事物提供了一种突然的自由，哪怕本身极其微小，也会激发一系列的连锁灾难，把从不甚愉快直到悲剧收场这全套等级统统跑个遍。只是一个塞子从手指间滑落，这就以较小的模式，构成了一种基础的范式。因为无论如何，脱落的塞子都没能滚到人们的脚边。它盘踞到炉灶后面，糟糕透顶，正如蜘蛛为它的掠食者启动了一场触不可及

---

① 航速单位，等于1海旦/小时。

1

的猎捕。对人类，则是一连串变化莫测的苦难，移动炉灶，柔韧的连接管被扯断，器皿跌落，灼伤。这天早上的情况来源于一个更为复杂的链式反应，由一个投掷的小错误所引发，导致了垃圾的松散，偏离的下沉使滤网中的咖啡残渣洒了一地。事物就是如此，从它们被奴役的地位中合法汲取鲜活的复仇精神，一朝翻盘，便在简短却强烈的时刻使人类臣服于它们潜在的能力下，使之像狗一样地屈身、匍匐，即使妇孺也不放过。不，若斯绝不会将他的信任给予事物，更别提人类或是海洋了。它们第一会夺走您的理智，第二是灵魂，而第三，则是人生。

　　作为一个久经战场的人，若斯并没有挑战命运，而是像一条狗一样，一粒粒地收拾好咖啡渣。他毫不抱怨地完成着这项惩罚，物质世界在枷锁下倾流。早晨的这个小事故算不了什么，从表面看上去只是个不起眼的小烦恼，但若斯却不会掉以轻心，这使他明确地回想起人类与物质间相互角逐的战争，而在这场战斗中，人类并不总是获胜者，远非如此。他想起那些惨剧、那些折断桅杆的大船、那些粉碎的渔船，以及他自己的船，**西北风号**，它于 8 月 23 日凌晨三点在爱尔兰海面进水，船上当时有八个人。然而，天知道若斯有多么尊重他的渔船那些歇斯底里的苛求，天知道这个男人和船之间有多么的契合。就在这个见鬼的暴风雨之夜，暴怒之中，上天挥拳击中在船舷上。右舷几乎已彻底倾翻的**西北风号**，后部立刻进水。马达被淹，渔船在黑夜中失控漂移，大家不停地向外舀水，才最终在黎明时停在了一处暗礁上。这已经是十四年前的事了，两名男子死去。十四年前若斯飞起一脚，用靴子踢碎了**西北风号**船主的胸骨。十四年前若斯离开吉尔维内克港，那是在九个月的牢狱生活之后，因为意图致死的殴打和伤害罪被关押，十四年前，他的生活差一点儿就顺着这股水流全部流淌走了。

若斯沿着欢乐街向下走，他牙关紧咬，咀嚼着一股狂怒，每次当西北风号沉于大海的事情攀升上他思想的浪尖时就会这样。说到底，这也不是针对他所拥有的西北风号。这艘渔船老伙计只不过因它多年来被腐蚀的船板发出些刺耳的声音，一下子做出回应罢了。他反复地说服自己，那一夜，船只是没有考虑到它身上所负载的简短抗议，没有意识到它的年纪、它的衰老，和它所流逝的力量。渔船肯定也不愿看到两名水手的死亡，如今，它像个愚痴儿一样躺卧在爱尔兰海深深的海底，它也是很遗憾的。若斯经常向它说些鼓励和宽慰的话，他似乎觉得，这艘船现如今就像他一样也找到了自己的睡眠，它在那边过起了另一种生活，就像他在这边，在巴黎一样。

想求得船主的仁慈，根本是不可能的事情。

"得了，若斯·勒盖恩"，他拍着他的肩膀说，"这艘小破船，您还能让它再跑上十年。它可是好样的，而您就是它主人。"

"西北风号已经很危险了"，若斯顽固地一再重复。"它勉强维系，船板变形。全靠货舱的板子支持。要是海上的风浪稍微大那么一点儿，我就应付不了了。而且，救生艇也不再符合规范。"

"我了解我的船，勒盖恩船长"，船主用冷酷的腔调说，"您要是怕了西北风号，我这里随便弹下手指就有十个人等着代替您。这些男人眼里可没有畏惧，也不会像小官僚一样抱怨安全规范。"

"而我，我有七个小伙子在船上。"

船主把他肥胖的脸贴了过来，满脸威胁。

3

"若斯·勒盖恩，假如您胆敢跑去向港口的港务督察长办公室哭诉的话，最好掂量一下我的话，在您还没来得及赶回来之前，我会让您重新落得个一贫如洗。从布雷斯特到圣纳泽尔，您别想再找到一个小子让您上船。所以我建议您好好地考虑一下，船长。"

是的，若斯永远都在后悔，没有在船难第二天直接打死这家伙，而只是满足于废了他一条胳膊和断了他的胸骨。但是其他船员，他们七手八脚地把他往后拉。若斯，你可别毁了你的生活啊，他们说。他们把他拦下来，阻挡下来。船主和他所有的雇员们气得要死，他一出狱就把他从各种名单中划掉。若斯在所有酒吧大声嚷嚷，说港务督察长办公室的那些大傻帽拿了好处费，好让他彻底和航海业告别。在被一个又一个港口拒绝之后，若斯在一个星期二的早上跳上了坎佩尔—巴黎火车线，像他之前的那些布列塔尼前辈们一样，把自己撂在了蒙帕纳斯火车站的站前广场上，把一个逃命的女人和九个该死的男人丢在身后。

一看到埃德加—基内十字路口，若斯便把他念念不忘的仇恨裹回他思维的衬里中，重新抖擞精神，追赶他的延误。所有这些关于咖啡渣的事情，关于事物与人类战争的事，至少吞掉了他一刻钟的时间。但守时是他工作中的一个关键要素，他执意要让他的口头新闻的第一次播报开始于八点三十分，第二次在十二点三十五分，而晚上的那次是十八点十分。这些都是人流最多的时刻，而这座城市的听众们太过匆忙，忍受不了一丁点儿的耽搁。

若斯从树上摘下木箱，他借助一个双帆角索结和两把防盗锁把它挂在那里过夜，他掂量了一下箱子。今天早上不太重，他很快就能完成交付物的分拣。他露出一个简短的微笑，拿着箱子向商店后间走去，那是达马斯借给他用的。这世上还有一些像达马斯这样的家伙，他会借给你一拖钥匙、一个茶几，而不担心你会偷偷眯了他们的箱子。达马斯，这是一个人名。他在广场上开了一家卖旱冰鞋的商店，*滚轴骑士*①，当下雨时，他就让他进屋去，一边躲雨一边准备他的播报。而*滚轴骑士*，这是一个店名。

若斯拔去箱子上的插栓，大大的木箱是以他自己的手法打造而成的，他给它取名为**西北风号二世**，以此向那位高贵的逝者致意。对于一艘大型的远洋捕鱼船来说，发现自己的后裔缩水沦为巴黎一个盛放信件的箱子，这恐怕不是什么特别荣誉的事，不过这个箱子可不是一个普普通通的箱子。这是一个天才的箱子，来自一个天才的构想，它诞生于七年之前，得以使若斯在一个罐头食品厂及一个绕线厂分别工作了三年和六个月，再加上两年的失业之后，再度奇迹般地回复了涨势。这天才的主意是在十二月的一个夜晚突然来临的，当时他正在蒙帕纳斯的一个咖啡馆中喝闷酒，店里有四分之三的人都是形单影只的布列塔尼人，他听到他们嗡嗡嗡嗡没完没了地提到家乡的事。有一个家伙说起了拉贝桥，就这样，1832 年出生于洛克马里亚的勒盖恩曾曾祖父，从若斯的脑袋里冒了出来，他用手肘支着吧台，向他问好。你好，若斯说。

"你想我来着吗？"老人问。

"是啊"，若斯嘟囔着说。"你死时我还没出生，所以我没哭。"

"你说说，小子，你能不能不要每次在我来看你时都胡说八道呢。你这样多久了？"

---

① Roll－Rider，原文为英语。

"五十年。"

"岁月不公啊。你看起来老多了。"

"我又不需要让你认出我，我也没叫你来。你自己也够丑的。"

"改改你那副口气，小伙子。你知道我生起气来什么样子。"

"没错，所有人都知道。你妻子首当其冲，你拿她当石膏像一样打了一辈子。"

"好吧"，老人做了个鬼脸，"整整一个世纪都必须重复这点。那个时代就需要这样啊。"

"时代个屁。是你需要这样。你打坏了她一只眼睛。"

"你说说，两个世纪以来，人们还没提过那只眼睛吧？"

"提过啊。当例子讲。"

"是你吗，若斯，你要给我讲例子？在吉尔维内克滨河街上差点儿一脚踹破一个小年轻肚子的那个若斯？还是我搞错了？"

"首先那不是一个女人，其次那也不是一个小年轻。那是个钱袋子，赚得不少，其他人送死，他敛票子。"

"好吧，我知道。我不会说那是你的错。别提这个了，臭小子，你叫我来干吗？"

"我跟你说过了，我没叫你。"

"你真是个猪脑子。你运气好，继承了我的眼睛，因为我好歹还能给你贴上一个。你要知道，假如我在这里，那只能是因为你叫我来着，就这么回事，没有其他情况。此外，这也不是我所习惯的那种酒吧，我不爱音乐。"

"好吧"，若斯说，"你赢了。我能请你喝一杯吗？"

"假如你放我一马。我要说，你已经喝到量了。"

"你很烦啊，老人家。"

这位祖先耸了耸肩膀。他已经看出了其他事情，而这也不再是一个只会玩弹子球的毛头小子了。勒盖恩家有了一个分支，就是这个若斯，对此他没什么好说的。

"看起来"，老人吮着他的蜂蜜酒接着说，"你既没女人又没钱喽？"

"说到点子上了。'若斯回答，"我可没听说你当年这么机灵啊。"

"这才叫幽灵。人们一旦死后，就能得知一些生前所不知道的东西。"

"别说笑了。"若斯边说边向服务员的方向伸出一条软绵绵的胳膊。

"如果是为了女人，就没必要叫我了，那不是我擅长的领域。"

"我看出来了。"

"但说到讨生活，这可不算什么难事啊，小伙子。你只需复制家族经验就可以啦。你做绕线工没什么出路，这是个错误。而且你要知道，那些事物，你得防着点儿它们。放过粗绳，留下线轴线头，我还没提到塞子呢，路最好广一点儿。"

"我知道"，若斯说。

"你得利用遗传优势。复制家族。"

"我不能再做水手了"，若斯恼怒地说，"我被剥夺居留权了。"

"谁跟你说水手了？生活里又不是只有鱼不可，上帝啊，那会失去更多的。难道我是个水手吗？"

若斯喝干了杯中的酒，仔细思考起这个问题来。

"不"，过了一会儿他说，"你是个唱报人。从孔卡诺到坎佩尔的一路上，你是个宣唱新消息的唱报人。"

"你说对了我的小伙子，而且我以此为傲。我是个'阿巴诺尔①'，我是'唱报人'。在南海岸，没有比我更好的了。上帝赐予的每一天，阿巴诺尔都要在正午时分来到一个新村庄，他宣唱出新消息。而且我还能跟你说，好些人从拂晓起就等着我来。我的辖地足有三十七个村庄，这可不是小数目，对吗？这是世界的子民，世界的子民生活在世界之下，他们要感谢什么？感谢新消息。他们要感谢谁？感谢我，阿巴诺尔，菲尼斯泰尔省最棒的消息募集者。我的嗓音从教堂一直传到洗衣处，我通晓所有的词。每个人都伸着脖子听我宣唱。我的嗓音，它带来世界，生活，这可不是和鱼有关的事，你可以相信我。"

"是啊"，若斯说，拿起放在柜台上的一瓶酒，直接自斟自饮起来。

"第二帝国，是我给它护送走的。我搜寻着新消息，一直跑到南特，我把它们从马背上带回来，新鲜得有如海鲜一般。第三共和国，是我在所有河岸上宣唱着它，你真应该看看那喧闹的场面。我还没和你说那些地方小报：婚丧嫁娶、打架骂街、失物招领、走失的孩子，木工翻新，是我运送着所有这一切。从一个村庄到另一个村庄，人们把消息拿给我读。庞马尔什的姑娘与圣马里恩的小伙儿之间的爱情宣言，我直到现在还记忆犹新。一桩随一起谋杀案而来的所有恶棍的丑闻……"

"你可以自己留着这些。"

"你说说，人们付钱是为了让我读消息的，我做的是自己的本分。假如我不读的话，我就是欺诈顾客，勒盖恩家的人或许野蛮，

---

① 来自北非的阿拉伯语词，意思等同于"宣唱者"。

但却不是强盗。他们的悲欢离合、爱恨情仇，还有渔夫水手间的争风吃醋，这都不关我的事。我有好多我自己家的事要操心。每月一次，我去村里看望孩子，去望弥撒，然后再搞上一发。"

若斯对着他的杯子叹了口气。

"而别的不提"，老祖宗用一种坚定的语调收尾。"一个妻子和八个孩子，这都要吃的。不过，相信我，和阿巴诺尔在一起，他们从来不缺。"

"耳光吗？"

"钱啊，笨。"

"赚那么多吗？"

"想赚多少都有。假如说这世上有一种产品永不枯竭，那就是新消息，而假如有一种渴望永不干涸，那就是人类的好奇心。一旦你成为唱报人，你就为所有人类提供了哺育。你永远都不会缺乏奶水，也永远不会缺乏乞奶的嘴。你说说你小子，假如你一直像这样喝酒的话，你永远也别想做唱报人。这个职业可要求清晰的头脑。"

"我不是想叫你伤心，老祖宗"，若斯摇着头说，"但已经没人再做'唱报人'了。你甚至找不到谁能明白这个词的含义。人们懂得'皮鞋匠'是什么，但'唱报人'就另当别论了，甚至字典里都没有它。我不知道你在死后是否还掌握着信息，但这边发生了很大变化。没人需要再站在教堂广场上，让人对着他们的耳朵大声地喊出消息，因为大家都有了报纸、广播和电视机。而且假如你接入了洛克蒂迪的网络的话，你甚至都能知道孟买那边是否有人撒了个尿。所以你想想吧。"

"你真把我当成一个老傻蛋了吗？"

"我只是告知你些信息，没别的。这回轮到我说。"

"你快放开那舵柄吧，我可怜的若斯。校准一下。你没领悟到我刚才那番话里的真谛啊。"

若斯抬起空洞的目光，看着这位曾曾祖父的身影派头十足地跳下酒吧的凳子。阿巴诺尔彼时就是一副好身量。他看着还真像个野蛮人。

"唱报人"，这位祖先把他的手紧贴在柜台上大声说，"即是生活。别再跟我说什么没人懂得它的意思，也别再说它不被收入字典，或者勒盖恩家的人退化了，做不了唱报人。这是生活！"

"可怜的老傻蛋"，若斯一边看着他离去，一边嘟嘟囔囔地说，"可怜的老话痨。"

他把杯子放回柜台上，冲着他的方向大声喊了一句：

"不管怎么说，我都没有叫你来！"

"现在闹够了吗"，服务员拽着他的胳膊对他说，"理智点儿，因为您妨碍到这里所有人了。"

"我让人烦！"若斯扒住柜台大叫着。

若斯记得，他被两个比他小的家伙请出后桅酒吧，之后沿着马路摇摇晃晃地走了一百多米。九小时候以后，他在一栋大楼的门廊底下醒了过来，发现距离酒吧足有十站地铁那么远。直到正午左右，他才拖着步子回到了家，他用两手捧着快要熔化的头，又一直睡到了第二天六点。当痛苦地睁开眼睛时，他盯着他住所肮脏的天花板，固执地说道：

"可怜的老傻蛋。"

于是这样下来已有七年了，经过几个月的辛苦磨合——练就语气，定位嗓音，选择场地，构思栏目，网罗顾客，敲定价目——之后，若斯便投身到"唱报人"这一古董级的职业当中。他带着他的箱子，在蒙帕纳斯火车站周边方圆七百米辐射范围内的各个地点间辗转，他不想远离那里，用他的话讲，这是为了最终在埃德加—基内街和德朗布尔街的十字路口早两年建立起势力。他像这样引流集市的常客、居民，截取陷入欢乐街无尽秘密中的办公室雇员，又顺手从涌出蒙帕纳斯火车站的人潮中抓了一把。一小撮等着听消息播报的紧密人群开始在他周围聚集起来，这当然比拥在勒盖恩曾曾祖父身边的听众要少多了，不过这还必须考虑到若斯提供的是每日播报，而且是一天三次。

与之相对，他在他的信箱中则收获相当数量的消息，每日平均六十封——早晨多过晚上，因为夜间更加便于暗中投递——每个消息都被封在信封中，并夹带一枚五法郎的硬币。花费五法郎，就能听到他们的心声、他们的公告、他们在找寻的东西被投放到巴黎的风中，这笔交易很划算。若斯一开始本来想定价更低，但人们不喜欢他们的言语只值一个法郎。这会贬低了他们的捐赠。这一价格是提供者们与接收人若斯之间调和后的产物，为此若斯每月净赚九千法郎，周日也包含在内。

老阿巴诺尔说得对：原材料从来都是不缺乏的，若斯本该在那个于后桅酒吧醉酒的晚上认同他的说法的。"我早跟你说过了，人啊，真是有满肚子的话要吐露呢"，老祖宗这么说着，相当满意地看到小子孙又重新操持起了事业。"他们就像是塞满了木屑的旧床垫。这其中有能说的东西，也有不能说的东西。而你呢，你把它们收集起来接手，你就是在对人类服务。你是宣泄人。但别犯傻，小子，这可不总是好做的生意。当你去掏底的时候，你抽上来的可能是清亮的水，同样也有可能抽上来粪。玩蛋去吧，人的脑子里可不总是只有一些好东西的。"

这祖先看得明白。在信箱深处，有一些可说的，和一些并非是可说的。学问人纠正其为"不可说的"，这位老先生在达马斯的店铺旁边经营着一家旅馆。若斯一边拿起他的消息，一边开始把它们码成两摞，可说的占一摞，不可说的占一摞。一般说来，可说者是一种自然的流露，也就是说，通过人们的嘴，以普通的方式汇成小溪，或是以嚎叫的方式射出激流，这有助于避免人们在语词堆积的压力下爆炸。因为，与填充木屑的床垫不同，人们每天都会塞进来一些新话语，这就使排放问题变得格外重要。在可说的那些消息中，有一部分平庸的内容直接归进了信箱中的相应栏目，卖出、买入、找寻、爱恋，各种各样的意图以及技术类通告，后面这个被若斯限制了数量，他为它们开价六法郎，以补偿它们在朗读过程中给他带来的麻烦。

不过，使唱报人格外注意的，是那些不可说消息的毋庸置疑的数量。毋庸置疑，是因为每一个在木屑床垫上钻出来的孔洞都未被预料，因此也就难以处理这一口头原材料的泄露。它们或是超过了激烈或放肆的合规边界，或是与之相反，达不到一个趣味的等级，因此无法正当存在。结果这些极端或贫瘠的言语被逼得走投无路，只好以一种隐居的存在方式，潜入下脚料，在阴影、羞耻和寂静中生存。然而，唱报人七年的收集经验使他所深深知晓，这些词语并不会就此死亡。它们会积累起来，一个又一个地垒高，用它们鼹鼠一般的生存方式发酵和流淌，愤怒地见证着那些流通和准许的话语在来来往往中加剧。当这个信箱被打开了一个十二厘米的细小口子时，唱报人也即开启了一个缺口，囚禁者像蝗虫飞舞一般从里面逃窜出来。没有一个早上，他不会从盒子的深处发现那些不可说的东西、训斥、辱骂、绝望、毁谤、告发、恐吓、疯狂。不可说的消息有时那么鲜艳，那么要命地柔弱，使人几乎难以把句子读完；有时那么凌乱，让人想要立即逃开；有时那么黏糊恶心，纸会从手中掉落；有时又是那么怨毒，带着毁灭的力量，令唱报人想要把它扔掉。

因为唱报人是会做分拣的。

尽管人们有义务，也有意识把人类思想中最为纠缠不清的那些渣滓从虚无中拔出，并把祖先实现的拯救作品继续下去，尽管如此，唱报人还是赋予自己权利，排除掉那些难以从自己口中发出的消息。未被宣读的信息和五法郎硬币一起被安置起来，因为，正如老祖宗所强调的那样，勒盖恩家的人不是强盗。在每一次宣唱中，若斯在他用作讲台的木箱上铺陈开当日的渣滓。永远都有渣滓。所有宣称要捣烂女人，所有在黑人、北非佬、黄种人和男同性恋的脑袋之间权衡要把哪个送入地狱的那些消息，一律都是渣滓。若斯凭直觉猜测，命运的一点点差异就足以使他生而即为女人、黑人和同性恋，而他所行使的审查并没有达到灵魂的高度，而只是对于存活的单纯反射而已。

每年一次，在 8 月 11 日到 16 日的淡季期里，若斯会把信箱带到干燥的船坞，修整它，抛光它，给它重新油漆，吃水线以上是鲜艳的蓝色，以下是天青蓝色，*西北风号二世*这几个字用大大的黑色字母漆在正面，左舷侧是*时刻表*，右舷侧是*价目表及其他有关事议*。若斯在被捕和之后的审判中总是听到这个词，所以他凭记忆把它添加到这里。若斯觉得这个"有关事议"能让唱报显得有档次，尽管旅馆的学问人认为"议"字的写法还是要再推敲一下。这个叫埃尔韦·德康布雷的人是一个他不太知道该怎么评价的家伙。他毫无疑问是个贵族，很有身份的那种，但没落使他不得不低价出租他一层的四个房间，再靠着出售小桌布和为人有偿提供全无价值的心理咨询来贴补些微薄的收入。他幽居在底层①的两间屋子里，被成堆的吞噬着他空间的书所包围。假如说埃尔韦·德康布雷吞下了数以千计的词句的话，若斯也并不担心他会因此噎死，因为这个贵族话也说得很多。他成天都在吞吃和反刍，真是个十足的抽水泵，而且有些部分特别复杂，不是总能听得懂。达马斯他也不能全然明白，这就使人比较放心了，虽然达马斯也并非一个才智出众的人。

若斯把信箱里的东西全都倒在桌上，开始分别拣出可说与不可说的内容，他的手忽然在一个又大又厚、具有浑浊白色的信封上方停住了。第一次，他问自己说，学问人会不会就是这些奢华消息的撰写者——一个信封装二十法郎——而他已经连续收了三星期，那些消息是他七年来所读过的最令人不快的内容。若斯撕开信封，这时，祖先从身后攀上了他的肩膀。"玩蛋去吧，若斯，人的脑子里可不总是只有一些好东西的。"

"你闭嘴！"若斯说。

他展开纸页，低声读道：

"然后，当蛇、蝙蝠、獾和所有生活在地洞深处的动物成群地出现在田野上，抛弃它们固有的居所时；当瓜果豆蔬开始腐烂，充满蛆虫时……"

若斯翻过纸页，想看看接下来的内容，但文本就此结束了。他摇了摇头。他见识过很多惊悚的言语，但这家伙真是破了纪录。

---

① 法语中把与地面在同一高度的楼层称为底层，楼上是一层，以此类推。

"变态"，他小声嘀咕道，"有钱的变态。"

他放下这页纸，迅速拆开了其他信封。

三

在八点三十分唱报开始前的几分钟时，埃尔韦·德康布雷出现在自家门口。他背靠门框，等待着布列塔尼人的到来。他与这个渔夫水手之间的关系充满了沉默与敌对。德康布雷自己也没搞清这件事的本源和起因。他只是倾向于把责任推给这个粗鲁、花岗岩凿出来一般、或许还很暴力的家伙，两年来，这家伙打乱了他人生的精妙布局，用他那木箱子、他那荒谬的信箱，还有他一天三次倾倒在公共广场上的唱报，通通都是些不值一文的狗屎。一开始，他并没把这当回事，他跟自己说，这家伙坚持不过一个礼拜。然而，他那套唱报事业还繁荣昌盛起来了，布列塔尼人拥有了自己的顾客，整日里门庭若市，成为了一个真正的威胁。

德康布雷当然不会没注意到这一威胁，他当然也不会同意。于是他每天早上都会手捧一本书出现在那里，边听唱报边垂眼翻着书页，其实一行都没有真心读下去。在两个栏目之间，若斯·勒盖恩有时会向他投来短促的一瞥。德康布雷讨厌那双蓝眼睛的小小扫射。这让他觉得唱报人是要确认他的在场，好像把他当作一条平庸的鱼一样，要捉他到破罐子里。因为布列塔尼人到这座城市后别的没做，就只实施了他那套渔夫的野蛮行径，他把成批的行人像鳕鱼群那样拢到网中，他捕猎倒真是一把好手。行人和鱼群在他那圆不溜丢的脑袋里全是一回事，证据便是，他都掏出他们的内脏，让他们成就自己的买卖。

但德康布雷看到了，他对于人类灵魂的敏锐意识让他难以忽略这点。唯有他握在手里的那本书使他与广场上的其他听众不同。他是不是该扔掉这本愚蠢的书，迎接他每日三次作为鱼的命运？也就是说承认失败，承认他是这条街上被不学无术的鬼叫声压了一头的文人。

这天早上，若斯·勒盖恩来得有一些迟了，这情况很不同寻常，德康布雷从他低垂的眼角看出去，看到他匆匆赶来，把他的空信箱牢牢挂在梧桐树的树干上，那个被漆成刺眼蓝色的信箱，居然敢自命不凡地叫作**西北风号二世**。德康布雷想说这水手到底有没有脑子。他真想知道他是不是把他所有的物品都起了个名字，比如他的椅子和桌子是不是都各有各的名字。然后，他看着若斯用他码头工人一样的大手搬来他沉重的讲台，把它放在人行道上，轻松得就像他抓着的只是一只小鸟，他像登上甲板那样大步跨了上去，从他的水手短上衣中取出几页纸。有三十来个人顺顺从从地等在那里，莉兹贝丝也在其中，她站在她一贯的位置上，双手叉腰。

莉兹贝丝住在他的 3 号房间中，她从旁协助他的秘密小旅馆顺畅运营，以此来代替房租。这一帮助是坚决的、清晰的、不可替代的。德康布雷总是担心有那么一天，有个家伙会来抢走他美妙绝伦的莉兹贝丝。这种事，总是要来的。又高又胖、皮肤黑黑的莉兹贝丝站在远处。根本无望把她掩饰在大众的目光之下。尤其莉兹贝丝还不是那种不引人注目的个性，她说话大声，慷慨地把她的想法讲给所有人。最要命的是莉兹贝丝的微笑，好在它出现的次数还不算太多，每次她一笑，总会激发起人们一种抑制不住的欲望，想要扑到她怀里，紧紧贴在她丰满的胸脯上，一辈子都不离开。她今年三十二岁，而总有一天，他会失去她。这时，莉兹贝丝正在对唱报人说话。

"你有点儿来晚了啊，若斯。"她挺胸昂头地对他说。

"我知道，莉兹贝丝"，唱报人喘着气说。"都怪咖啡渣。"

莉兹贝丝十二岁时离开了底特律黑人区，一到法国首都就被丢进了妓院，十四年来，她在欢乐街的人行道上学习语言。因为长得太胖的缘故，她被街区内所有西洋景裸体表演的夜店拒之门外。她在广场的一条长凳上连续睡了十天，直到德康布雷在一个寒冷的雨夜决心去找她。在他老房子出租层的四间屋子里，有一间是空闲的。他把它提供给了她。莉兹贝丝接受了，她一进门厅就脱掉衣服，躺到地毯上，手枕着脖子，眼睛盯着天花板，等着这个老人上来解决。"您误会了。"德康布雷嘟嘟囔囔地说着，为她拉好了衣服。"但我再没别的东西可以支付了。"莉兹贝丝站起身这样回答着。"这个地方"，德康布雷继续说，眼睛盯着地毯，"我不怎么出门了，家务活、房客们的晚餐、采购啊服务啊什么的。您帮我搭把手，我就为您留着这屋间。"莉兹贝丝微笑了一下，德康布雷忍住没有扑向她的胸脯。任他觉得自己老了，并且他认为这个女人有权休息。说到休息，莉兹贝丝的确是保证了：待在这里的六年中，他没让她接触一点儿爱情。莉兹贝丝休养生息，而他祈求她更甚于此。

唱报开始，公告被一条条地唱出。德康布雷意识到他已经错过了开头，布列塔尼人已经唱到第 5 号公告了。规则是这样的：人们记下他们所感兴趣的号数，然后向唱报人索取"更多细节的有关事宜"。德康布雷真想知道，他究竟是从哪儿弄来这种警方表达语的。

"五",若斯唱道。"出售一窝白色和红棕色的小猫崽,三公两母。六:整夜对着36号敲鼓演奏可怕音乐的那些人请停停。有人在睡觉呢。七:专司精工木器活,修复古家具,关注细节,上门取送。八:法国电力和燃气公司见鬼去吧。九:灭虫的那帮家伙简直在开玩笑。蟑螂还是一样多,他们却卷走六百法郎。十:我爱你,埃莱娜。我今晚在猫舞等你。贝尔纳上。十一:又过了一个霉烂的夏天,现如今已是九月了。十二:致广场的屠户:昨天的肉是劣质品,本周已经三回了。十三:让—克里斯托夫,回来吧。十四:警察等于腐败,等于混蛋。十五:出售花园种植的苹果和梨,味美且多汁。"

唱报人告一段落,进入天气预报环节。他根据讲台上方的天空状况给出预测,鼻子指天,而后立即报出对周围人全无用处的海上天气预报。没有一个人提醒他重新规划一下栏目设置,也包含莉兹贝丝在内。人们如同在教堂中一样,只是聆听。

"九月的阴郁天气",唱报人面朝天空讲解着,"十六点以前不会转晴,晚上会好一点儿,如果你们想要外出,是可以的,请穿上一件羊毛衫,清凉的风会减弱直至停止。海上天气,大西洋区,今日常态及变化:爱尔兰西南有1030反气旋,拉芒什海峡高压带增强。菲尼斯泰尔岬角区,北部东至东北风5到6级,南部6到7级。西至西北部局部海面有高浪。"

德康布雷知道海上天气预报还要持续一会儿。他翻着纸页,重读他这几天来记下的两条公告:

我和我的小仆从一起步行(我不敢把他留在家里,因为和我妻子在一起时他总是偷懒)以求得原谅自己没能去……夫人家用晚餐,而我看出她很恼火,因为我没有为她提供买办方法,来妥善解决她为庆贺她丈夫获得审读人这一荣誉名号的盛大宴会，但我并无所谓。

德康布雷皱起眉头，在记忆中再次搜索。他坚信，这文本是一段引文，而他曾在生命中的某处、某天、某时读到过它。但在何处？何时？他继续往下，读到昨天的消息：

这些迹象是微小动物大量存在的强烈证明，它们滋生于腐败，比如跳蚤、苍蝇、青蛙、蛤蟆、蛆虫、老鼠，以及诸如此类的东西，这印证了一种巨大的腐坏，存在于空气中，和潮湿的土壤中。

水手在念到最后时出了问题，还把"潮湿的土壤"的发音给读错了。德康布雷认为这是从十七世纪文本中摘录的一个片段，但他不太确定。

这段引文来自一个疯子，一个怪癖者，这是最有可能的情况。或者他是个学究。有可能他此刻就站在这里，混在这一小撮人群当中，陶醉于让唱报人念得磕磕巴巴、同时又突显出这消息博大精深的迟钝表达中。

德康布雷用铅笔轻轻敲打纸页。即便从这一角度去呈现，作者的意图和个性仍令他感觉暧昧不明。昨日的 14 号公告，我让您厌烦，一堆破烂货，千百次听到这种类似表达，即使在简明短促的盛怒中也有一丝光亮，学究细腻的消息总是抵抗得住解读。看来必须不断收集以便理解，每天早上都来收听它。或许这就是作者简单的意图：希望人们每天都把它挂在嘴边。

"高深莫测"的海上天气预报总算结束，唱报人又用他那能一直传到十字路口尽头的洪亮嗓音报起他的系列朗读来。他刚刚完成了世界七日栏目，他在其中以自己的方式勾画出今日的国际新闻。他现在已经进行到第 16 号公告了，这是关于出售一台产自 1965 年电动弹子游戏机的消息，机器状态极佳，上面装饰有裸露乳房的女子。德康布雷握笔等待着，几乎紧张起来。接着，那条公告来了，混在一大堆我买我卖、我爱我恨的消息中异常清晰可辨。德康布雷确信他看到渔夫在开口之前犹豫了半秒钟。他心想，布列塔尼人自己是不是都忘记这个闯入者了呢。

"十九"，若斯宣读道。"然后，当蛇、蝙蝠、獾和所有生活在地洞深处的动物成群地出现在田野上……"

德康布雷在纸上飞快涂抹。始终是些小动物的故事，这肮脏小动物的老故事。他又读了一遍整篇文本，陷入思考，在此期间水手进行到唱报的最后环节，依照惯例以致所有人的法国史摘收尾，系统地简述一桩古时的船难。很可能这个勒盖恩就曾遭遇过一次船难。很可能那艘船就叫作西北风号。而布列塔尼人的脑袋肯定就是在那时进了水，跟那艘破船一样。这外表健康而坚定的男人，他的航线实则缠绕在了内心的纠结中，就像那些迷失了航道的浮标。这一切都导致他的外表既不健康又不专业。

"康布雷市"，若斯陈述道，"1883 年 9 月 15 日。法国蒸汽轮船，1400 吨位。从敦刻尔克驶往洛里昂，装载铁路用钢轨。船撞上古阿切暗礁。锅炉爆炸，一名乘客死亡。全部 21 名船员，皆获救。"

若斯·勒盖恩不需要做任何手势来解散他的老主顾们。所有人都知道船难的叙述标志着唱报结束。叙述是如此难熬，以至于一些人就像往常那样，拿故事的结局打起赌来。赌局在对面的咖啡馆或办公室中进行，围绕"全部获救"、"全部遇难"或两者参半展开。若斯不太喜欢拿悲剧赌钱，但他也知道，生活就是这样抛弃残骸

20

的，往往如此。

他跳下讲台，对上了德康布雷的目光，后者又重新捧起书本，以为这样若斯就不知道他来听过唱报了。假正经的老爷子，讨厌的老鬼，就是不肯承认自己被一个可怜的布列塔尼渔夫给扰了心神。一旦这个德康布雷得知他在今天早上的信件中发现了什么，那才叫好戏呢。**埃尔韦·德康布雷自己织花边小桌布，埃尔韦·德康布雷是个同性恋。**若斯在被小小地诱惑了一下之后，把这条消息归入了渣滓那类。现在他们算是两个人了，加上莉兹贝丝或许算作三个，他们都知道德康布雷偷偷做着花边织工的行当。从某种意义上说，这新信息让他对这男人少了些反感。或许因为他长年看着他父亲在晚间修补渔网，一干就是好几个小时。

若斯收起渣滓，把木箱扛上肩膀，达马斯帮着他把木箱放回商店后间。咖啡烧热，两个杯子准备好，正如每天早上唱报结束后那样。

"19号那条，我什么也没听懂"，达马斯坐上一把高圆凳说。"就是那个关于蛇的故事。那个句子甚至都没说完。"

达马斯是个年轻小伙子，结实强壮，颇为英俊，为人慷慨，但不是很机灵。他的双眼总是呈现一副呆滞的样子，这使他的目光空洞。到底是太过温柔，还是太过傻气，若斯一直都没搞明白。达马斯的视线从来不能好好地落在一个点上，甚至和您正在讲话的时候也不成。它们飘忽不定，小心翼翼，软绵绵得好像触不到的雾气。

"疯子一个"，若斯评论道，"你别操心了。"

"我没操心啊"，达马斯说。

"你说说，你听到我的天气预报了吗？"

"是啊。"

"你听到夏天已经结束了吗？你不觉得自己再这样下去就要患上感冒了吗？"

达马斯穿了一条短裤，几乎赤膊的上身上只穿了一件布背心。

"没事"，他一边打量着自己一边说。"我没问题。"

"露出你这一身肌肉又有什么好的呢？"

达马斯一口喝掉他的咖啡。

"我这里可不是花边商店"，他回答。"我是滚轴骑士。我卖滑雪板、滑板、旱冰鞋、冲浪板，还有越野设备。这就是我店铺最好的广告"，他加上最后一句，边说边用大拇指指着自己的胸口。

"你为什么提到花边呢？"若斯问，突然警觉起来。

"因为德康布雷，他卖花边。而他又老又瘦。"

"你知道他从哪儿进的小桌布吗？"

"知道啊。是鲁昂的一个批发商。德康布雷不是笨蛋。他帮我做过免费咨询。"

"是你主动去找的他吗？"

"那又怎样？'咨询人生诸事'，他的招牌上不是这么写的吗？探讨事情可没什么羞耻的呀，若斯。"

"那上面同样还写着：'半小时 40 法郎。超过部分按每一刻钟新增计费。'即便讹诈也太贵了吧，达马斯。那老东西知道什么，还人生诸事？他甚至都没出过海。"

"那不是讹诈呀，若斯。你想要证明吗？'袒露身体不是为了你的店铺，达马斯，那是为了你自己'，他这么说，'穿条长裤，努力有些自信，这是来自朋友的建议。你还是一样帅，却不那么傻了。'你对此怎么看，若斯？"

"必须说这的确很聪明"，若斯承认道。"那你为什么不穿起来呢？"

"因为我这样比较快乐。只是莉兹贝丝担心我这是找死，玛丽—贝勒也是。五天后，等我过够瘾了，我就穿。"

"好吧"，若斯说，"因为西边那儿就要遭殃了。"

"德康布雷那儿吗？"

"对，德康布雷怎么了？"

"你不能放过他吗？"

"不一样，达马斯。是德康布雷自己不靠到我身边来的。"

"真可惜"，达马斯边说边收拾起咖啡杯。"因为他那里似乎有一间房子空出来了。对你很合适。离你工作地两步远，带暖气，管清洗，每天晚上还有饭。"

"见鬼"，若斯说。

"可不是。但你没办法去住那间房。既然你不能放过他的话。"

"不"，若斯说。"我没办法去住。"

"太蠢了。"

"蠢透了。"

"而且那里还有莉兹贝丝。这可是个绝妙的好处。"

"天大的好处。"

"可不是。但你没办法去租那间房。既然你不能放过他。"

"不一样，达马斯。是他自己不能靠到我身边来的。"

"对那间房来说都一样。你没办法。"

"我没办法。"

"有时事情就是不顺。你确定你真的没办法吗？"

若斯紧咬着牙。

"确定，达马斯。把这句话说出口的感觉简直还要更糟些。"

若斯离开店铺，去往对面的咖啡馆维京人。诺曼底人和布列塔尼人并非绝对不能和睦相处，非要让双方的船在海上分界线处拼个你死我活，但若斯同样也知道，命运的一点点差异就足以使他生在北方大陆的邻居那边。咖啡馆老板贝尔坦是个一头金红色头发的高大男人，有着高颧骨和浅色的眼睛，他提供全世界独一无二的苹果烧酒，据说它能够赐予您永恒的青春，准确激发您的内在，避免您径直奔入坟墓。传闻这些苹果来自他的私人草场，而那里的公牛在千百岁死去时仍旧身强体壮。所以您净可以想象一下这些苹果。

"早上过得不好吗？"贝尔坦一边为他倒苹果烧酒，一边关切地问。

"没什么，有时事情就是不顺。"若斯说，"你说德康布雷，他真就不能靠到我身边来吗？"

"不"，贝尔坦用诺曼底人特有的小心谨慎的方式说，"我说他是把你当成野蛮人了。"

"有什么区别？"

"就是说，只要有时间，情况是会好转的。"

"时间，你们诺曼底人就只会说这个。五年就说一个词，还得运气好。如果全世界都像你们这样的话，文明就不开化了。"

"或许它会开化得更好。"

"时间！可要多久时间呢，贝尔坦？这是关键。"

"没多久。十来年吧。"

"那不就是没戏了。"

"急事？你要找他咨询？"

"你算说到点子上了。我要他那间房。"

24

"那你可要好好表现了，我猜他是有个要求。他不乐意有家伙把他的船驶向莉兹贝丝呢。"

"你为什么觉得该由我来表现，贝尔坦？那个装腔作势的老家伙把我当野蛮人。"

"好好考虑吧，若斯。他可从没出过海啊。再说了，你不是一个野蛮人吗？"

"我可从不承认这个。"

"你瞧，德康布雷也，是个万事通。你跟我说，若斯，你那个19号公告，你明白它的意思吗？"

"不明白。"

"我发觉它很特殊，最近几天都很特殊。"

"太特殊了。但我不喜欢这些公告。"

"那你为什么还要念呢？"

"有人付钱，并且价钱不错。我们勒盖恩家的人或许野蛮，但却不是强盗。"

四

"我在想"，阿当斯贝格警长说，"我是否由于警察干久了，而变得不是警察了。"

"您已经这么说过了。"丹格拉尔一边看着他，一边在他的金属大柜中整理着未来要用的资料。

丹格拉尔有意愿建立一个清晰的基础，如同他做出的解释那样。而没有任何意愿的阿当斯贝格，把他的卷宗摊在他桌边的几把椅子上。

"您觉得如何？"

"在二十五年的职业生涯之后，这或许是一件不错的事。"

　　阿当斯贝格把手插在衣服口袋里，背靠着新近粉刷过的墙壁，以一种茫然的视线打量着这个他才刚刚落脚还不到一个月的新地方。新驻地、新班组，巴黎警察总局重案科凶杀组 13 区分队。告别那些打家劫舍、半路抢劫、动手干仗、武装的家伙、未武装的家伙、有种的、没种的，还有成公斤重的**有关事宜**的文书。"有关事宜"，这个词光最近就听了两遍。真是警察干久了啊。

　　并非成公斤重的**有关事宜**的文书没有像在其他地方一样跟着他来到这里。只不过，他在这里像在其他地方一样，找到了一些喜爱文书的家伙。他在离开比利牛斯山的年少时代就发现，的确存在这样的家伙，而他对他们怀有一种巨大的尊敬、一点点忧伤以及一种莫大的感激。他本人喜爱散步、作梦和做事情，他还知道很多同僚对他怀着一点点尊敬和更多的忧伤。"文书"，有一天一个酷爱说教的小伙子向他解释道，"草稿和笔录纪要，是所有灵感的来源。没有文书，就没有灵感。动词催生灵感，正如腐殖土催生小豌豆一般。一项缺乏了文书的行动，就像一颗无用的小豌豆，最终会死于众人面前。"

　　很好，这么看的话，自从他身为警察以来，他估计已经弄死过一车车的小豌豆了。但他也经常在闲逛溜达时感受到一些谋略想法的浮现。这些想法比起小豌豆来更像一团团水藻，当然了，只不过植物归植物，灵感归灵感，而一旦您将它们揭示出之后，没有人会来问您究竟是在耕垄的田头采到，还是在泥塘里收集到它们的。在这一点上，就不得不提到他的助手丹格拉尔，他热爱各种形式的文书，从最高傲一直到最卑微——成捆的、成册的、成卷的、成页的，从千年古籍一直到餐巾纸——这个男人可以向您提供高质量的小豌豆。丹格拉尔是个不必散步就能集中思想的人，带着颓废身躯的焦虑人士，总是边喝边写，挽救他消沉的唯一方式就是他的啤酒、他咬过的铅笔，和他有些厌倦的好奇心，他会产出井然有序的灵感，这是个与他所有手下都全然不同的家伙。

他们经常为这事站在一条阵线的两侧，丹格拉尔坚持只看重由深刻思想推导出的有意义结论，而怀疑所有形式不定的直觉，阿当斯贝格从不坚持任何东西，他不寻求证明一方与另一方之间的区别。调往重案科的人事任命中，阿当斯贝格拼命把他带在身边，这位思想坚韧而精准的丹格拉尔中尉如今已晋升上尉了。

在这个全新的地方，丹格拉尔的思考就像阿当斯贝格的漫步一样，再也不会牵扯在从打碎玻璃到偷走包包这样的事情上了。它们会集中于一个唯一的目标：血腥犯罪。再没有那块小小的玻璃使您从杀人凶手的噩梦中移开视线。再没有那个小小的、装着钥匙、商品目录和情书的书包，来使您呼吸到小偷小摸的生机气息，使您陪同一位年轻女性走到门口，手里捏着一条干净手绢了。

再没有了。只有血腥犯罪。凶杀组。

这种对他们全新阵线有所调整的清晰定义，锋利得犹如一把剃刀。好极了，他求之不得有三十桩刑事案件拖在身后，等着他用强大的支援来解决，让他用到他的空想、漫步，和那些涌现的水藻。人们把他放了这里，放在了杀人犯的阵前，放在恐慌之路上，全心期待着他展现出其恶魔般的优秀才能——"恶魔般的"是丹格拉尔挑选的一个字眼，用来形容阿当斯贝格那不可探究的精神通路。

在这里，这两个人终于站到同一阵线上，和他们的二十六名手下站在一起。

"我在想"，阿当斯贝格用手慢慢摸着潮湿的石膏墙，继续说道，"这会不会给我们带来，如同海边峭壁一样的东西。"

"您想说什么？"丹格拉尔用一种不耐烦的带刺语气问。

阿当斯贝格说起话来永远是慢慢的，总是要把关键重点和细枝末节全都说一遍，有时说到半路就忘了目的地，丹格拉尔很难忍受他这种行事方式。

"而这些峭壁，该说它们并不是一整块。该说它们分别是硬石灰岩和软石灰岩。"

"地质学上根本不存在软石灰岩。"

"随便啦，丹格拉尔。那里有一些柔软的小块和一些坚硬的小块，就像在所有生命形式中那样，如同在我和您身上一样。总之这里有些峭壁。在海水长时间的拍打和撞击下，柔软的小块就溶化了。"

"'溶化'并不是正确的术语。"

"随便啦，丹格拉尔。这些小块就被带走了。坚硬的部分开始突出。而时间越是流逝，海水越是撞击，就有越多脆弱的部分散落到风中。在它那如同人类一生的终点处，峭壁只剩下些花边、锯齿，和准备好咬合的下巴。取代掉柔软部分的，是一些凹陷、空洞和缺失。"

"所以呢？"丹格拉尔说。

"所以我就想，是不是警察，以及其他那些经历人生破碎的人们，无不在遭受这同样的侵蚀。柔和的部分消失，留下的则是些固执、麻木和冷酷的部分。说到底，这是一种真正的堕落吧。"

"您是在问您自己是不是也走上了那条石灰岩下巴的路吗？"

"是啊。是不是我不再是个警察了。"

丹格拉尔将这个问题思考了片刻。

"说到您个人的峭壁，我认为侵蚀情况并不正常。该说在您身上，坚硬即是柔软，而柔软即是坚硬。因此，结果也必然完全不同。"

"那会改变什么？"

"一切。留下的是柔软的部分，这是个颠倒的世界。"

丹格拉尔思考着他自己的情况，把一束纸页插进吊挂文件袋的一格中。

"而这又意味着什么"，他接着说，"假如一个峭壁是完全构筑在软石灰岩上的话？那他还是警察么？"

"它最终会变成一颗弹子大小，然后消失无踪，全身而退。"

"这倒是鼓舞人心。"

"不过，我不认为自然界存在着同样自由的峭壁。警察也同样。"

"要有希望。"丹格拉尔说。

年轻女人在警察分局的门前踟蹰着。事实上，这里到底也没有写明"警察分局"，反而是在大门上方醒目地悬挂了一块漆有"警察总局——重案科"字样的牌子。它是此地唯一洁净的一件东西。整座建筑物又老又黑，而且玻璃很脏。四名工人正在窗户那边忙着以一种吵死人的噪音在石面上打孔，好给窗框装上铁栏杆。玛丽斯断定，不管分局还是重案科，总归都是警察局，而这一个还要比大道上的那些近多了。她向门口迈出一步，又再一次停了下来。保罗提醒过她，所有警察都不会理睬她这副相貌的。但她因为孩子们的事情不能安心。进去一下又能损失什么呢？待上五分钟？说完之后马上就跑？

"所有警察都不会理睬你这副相貌的，我可怜的玛丽斯。你若是真想那样，就得硬闯。"

一个家伙从大门洞中走出来，从她面前经过，然后又转了回来。她摆弄着她手提包上的扣襻。

"出什么事了吗？"他问。

这是个小个子的褐发男人，穿戴很乱，头发也没梳好，他黑色上衣的袖子向上挽到小臂以上。肯定也是某个像她一样有麻烦要讲述的人。只不过他已经讲完了。

"里面的人和善吗？"玛丽斯问他。

褐发家伙耸了耸肩。"这得看碰上谁。"

"他们会听您讲吗？"玛丽斯详细问着。

"这得看您要对他们讲什么。"

"我侄子认为他们不会理睬我。"

那家伙把头歪向一边，朝她投去一道关切的目光。"是关于什么样的事呢？"

"是我住的那栋大楼，有一天夜里的事。我为孩子们担心。万一是个疯子曾在晚上闯进来过，那谁能保证他不会再回来？再做出什么事呢？"

玛丽斯咬住嘴唇，涨红了脸。

"这里"，那个男人为她指着那栋肮脏的建筑物，轻轻地说，"是重案科。您知道，是报凶杀案的地方。也就是说，当有人被杀时我们才来这儿。"

"哦。"玛丽斯慌张地说。

"您去大道上的警察分局吧。那边正午时更平静，他们会花时间好好听您讲的。"

"哦，不"，玛丽斯摇着头说，"我两点钟就得回办公室，老板对迟到很严。他们这里不能帮忙转达一下吗，转给他们大道上的同事？我是说，所有警察难道不都是一回事吗？"

"不完全是。"那家伙回答。"发生了什么？入室行窃吗？"

"哦，不是。"

"暴力行凶？"

"哦，不是。"

"您还是讲讲吧，这样会简单些。人们能帮您指个方向。"

"那当然好"，玛丽斯说着，不像刚才那么慌张了。

那家伙靠到一辆汽车的盖子上，耐心等待着玛丽斯理好情绪。

"是一个黑色的图案"，她解释着，"或者不如说是整整十三个图案，分别画在大楼里所有的门上。它们让我害怕。您知道，我一直都是和孩子们一起呆住的。"

"您说有一些图画？"

"哦，不是。是一些 4。一些数字 4。很大的黑色的 4，有点像古体字。我在想这是不是什么团伙暗号之类的。或许警察会知道，或许他们能懂。但也可能不行。保罗说，你若是想让他们凭这副相貌理睬你，就得硬闯。"

那家伙重新站起身，把一只手放在她胳膊上。

"跟我来"，他对她说，"我们把这全都记录下来，然后就再也没什么可担心的了。"

"但是"，玛丽斯说，"我们不是更应该去找一位警察吗？"

男人有些惊讶看了她一会儿。

"我就是警察"，他回答。"我是警长负责人让－巴蒂斯特·阿当斯贝格。"

"哦"，玛丽斯尴尬地说。"我很抱歉。"

"这没什么。您把我当成什么了？"

"我不敢再跟您讲了。"

阿当斯贝格领着她穿过重案科工作区。

"需要帮忙吗，警长？"一个路过的中尉问他，这人带着黑眼圈，一副正准备要去吃饭的样子。

阿当斯贝格一边轻轻把年轻女子推向他办公室的方向，一边看着这位男子，使劲想要把他确认下来。他还没完全被派到他组里的所有这些手下们，并且他还有一个糟糕的毛病，那就是记不住他们的名字。班组成员们没过多久就注意到了他的这个困难，因此他们在每段对话中都会系统性地进行自我介绍。或是出于讽刺，或是真心向他提供协助，但阿当斯贝格仍旧不开窍，而且他自己也有点儿不很在意。

"诺埃尔中尉"，那个男人说。"需要帮忙吗？"

"一位年轻太太精神崩溃，没别的。她住的那栋楼里出了个糟糕的恶作剧，也或者仅仅是些涂鸦。她只是需要一点儿支持。"

"我们这里不是社会救助处"，诺埃尔穿上他的夹克衫，用一种生硬的腔调说。

"为什么不能呢，中尉，呃……"

"诺埃尔中尉。"男人替他补充完整。

"诺埃尔"，阿当斯贝格重复着，努力记住他的面孔。

四方脸，白皮肤，头发像金色刷子，还有一对好看的耳朵，这等于诺埃尔。疲惫、傲慢、粗鲁，这可能也等于诺埃尔。耳朵，粗鲁，诺埃尔。

"我们稍后再谈，诺埃尔中尉"，阿当斯贝格说。"她赶时间。"

"如果是为了向夫人提供支持"，一个阿当斯贝格同样不认识的下士插进话来，"我主动请愿。我有我自己的方法"，他微笑着补充了一句，两手扣在裤子的皮带上面。

阿当斯贝格慢慢地转过身来。

"法夫尔下士"，男人宣布。

"在这里"，阿当斯贝格用一种平静的口吻说，"您将会得到一些令您大吃一惊的发现，法夫尔下士。女人在这里并不只是圆上面长了一个洞，而假如这消息令您震惊的话，不要为难地努力去多了解一些吧。往下看，您就会发现腿和脚，而往上看，您还会发现上半身和头。好好想想吧，法夫尔，假如您学到了一些什么的话。"

阿当斯贝格朝他的办公室走去，努力记住刚才那位下士的面孔。胖脸、大鼻子、浓眉、白痴头脑，等于法夫尔。鼻子、眉毛、女人，法夫尔。

"现在和我来讲讲这件事吧"，他靠在他办公室的墙上说，在他对面的年轻女人只敢把屁股尖贴在椅子上一点点。"您有孩子，您是独居，您住在哪儿？"

阿当斯贝格为了安抚玛丽斯，在一个小本上胡乱记录下姓名、地址这些回答。

"那些 4 被涂在了门上，是不是这样？在一夜之间？"

"哦，是的。昨天一早，它们就出现在所有门上了。像这么大个的4"，她补充道，用两只手比划了一个六十多厘米的距离。

"有签名吗？或者是缩写签名？"

"哦，有的。下面有三个字母，画得要更小一些。*CTL*。不。是 *CLT*。"

阿当斯贝格记录着："*CLT*。"

"也是黑色吗？"

"对。"

"没有别的了吗？楼体外侧呢？楼梯井里呢？"

"只在所有的门上。涂黑的。"

"这个数字，有没有某些变形？就像某种缩合词那样？"

"哦，是的。我可以给您画一下，我还不算笨手笨脚。"

阿当斯贝格把小本递给她，玛丽斯在上面再现了那个封口的巨大的 4，如印刷体一样有粗胖的线条，底部的末端像马耳他十字那样膨大，并且在回笔处有两道短杠。

"就是这样"，玛丽斯说。

"您画反了"，阿当斯贝格拿回本子，温和地说。

"因为它本来就是反的。它是反着画的，下面大，横线末端有两道短杠。您认得吗？这是不是一个入室行窃的标记？*CLT*？或者别的什么？"

"入室行窃者在门上做的标记都是尽可能隐秘的。您在怕什么呢？"

"我想起阿里巴巴的故事。杀人凶手在所有门上做了一个巨大十字叉的标记。"

"那个故事里说的是，他只在一个门上面做了标记。是阿里巴巴的妻子为了迷惑强盗而在其他门上做的标记，假如我没有记错的话。"

"是这样"，玛丽斯说，安心多了。

"这是个涂鸦"，阿当斯贝格把她送到门口。"可能是街区里的小孩子们干的。"

"我从没在那个街区看见过像这样的4"，玛丽斯小声说。"而且我也从没见过在楼里的公寓门上画涂鸦的。因为，涂鸦难道不就是应该画给所有人看的吗?"

"这没什么规律。把您的门刷干净，别再想了。"

玛丽斯走以后，阿当斯贝格从小本上撕下那几页纸，团成一团丢进纸篓。然后，他重新恢复站立的姿势，背靠着墙，思考起给像法夫尔这样的家伙净化头脑的方法。不易相处、根深蒂固的恶劣举止，而且还缺心眼。他已经不再指望所有的凶杀组成员能够步调一致了。更何况这里面还要算上四位女性。

就像他每次陷入深思时那样，阿当斯贝格迅速松开了一切凭栏，进入到一片近乎半睡半醒的虚空中。十分钟后他轻轻惊醒，从抽屉中找出他二十七名手下的名单，开始用起功来，除丹格拉尔外，他低声念出他们的名字和简历，试图把他们一一记住。然后，在文件的空白边缘，他记下耳朵、粗鲁，诺埃尔，以及鼻子、眉毛、女人，法夫尔。

他再一次走到外面，去喝因遇到玛丽斯而错过的那杯咖啡。咖啡机和食品售货机还没有交付使用，男人们为找三把椅子和文件纸在那里打架，几名电工为电脑安装着电源插板，而窗户上的栏杆才刚刚装好。没有栏杆就没有犯罪。凶手们会克制等待，直至工程完工。他那么想要到外面的世界去展开梦境，在人行道上救助一些精神濒临崩溃的年轻女性。还要想到卡米叶，他已经两个多月没见到她了，假如没记错的话，她应该是明天回来，或者是后天。他再也想不起那个具体日期来了。

<h1 style="text-align:center">五</h1>

星期二早上，若斯对待咖啡渣格外小心，避免了一切粗鲁的动作。他睡得不好，这显然都是那间待出租的房子的错，它一直在他眼前晃来晃去，却遥不可及。

他在他的桌子旁重重地坐了下来，面前是他的碗、他的面包和他的香肠，他怀着一种敌意审视着他所住的这十五平方米空间，墙壁开裂，床垫直接铺在地板上，厕所在楼梯平台。当然了，凭着他每月九千法郎的收入，他本该住得更好一些，然而这些钱有近乎一半会被他身在吉尔维内克的母亲拿去。假如人们知道他母亲是个冰冷的人，那么人们就不能感觉到火热，生活就是如此简单，同时又如此复杂。若斯知道学问人不可能租得很贵，因为那是民宅出租，况且是台面下的活动。此外还必须承认一点，那就是德康布雷并非剥削狂，为了巴黎四十立方米的空间就要扒掉您屁股上的皮。莉兹贝丝甚至免费住宿，她用采买物品、准备晚饭及维护公共浴室卫生的工作来交换房租。德康布雷自己则负责其他的事，他吸尘，清洗集体部分的织物，并为早餐支起餐桌。必须承认，即使以七十岁高龄来看，学问人做得也并不算辛苦。

若斯一边慢慢地嚼着他泡湿的面包，一边用一只耳朵悄悄收听着广播，以免错过他每天早上都会关注的海上天气预报。假如能住到学问人家里去的话，那真是遍地好处。首先来说，那里距蒙帕纳斯火车站简直可以说是抬脚就到。其次，那里会有更大空间，有取暖器、带脚的床、橡木地板和坠着流苏的老地毯。在他刚开始入住的时候，莉兹贝丝会接连好几天过来，她赤脚踩在温暖的地毯上，为了舒服。显然，那丆还会有晚餐。若斯只懂得烤鲈鱼，撬牡蛎和吞滨螺。以至于夜复一夜地，他净是吃些罐头。最后一点，那里可有莉兹贝丝就睡在他的隔壁啊。不，他绝不会碰莉兹贝丝，绝不会把比她苍老二十五岁的粗糙的手放到她身上。而且必须让德康布雷也知道这一点，他始终是尊敬她的。莉兹贝丝给他讲过一个骇人的故事，就在入住的第一天晚上，当时她躺到了那块地毯上。而那位贵族，他连眼睫毛都没有颤一下。脱帽致敬吧。这就是人们所说的胆识。而假如那位贵族有胆识的话，他若斯也是同样，这不需要什么理由。勒盖恩家的人或许野蛮，但却不是强盗。

这正是症结所在。德康布雷把他当成一个野蛮人，他永远也不会将那个房间出让给他的，他再怎么作梦也是没用的。没有莉兹贝丝，没有晚饭，也没有取暖器。

一小时后之后，当他掏空信箱的时候，他还在想着这些事。他一摸上那厚厚的象牙色信封，立刻就用大拇指把它划开。三十法郎。价目自己就上涨了呢。他瞥了一眼文本，没必要把它从头读至尾。这疯子难以理解的废话开始令他感到厌烦。接下来，他机械地分开可说与不可说的部分。他从第二摞消息中抽出下面这封：**德康布雷是个同性恋，他自己织花边。**和昨天的内容一样，只不过句子顺序调了个儿。这老兄也没什么创意。我还能首尾相接呢。正当若斯要把这则公告当作查浑丢弃时，他的手犹豫了，比前一日踌躇的时间还要长。把那间房子租给我，否则我就把这一爆料添加到唱报中去。这不多不少，正是要挟。

八点二十八分，若斯站上他的木箱，准备就绪了。全员都各就各位，就像排演了两千多遍的舞剧中的舞者们那样：德康布雷在自己家门边，低头看书；莉兹贝丝在右手边，在那一小撮人群当中；贝尔坦在左手边，在维京人红白相间的条纹帘子后面；达马斯在他身后，靠在**滚轴骑士**的橱窗上，离德康布雷的出租房不远，4 号房间，几乎隐没在大树后面；最后是那些狂热听众们熟悉的面孔，他们围成一圈，每个人都通过一种祖传性质找到了他们前一天所在的确切位置。

若斯开始唱报：

"一：求不会让糖渍水果陷到底部的英式水果蛋糕配方。二：不要以为关上门就能藏住你们的烂事。天父在上自会评判，你和你的臭婊子等着瞧。三：埃莱娜，你为什么不来？我为我对你所做过的一切道歉。贝尔纳上。四：在广场公园遗失了六个滚球。五：卖 1999 款 ZR7750，行驶 8500 公里，红色，有警报器、通风口、保险杠外壳，3000 法郎。"

人群中举起一只不熟悉规则的手，表达了它对于这条公告的兴趣。若斯不得不停下来。

"一会儿通通去维京人再问。"他有点儿粗鲁地说。

那只手臂放了下去，灰溜溜地，就和它举起来的时候同样迅速。

"六"，若斯继续说。"我睡不着觉。七：寻求全视野开放的比萨车，带 VL 重型车辆驾驶证，炉子能烤 6 个比萨。八：敲鼓的那些年轻人，再有下次，立刻报警。九……"

德康布雷不耐烦地等待着学究的公告，他再也提不起同样的兴致来听这些日常消息了。莉兹贝丝记下了一条关于普罗旺斯香料草买卖的消息，人们终于迎来了海上天气预报。德康布雷做好准备，把他的铅笔头握在手心中。

"……7至8级风力逐渐减弱到5至6级，午后西部区减弱到3至5级。汹涌的海上，雨和风暴也会减轻。"

若斯进行到16号公告，而德康布雷刚听到第一个词就立即认出了它。

"在这之后，我通过河流回到……，我在城市的另一头下船，在夜幕降临时，我必须进入……的夫人家中，我在那里得她相伴，当然是有千难万阻，但最终，我的心是向着她的。在这边饱餐一顿之后，我步行出发。"

随即是一段窘迫的沉默，但很快就被若斯用几条更易理解的消息打破了，接下来便要进行他的史摘栏目。德康布雷扮了个鬼脸。他没有时间全都记下来，文本太长了。他竖起耳朵聆听人权号的命运，这艘装载74门大炮的法国军舰在爱尔兰吃了败仗后，于1797年1月14日带着船上的1350名成员往回航行。

"……它被两艘英国军舰不倦号和女战士号追打：在经过一夜激战后，它搁浅在康泰海滩的对面。"

若斯把他的纸页收回他的水手短上衣中。

"喂，若斯！"一个声音喊道，"有多少生还者？"

若斯跳下他的木箱。

"我们不能寄希望于知晓一切。"他略略一本正经地说。

在他把讲台搬回到达马斯那里之前，他遇上了德康布雷的目光。他差一点儿就要向他冲过去三步，但他已决定将那件事推迟到中午的唱报之后再进行。吞下一杯苹果烧酒将会为他带来行动的决心。

十二点四十五分时，德康布雷兴奋地用缩略字句记录了如下的公告：

"十二：官员们将建立起人们必须遵守的规则，并把它张贴于街角和广场，这样就不会有 *perfonne* 忽视它们……他们将杀死狗、猫；杀死鸽子、兔子、小鸡和母鸡。他们将带着一种 *fingulière* 的小心保持家中与街道的清洁，城中及近郊的垃圾必须被清理，堆满粪便的 *foffe* 以及 *croupiffante* 的水也必须被清理……或者至少将其保持 *fécher*。"①

若斯已然回维京人吃午饭去了，德康布雷打算在这时去找他。他推开酒馆的门，贝尔坦为他端来一杯啤酒，放在一个装饰有两只诺曼底金狮的红纸杯垫上，这是为这家店特制的物品。为了宣布开餐，老板总是用拳头敲在一块悬挂于柜台上方的巨大铜牌上。每一天，无论午餐或是晚餐，贝尔坦都要敲响他的锣，释放出那狂风暴雨的隆隆雷声，惊吓起广场上的大群鸽子，在飞禽与人类的快速穿梭中，所有忍饥挨饿者都返回了维京人。通过这一动作，贝尔坦不但有效提醒了所有人，开饭钟点已敲响，同时也在向他威严的血统致敬，任何人都不会忽视这一点。贝尔坦从他的母亲一方继承了图坦的身份，这一名称经词源学支持，使他与斯堪的纳维亚的雷神托尔②之间建立起直属亲缘关系。假如说有一些人认为这样的推断过于冒昧，比如德康布雷就在其列，却没有一个人敢于将贝尔坦的家

---

① 此段中有一些词的拼写或读法是错误的，尤其是把 s 的音，写成或读成 f 的音，见下文中的解释。

② 北欧神话中的英雄。

族谱系树切成小片，甚于做出将一个在巴黎路面上刷了三十年杯子的男人的所有梦想都毁灭的行为。

这些额外问题使隹京人远较它的就餐功能而出名，而店内总是时时挤满了人。

德康布雷端着他的啤酒走过来，停在了若斯已经坐定的那张桌子前面。

"能和您说句话吗？"他问，并未坐下来。

若斯抬起他蓝色的小眼睛，嘴里嚼着他的肉，没有回答。究竟鹿死谁手？贝尔坦？还是达马斯？德康布雷是不是带着他的出租房前来挑衅的，只为了单纯的取乐而向他指出，他野蛮人的身份根本不配对铺地毯的旅馆抱有任何幻想？假如德康布雷是来羞辱他的，那他就把所有渣滓全斗出来。他用一只手示意他，有话坐下讲。

"12 号公告"，德康布雷开口说。

"我知道"，若斯有些吃惊地说，"它很特殊。"

看来这个布列塔尼人也从中瞧出了端倪。这就使他的工作变得简单了。

"它还有一些前前后后的姊妹篇"，德康布雷说。

"是啊。连续三周了。"

"我在想您有没有把它们保存起来。"

若斯用面包抹着剩酱汁，一口吞掉，然后他抱起手臂。

"存了又怎么样？"他说。

"他很想再读一读它们。假如您愿意的话"，不等布列塔尼人开口，他就抢先说，"我跟您买下它们。您手里已有的全部，以及将会收到的那些。"

"这么说的话，那就不是您喽?"

"我?"

"那个把它们塞进我信箱的人。我本来以为是您呢。它们看起来像是您的风格，那些古老的句子，完全看不懂。不过既然您想从我手里买它们的话，那肯定就不是出自您了。我还是有点儿逻辑的。"

"多少钱?"

"我手里已经没有全部了。只剩下最近五封。"

"多少钱?"

"一则公告一经念出"，若斯展示着手中的盘子说，"就像是已被啃过的小羊排：不再有价值了。我不卖。勒盖恩家的人或许野蛮，但却不是强盗。"

若斯向他掷去会心的一瞥。

"所以呢?"德康布雷又把话抛了回来。

若斯犹豫着。假如现在就没头没尾地拿一间客房和五张纸来讨价还价，是否合理呢?

"您似乎有一间房子正空闲着"，他支支吾吾地说。

德康布雷的脸僵住了。

"我已经收到了一些请求"，他用很低的声音回答。"这些人比您更有优先权。"

"好吧"，若斯说。"收起您的虚张声势吧。埃尔韦·德康布雷不想让一个野蛮人踩在他家的地毯上。这么说难道不是更快些吗，不是吗?想要入住，要么他得咬文嚼字，要么她就得是莉兹贝丝，两者必居其一，我猜不是今天就是明天，这房子一定归我。"

若斯喝干他杯中的葡萄酒，又把杯子重重地敲在桌上。然后他耸了耸肩，突然沉默了。勒盖恩家的人懂得看时机。

"好吧好吧"，他又喝了一杯之后继续说，"留着您的房子吧。不管怎么说，我能理解。我们两个根本不是一路人，所以别再较劲了。我们又能怎么办呢？您可以拿到那些纸片，假如您那么在意它们的话。今天晚上来达马斯的店里，在六点十分的宣唱开始以前。"

德康布雷按照说好的时间来到滚轴骑士。达马斯正忙着为一位年轻顾客调试旱冰鞋，他的妹妹从柜台那边向他招了招手。

"德康布雷先生"，她用低低的声音说，"您能不能去和他说说，让他穿上一件毛衣呢。他会冻感冒的，他的支气管可不怎么好。我知道您自然而然能说服他。"

"我已经和他讲过了，玛丽－贝勒。他要想通还得很久。"

"我知道"，年轻的女人咬着嘴唇说，"但您要是能再试试就好了。"

"我一找到时机就去和他讲，我向您保证。那个水手在这里吗？"

"在商店后间"，玛丽－贝勒指着一道门对他说。

德康布雷低下脑袋，从挂在头顶的自行车轮下面走过去，在一堆滑板的包围下进入修理间，这里堆满了各式各样的轮滑板，从地面一直码到天花板，而若斯就带着他的信箱坐在工作台的一角。

"您要的东西我放在桌边了"，若斯头也不回地说。

德康布雷拿起纸页，快速翻看了一遍。

"而这份是今天晚上的"，若斯补充道。"首播之前的。那疯汉发飙了，我现在一天里就收到三次。"

德康布雷展开纸页读道：

"第一步要杜绝来自土壤的污染，必须保持街道的清洁、房屋的卫生、清除掉垃圾和污秽，人和其他动物都要干净，尤其要注意市场中售卖 *poiffons*、肉和下水的店，那里总是堆积着易腐坏变质的废料。"

"我不知道这种像肉的 poiffons 是个什么"，若斯一边说，一边始终俯身在他那堆信件上面。

"那个应该是鱼① (*poisson*)，假如我能够说两句的话。"

"那您就说说看吧，德康布雷，我会很有耐性，不过不该您管的事您还是别管。因为勒盖恩家的人懂得朗读。尼古拉·勒盖恩从第二帝国时期起就已经在做唱报工作了。所以还轮不到您来教我 *poiffon* 和 *poisson* 之间的区别，看在上帝的份上。"

"勒盖恩，这是一些来自十七世纪的古老文本的片段。字母是用特殊字体逐字抄录的。那个时候，人们会把 s 写得有一点儿像 f。假如这样来理解的话，在你中午的唱报中，那些 '*perfonne*'、'*foffe*' 以及 '*croupiffante* 的水' 就不会有任何问题了。还有 '将其保持 fécher' 也会更加说得通。"

"什么，s?"若斯坐直身子，提高声调说。

"是 s，勒盖恩。是水坑（*fosse*），腐臭（*croupissante*）的水，干燥（*sécher*）和鱼。这是一些长得像 f 的古体 s。您自己看一看吧，假如人们仔细检查的话，就会发现它们并不是完全一样的。"

若斯展开手里的纸条，研究起笔画来。

"好吧"，他用一种不满的腔调说，"同意。然后呢?"

"这只是更有助于您的朗读，没别的意思。我不是要冒犯您。"

---

① personne 是"没有人"的意思，前文中 singulière 是"特殊"的意思。

"那好吧。拿着您见鬼的纸条闭嘴吧。因为说到底，朗读这件事是我的活儿。我才不要参和到您那一堆事里去。"

"这个意思是说?'

"这个意思是说，通过我这里的告发信，我知道了您不少事"，若斯指着他那摞不可说的消息说。"这让我回想起有天晚上我曾曾祖父老勒盖恩对我说过的话，人的脑子里可不总是只有一些好东西的。好在，我把它们都过滤分拣出来了。"

德康布雷的脸一下变得惨白，他找了一张凳子坐下来。

"我的老天"，若斯说，"您也不用吓成这样吧。"

"那些告发信，勒盖恩，您还留着它们呢吗?"

"是啊，我把它们归戍渣滓那一类。您感兴趣吗?"

若斯在他那堆不予宣读的消息中翻找着，取出两封信递给他。

"毕竟，了解对手总归是有用的"，他说。"有所警惕的人就能一个顶俩。"

若斯看着德康布雷展开那些纸条。他的手在颤抖，生平第一次，他对这位年老的学问人产生了一丝恻隐之心。

"您别担心了，尤其"，他说，"这就是些混账玩意。您知道我平日都读些什么。至于狗屎，就配丢到河中流走。"

德康布雷读完两张纸条，把它们重新放回膝头，脆弱地微笑着。若斯觉得他好像终于又能喘气了似的。这个贵族究竟在担心些什么呢?

"织花边没有什么不好"，若斯强调，"我的父亲，他也织渔网。除了要大得多，其实都一样。难道不是吗?"

"的确都一样"，德康布雷说着，把消息还给他。"不过最好还是不要把这个公开。人都是狭隘的。"

"非常狭隘"，若斯说着，又开始干起他手中的活儿。

"我的手艺是我母亲传授给我的。您为什么不在唱报中把这些公告读出来呢?"

"因为我不喜欢蠢货"，若斯说。

"但您也不喜欢我啊，勒盖恩。"

"我的确不喜欢。但我不喜欢蠢货。"

德康布雷站起身来离开。当他就要越过那道低矮的门时，他转过身来。

"那间房子是你的了，勒盖恩。"他说。

六

大约十三点钟，当阿当斯贝格穿过重案科的门廊时，他被一名不认识的中尉截住了。

"我是莫雷尔中尉，警长"，男人自我介绍道。"有一位年轻女士等在您的办公室里。她说就只见您一个人。说是叫什么玛丽斯的。她已经在那儿等了有二十分钟了。我给您把门关上了，因为法夫尔说要帮她鼓劲儿。"

阿当斯贝格皱起了眉头。昨天的那个女人，关于涂鸦的故事。上帝啊，他给她的安慰过头了。她要是每天都跑来跟他倾诉的话，事情就会麻烦很多。

"我做错了什么吗，警长?"莫雷尔问。

"没有，莫雷尔。是我的错。"

莫雷尔。高个子、瘦长、褐发、有粉刺、下巴突出、很敏感。粉刺、突下巴、敏感，等于莫雷尔。

阿当斯贝格小心翼翼地走进他的办公室，来到他的桌子前面，点了点头。

"哦，警长。我真不愿又来打扰您。"玛丽斯开口说。

"等一下"，阿当斯贝格边说边从他的抽屉中抽出一张纸，手里握笔，潜心研究着。

这是警察或企业主管的肮脏伎俩，在对峙中用于营造距离感，使他们的对手明白自己不受重视的次要地位。阿当斯贝格有些后悔用了这招。人们自以为距离生硬地一下子拉上夹克衫的诺埃尔中尉有十里之遥，结果却发现自己表现更糟。玛丽斯马上就被打击得低下了头。阿当斯贝格从中读出了一种长官欺负新兵的经典习俗。她长得相当漂亮，而俯身后，就能从她的衬衫中看到她的乳房。人们自以为距离法夫尔下士有百里之遥，结果却发现其实都是一丘之貉。阿当斯贝格在他的名单上慢慢记下：粉刺、突下巴、敏感，莫雷尔。

"怎么了？"他重新抬起头来说。"您还是害怕吗？您还记得吗，玛丽斯，这个地方是凶杀组。如果您感到太过不安的话，去找一位医生或许比找一位警察要来得更有用些吧？"

"哦，或许吧。"

"那就好"，阿当斯贝格站起身说。"别再担忧了，涂鸦是从来不会吃人的。"

他把门大大地敞开，对她微笑着，鼓励她走出去。

"可是"，玛丽斯说，"我还没有跟您说呢，那些其他大楼的事。"

"什么其他大楼？"

"在巴黎另一头，18区的两栋大楼。"

"怎么了呢？"

"那些黑色的4。画在了那里所有的门上，已经是一周多以前的事了，事实上，比我住的那栋大楼还要更早些。"

阿当斯贝格一动不动地停了一会儿，然后他轻轻地重新关上门，对年轻女人指了指一把椅子。

"那些涂鸦的人，警长"，玛丽斯一边再次坐下，一边怯生生地问，"他们应该只是在自己的街区乱画才对，是不是？我是说，就像是标记一块占有的领地？他们应该不会一会儿在一幢房子上面标记，一会儿又跑到城市另一头的另一幢房子上面去标记的，是不是？"

"除非他们住在巴黎的两头。"

"哦，是啊，不过通常来说，是不是犯罪团伙们自己也会划分区属呢？"

阿当斯贝格沉默了一会儿，然后他掏出他的小本。

"您是怎么知道这件事的？"

"我开车送我儿子去看专治发音障碍的医生，他有诵读困难症。在他治疗期间，我总在楼下的咖啡馆里等着。我翻看社区报纸，您知道，通常都是些本区新鲜事，还带点儿政治。结果那上面就有专门一栏报道了普莱街和科兰古街各有一座楼里的所有门上都被画上了4。"

玛丽斯停顿了一下。

"我把那张报纸给您带来了"，她说着将剪报放在桌上。"这样您就知道我并没瞎说。我想说的是，我没有在无理取闹。"

当阿当斯贝格浏览报道文章时，年轻女人站起身来准备离去。阿当斯贝格看了一眼他那个空空的字纸篓。

"等一下"，他说。"我们得从头再走一遍程序。告诉我您的姓名、地址，再画一次那个4，然后是后续所有。"

"可是我昨天已经都告诉过您了呀。"玛丽斯有些困惑说。

"我希望重新再来一遍。您知道，出于谨慎。"

"那好吧"，玛丽斯说着，再次顺从地坐了下来。

玛丽斯离开后，阿当斯贝格便出门去了。整整一个小时待在椅子上一动不动，这已经是他能给予座位这个停靠站的最长时限了。在餐厅就餐、看电影、听音乐会、带着一种由衷喜悦深深陷在扶手椅中的漫长夜晚，最终都会结束于身体上的某种痛苦。强烈渴望出门去，去走动，或是至少站起身来，让他摆脱交谈、音乐和电影。这种劣势状况自有其优点。这让他理解到旁人所说的焦躁、不耐烦，甚至是急迫的感觉，那种在他生命中所有其他时刻所缺乏的状态。

一旦站起身来，或是一旦开始走动，那种不耐烦的感觉立即便如它来时那样流走了。阿当斯贝格重新找到了他自然的节奏，缓慢、平静和坚定不移。他没有特别多想就又回到了重案科，只是感觉那些4既不是涂鸦，也不是小年轻的玩笑，甚至不是什么低俗的恶作剧。有一种模模糊糊的恶意隐藏在这一连串的数字当中，一种隐约的不安。

刚一看到重案科，他就明白他并不期待与丹格拉尔谈论此事。丹格拉尔最讨厌他像这样顺着毫不深邃的感觉乱开小差，把精力全都关注在与警察并不相关的事件上去的这种做法。即便在最好的情况下，他也会把这叫作浪费时间。阿当斯贝格白白向他解释，那些浪费掉的时间并不是就此浪费了，但丹格拉尔始终坚决反对这种不

49

合逻辑的思考体系，认定这简直毫无理性可言。阿当斯贝格的问题，在于他从来不采取其他任何方式，甚至完全没有一个体系，他从不坚信什么，或者哪怕一种简单的微弱意图。他只有一个大体的趋势，那是他唯一拥有的东西。

丹格拉尔坐在办公桌前，因吃了一顿结结实实的午饭而目光沉重，他正在测试刚刚接好的电脑网络。

"我访问不了总局的指纹系统"，他对走过来的阿当斯贝格低声抱怨。"怎么回事，可恶，故障吗？到底有没有接好啊？"

"总会发生这种事"，阿当斯贝格平心静气地说，那种平静如同在表达，他才不会与电脑扯上哪怕一丁点儿关系。

这种事不关己的态度至少没有让丹格拉尔上尉感到有多困扰，他很喜欢操作信息与文档。记录、分类、处理最大范围的档案，这与他井然有序的头脑最大程度地相符。

"您的办公桌上有一条留言"，他眼睛抬也不抬地说。"是玛蒂尔德女王的女儿。她旅行回来了。"

丹格拉尔从来都只称呼卡米叶为"玛蒂尔德女王的女儿"，因为从很久以前，这位玛蒂尔德就曾给过他一种强烈的审美及情感冲击。他像崇拜圣像一样地崇拜着她，而这份虔诚很大程度地转移到了她女儿卡米叶的身上。丹格拉尔认为，阿当斯贝格对卡米叶的保护和关注都太少了，远没有达到他应该达到的样子。阿当斯贝格从他助手某种低沉的怒吼或是沉默的责备中清晰地听出了这一点，尽管这位助手尽量保持着绅士风度，不去搅合别人家的事。此时此刻，丹格拉尔正一言不发地谴责着他两个月来对卡米叶的近况毫不关心。尤其是他还在一天晚上撞见过他与一位姑娘手挽着手，那都不会晚于上个礼拜。两个男人就这么无声地打过了招呼。

阿当斯贝格走到他助手的身后，盯着他滚动的屏幕看了一会儿。

"你说，丹格拉尔，有那么一个家伙专门喜欢在人家公寓的门上画一些含义不明的黑色数字4。事实上，它已经出现在三座大楼中了。一座在13区，两座在18区。我在想我要不要到那里去转一圈呢。"

丹格拉尔的手指在他的键盘上方悬停了下来。

"什么时候？"他问。

"就现在啊。先去叫一个摄影师来。"

"干什么？"

"当然是拍照啊，在人们把它擦掉之前。希望还没有被擦掉。"

"我是问为了干什么？"丹格拉尔重复着。

"我不喜欢那些4。一点儿也不喜欢。"

好极了。最糟糕的已经说出口了。丹格拉尔恨透了那些以"我不喜欢这个"或"我不喜欢那个"开头的句子。一个警察不需要喜欢或是不喜欢。他就只需要埋头苦干，并在埋头苦干的同时仔细思考。阿当斯贝格返回办公室找到卡米叶留的字条。假如他有空的话，那么她今天晚上会来找他。假如没空的话，他要预先通知她吗？阿当斯贝格点点头。当然，他当然是有空的了。

他一时欣喜，就摘下电话听筒叫人找摄影师过来。丹格拉尔又惊讶又阴郁地闯进了他的办公室。

"丹格拉尔，摄影师长什么样子？"阿当斯贝格问，"还有他叫什么名字？"

"我们三周前就把全部班组介绍给您了"，丹格拉尔说，"您还亲自与每一位男士和女士握了手。您甚至都和摄影师说过话。"

"这是有可能的，丹格拉尔，这甚至是确凿无疑的。但是您没有回答我的问题。他长什么样子，还有他叫什么名字？"

"达尼埃尔·巴尔特诺。"

"巴尔特诺，巴尔特诺，这，这个可不大好记啊。长相呢？"

"挺瘦的，有活力，常常笑，容易激动。"

"有没有什么特别的特征？"

"有些很密的红棕色雀斑，头发也几乎是红棕色的。"

"太好了，这个信息太好了"，阿当斯贝格边说边从抽屉里取出他的那份清单。

他俯身在桌子上记录道：瘦、红棕发、摄影师……

"您刚才说他姓什么？"

"巴尔特诺"，丹格拉尔逐字逐音地说。"达尼埃尔·巴尔特诺。"

"多谢"，阿当斯贝格边说边把他的小抄补充完整。"您有没有发现组里面有某个自以为是的大傻瓜？我虽然说某个，但或许有好几个。"

"法夫尔，让－路易。"

"就是这个。我们该拿他们怎么办？"

丹格拉尔摊开双手。

"这可是个世界级别的问题"，他说。"要改进一下吗？"

"这恐怕要花上五十年吧，老兄。"

"您准备要拿那些个 4 怎么办？"

"啊对。"阿当斯贝格回答。

他把他的记事本翻开到有玛丽斯所画图案的那一页。

"它们看起来就像这样。"

丹格拉尔看了一眼之后又把本子还给他。

"这里面有不法行为吗？暴力？"

"就只有这些画笔线条。这有什么值得去看的是吗？这里要是没有这些小短线，这事就全归总局负责。"

"这不是一个随心所欲的理由。街上还有很多等着我们去干的活呢。"

"可这不是随心所欲啊，丹格拉尔，我会向您证实这一点的。"

"就凭这些涂鸦。"

"从什么时候起，涂鸦的小混混们开始往楼里住户的门上涂抹了呢？而且还是在巴黎的三个不同地点？"

"也许是些恶作剧者吗？艺术家？"

阿当斯贝格慢慢地摇着头。

"不，丹格拉尔。这完全不关艺术的事。相反，这很下作。"

丹格拉尔耸了耸肩。

"我知道，老兄"，阿当斯贝格边说边走出办公室。"我知道。"

摄影师来到大厅，穿过一堆堆石灰渣走了过来。阿当斯贝格跟他握了握手。丹格拉尔对他反复强调的那个姓氏突然就从他脑中溜了个无影无踪。看来还是应该把他的小抄誊写到他的记事本上，留在手边才对。他明天就做这件事，因为今天晚上他要和卡米叶在一起，卡米叶要先于这个布尔特诺，而原来这就是他的姓氏吧。丹格拉尔从他身后迅速赶了过来。

"您好啊，巴尔特诺"，他说。

"您好啊，巴尔特诺"，阿当斯贝格跟着说，向他的助手投去一个感激的暗号。"我们这就走，去意大利大道。要拍的只是一些干净东西，纯艺术照。"

阿当斯贝格从眼角瞥去，看到丹格拉尔已经穿上他的上衣，正在拽着衣服后面的下摆，使它们与两肩对齐。

"我陪您一起去"，他低声嘟囔着。

七

若斯以三节半的速度匆匆来到欢乐街。从昨天开始，他就不断地问自己是否听清楚了老学问人所说的那句话："那间房子是你的了，勒盖恩。"他当然听清楚了，不过，那句话所说的是不是就是若斯以为它说的那个意思呢？它是不是真的在说，德康布雷把那间房子租给他了呢？连同地毯、莉兹贝丝和晚饭一起？给了他，这个从吉尔维内克来的大老粗？那当然说的就是这个意思。还能是什么呢？不过，当德康布雷昨天说出这些的时候，他是不是还没从震惊中醒过来，因此才决定退让的呢？今天的唱报结束后，他会不会走来对他宣布说，他也很无奈，但是由于优先权的问题，那间房子已经租出去了呢？

没错，这就是即将发生、马上就要发生的事。这个装腔作势的老家伙，这个老懦夫，他在知道了若斯不会把他那些花边勾当抖落到公共广场上以后便松了一口气。他在一种控制不住的激动情绪中许诺了那个房间。而现在，他又要把它收回去。这就是德康布雷的嘴脸：一个讨厌鬼，一个混蛋，就跟他一直以来认为的一模一样。

若斯愤怒地摘下信箱，粗暴地把它倒空在滚轴骑士的桌子上。今天早上如若再有一封给学问人揭短的新消息，他大有可能就此念出去。卑鄙无耻，卑鄙无耻都嫌不够。他不耐烦地浏览着这些公告，不过并没有他所期待的那种信息。反而是那个象牙色的厚重信封夹带着它的三十法郎再次出现了。

"这家伙"，若斯嘟都囔囔地展开纸页，"倒是从不放我鸽子。"

不仅如此，这还不是一件坏事。寄信人现在仅一人每天就为他带来上百个子儿的收入。若斯集中精神阅读着。

Videbis animalia generate ex corruption multiplicari in terra ut vermes, ranas et muscas; etsisit a causa subterranean videbis reptilia habitantia in cabernis exire ad superficiem terrae et dimittere ova sua et aliquando mori. Et si est a causa celesti, similiter volatilia.

"见鬼"，若斯说。"是意大利文。"①

八点二十八分，当若斯爬上他的讲台后所做的第一件事，就是确认德康布雷有没有靠在他自家的门框上。这还是两年以来他第一次如此迫切地盼望看到他出现呢。是的，他在那里，无懈可击地穿着他的灰色西服，以某种姿势反复梳理着他苍白的头发，手里捧着打开的皮面精装书。若斯向他投去一个不善的眼色，开始大声宣读1 号公告。

他觉得这次唱报比往常进行得都要迅速，他急着知道德康布雷究竟要如何背弃承诺。他几乎是草率地做着他的"为所有人的法国史摘"播报，他想更早一点儿与学问人对峙。

"法国轮船"，他生硬地收尾，**"3000 吨位，撞在庞马尔什的礁石上，随后漂流至托尔什沉没。全船人员遇难。"**

---

① 应该是拉丁语，大致意思为："你会看到从腐烂的土地中产生的大量像蛆虫、癞蛤蟆和苍蝇那群的动物；而且，你会看到，生活在地下的蠕虫要爬出地表，产下它们的卵，有时甚至死亡。如果情况发生在天上，鸟儿们也会同样。"

唱报结束后，若斯心不在焉地克制着自己一直把木箱搬回到达马斯店铺的门前，后者刚刚升起了铁皮卷帘门。两个男人握了握手。达马斯的手冰凉冰凉的。这种天气里还只穿着一件背心，结果简直是必然的。他再这么折腾下去，早晚会生病的。

"德康布雷今晚二十点在维京人等你"，达马斯一边收拾咖啡杯一边说。

"他就不能亲自来传他的话吗？"

"他全天都有会面安排。"

"或许吧，但我是不会围着他打转的。这贵族老爷，他可不是法律。"

"你为什么管他叫'贵族'？"达马斯吃惊地问。

"嘿，达马斯，你醒醒吧。德康布雷他什么时候不是贵族了？"

"我一点儿都不知道。我从来没这么想过。无论什么时候看，他都是那么的穷困潦倒。"

"穷困潦倒的贵族嘛，也是有的。但即便如此，他骨子里还是透着贵族的德行。"

"啊，是吗？"达马斯说。"这我可不知道。"

达马斯端来了热咖啡，似乎没有注意到布列塔尼人言语间流露的不快。

"那件毛衣，你到底是今天穿还是明天穿？"若斯带着一丝愠怒说。"你难道不知道你妹妹为了这个事特别担心吗？"

"就快穿了，若斯，就快了。"

"别把自己弄成一副鬼样子，还有你为什么不洗头，你这样子难道不难受吗？"

达马斯抬起一张吃惊的脸，甩了甩他的头发，那长长的褐色卷发披散在肩膀后面。

"我母亲说过，头发是一个男人的门面"，若斯强调着。"而你，你似乎不把这当回事啊。"

"它们很脏了么？"年轻男子有些不知所措地问。

"有一点儿，是的，有点儿脏了。别把自己弄成一副鬼样子。这是为了你好，达马斯。你有一头漂亮头发，你得把它们打理好。你妹妹从来不和你说这个吗？"

"当然说了。只是我给忘了。"

达马斯掐住头发的末梢检查它们。

"你说得对，若斯，我这就去打理它们。你能帮我看一会儿店铺么？玛丽－贝勒十点钟以前都不会回来。"

达马斯一跃而起，若斯瞧着他穿过广场，往药房的方向跑去了。他叹了口气。可怜的达马斯。这家伙太好心眼了，头脑也缺根弦。都不知道要在身上披件毛衣。反观那个贵族，脑子里东西倒是不少，可心肠却空空如也。人生真是不公平啊。

贝尔坦隆隆的雷声照例在晚上八点一刻时敲响。白天的时间奇妙地缩短了，广场已经笼罩在阴影中，鸽子们也都睡觉了。若斯咒骂着走进了维京人。他看到德康布雷坐在角落的桌子前，穿着暗色的西服，打着领带，白衬衫的领口有些磨破，他的面前放着两小壶红葡萄酒。他在看书。在所有这群人中他是唯一一个这么做的人。他有全天时间准备他的说辞，若斯等着看他能编出什么花样来。不过他要是想糊弄一个勒盖恩家的人，他就得有点儿其他的本事。什么缆绳、粗缆、麻缆啊，这些东西他见得多了。

若斯没打招呼地一屁股坐下，德康布雷立刻就把两杯酒都斟上了。

"谢谢您能前来，勒盖恩，我希望能不把这件事拖到明天。"

若斯只是点点头，喝了一大口酒。

"您把它们带来了吗？"德康布雷问。

"带来什么？"

"今天的公告，那些特殊公告。"

"我不会整天把它们带在身上。它们放在达马斯那儿。"

"那您总还记得一些吧？"

若斯慢慢地搓着脸。

"始终是那家伙在自顾自地讲他自己的事，像往常一样没头没尾"，他说。"然后还有一封意大利语的，就跟早上那段一样。"

"那个是拉丁语，勒盖恩。"

若斯沉默不语了一小会儿。

"我可越来越不喜欢这样子。净念些人们根本听不懂的东西，这可不是什么正派生意。这家伙到底想干什么呢？给大家伙儿添堵吗？"

"很有可能。您看，为了想知道他要干嘛，您不就挺烦心的？"

若斯喝光了他杯子里的酒，站起身来。事物没有人们所期待的那种外表。他很困扰，就像海上的那一夜，船上一切都失了常准，再也校不准基点。人们以为剑锋在右舷，而到了黎明时分却发现它们在正前方，正北方向。他们紧贴着灾祸逃过一劫。

他很快地离去之后又返回，同时问着自己，他以为德康布雷在右舷的时候，他难道就不会在左舷吗，他把那三个象牙色的信封放到桌上。贝尔坦刚刚端来了热气腾腾的饭菜，是诺曼底鱼片配土豆以及第三壶酒。若斯等都不等就吃了起来，而德康布雷则用低低的声音读出了中午的公告。

"'今天早上我来到书房，左手的食指很痛，这是因为我和昨天提到的那个女人打了一架，造成了挫伤。……我妻子去洗蒸气浴……长时间待在充满灰尘的房子里后希望能够好好泡个澡。她硬说找到了今后一直保持干净的办法。这将持续多久呢，我毫不费力就能猜得出来。'我知道这段文本，可恶！"他边说边把信收回信封，"但我却感觉置身浓雾一般，看不真切。要么是我书读得太多，要么就是我的记忆力离我而去。"

"有些时候，是六分仪离您而去。"

德康布雷又往杯子里面倒满了酒，继续看下一封公告：

"'*Terrae putrefactae signa sunt animalium ex putredine nascendium multiplication*, *ut sunt mures*, *ranae terrestres*...*, serpentes ac vermes*, ...*praesertim si minime in illis locis nasci consuevere.*[①]' 我能留着这些吗？"他问。

"假如这对您有帮助的话。"

"丝毫没有，眼下是这样。但我总会找到的，勒盖恩，我会找到的。这家伙在玩猫捉老鼠的游戏，但总有一天，再多来一个词，就会让我找出他的踪迹，我一定会攻克他的谜语。"

"攻克又怎样？"

"就可以知道他想要干什么。"

若斯耸了耸肩。

"以您这副脾气，您永远也别想做唱报人。假如人们在读到的

---

① 仍是拉丁语，大意是地面滋生腐败，大量繁殖出很多像老鼠、青蛙、蛇和昆虫之类的动物。

每份材料面前都停下来的话，就什么事都不用干了。无法再唱报，自己就把自己给堵死了。一个唱报人，应该是超脱于事物之上的。因为我在我的信箱中见过的疯话可不少。只是，我从没见过哪个人付得比常规价位多。也没见过用拉丁文写的，或者是长得像 F 的古体 S。何必要这样呢，真是奇怪。"

"为了伪装。他一方面引用文本，而不用自己的口吻说出来。您看出他的狡猾之处了吗？他不牵连自己。"

"我不相信那些不牵连自己的人。"

"另一方面，他选择一些古老的文本，除了他以外没人知道含义。他把自己隐藏起来。"

"听着"，若斯晃着他的餐刀说。"我并不讨厌古老的东西。我甚至还在唱报中加入一个'法国史摘'的栏目呢，您注意到了吗？这让我想起了上学的时候。我很喜欢历史。我虽然不听课，但是我很喜欢。"

若斯吃完了他那份餐，德康布雷又叫了第四壶酒。若斯看了他一眼。这个贵族还挺能喝嘛，这还没算上他在等他的时候灌下的那些呢。若斯也是按照自己的节奏来的，但他感觉他的掌控力正在悄悄溜走。他仔细看了看德康布雷那动摇的表情，猜测应验了。他喝酒肯定是为了下定决心来谈房子的事。于是若斯也让自己跟他一样不紧不慢。正如人们说东又说西，而就是不提房子一样，这才是制胜之道。

"有一位教授我打从心底里面喜欢"，若斯继续说。"尽管他的课讲得就像天书，但我还是很愉快。当他们把我从膳宿学校转走时，他是我唯一怀念的人。这在特雷吉耶也不算稀奇。"

"可您在特雷吉耶干什么？我还以为您一直都在吉尔维内克

呢。"

"老实说，我什么都没干。他们要我住膳宿学校，说是要矫正我的人品。他们就是要行使自己的特权，什么也不为。两年以后，他们又把我丢回了吉尔维内克，理由是我对同学们造成了很坏的影响。"

"我知道特雷吉耶"，德康布雷慢条斯理地说，再次斟满了自己的酒杯。

若斯一脸怀疑地看着他。

"自由路，您认识？"

"是啊。"

"那所男生膳宿学校正是在那里。"

"是啊。"

"就在圣罗克教堂边上。"

"是啊。"

"您打算对我说的一切都回答'是啊'是吗？"

德康布雷耸了耸肩，眼皮重重的。若斯摇摇头。

"您喝多了，德康布雷"，他说。"您都支撑不住了。"

"我是喝酒了，伡我同时也知道特雷吉亚。这两件事一码归一码。"

德康布雷又喝干了一杯，示意若斯再给他满上。

"就会说大话"，若斯边说边照他的指示做了。"想说些假话骗我。假如您认为我不过是个横跨了布列塔尼的毛头小子，愚蠢到几句说词就能哄骗的话，那您可大错特错了。我不是个爱国者，我是个水手。我知道布列苓尼和其他地方的人都同样愚蠢。"

"我也是。"

"您是为了我才说这些吗？"

德康布雷软绵绵地摇着头，在相当长的一段时间里没有开口。

"不过您真的知道特雷吉耶吗？"若斯穷追不舍，充分发挥了喝多酒的人的那股顽固劲儿。

德康布雷一边点头认可，一边又喝空了杯中酒。

"而我，我其实知道得并不多"，若斯说着，突然忧伤起来。"膳宿学校的主人凯尔马雷克神甫每周日都把我的活动安排得满满的。对于那座城市，我始终认为我只是透过玻璃窗看到过它，以及从小伙伴们的口中听过它罢了。记忆力这种东西真是可恶，因为我居然记得那混蛋叫什么，却忘记了历史老师的名字，他是唯一一个维护我的人。"

"迪库埃迪克。"

若斯慢慢地抬起头。"您说什么？"他问。

"迪库埃迪克"，德康布雷重复道，"这就是您的那位历史老师的姓氏。"

若斯眯起眼睛，俯身趴在桌上。

"迪库埃迪克"，他确认着。"扬·迪库埃迪克。这么说，德康布雷，您调查我了是吗？您想从我这儿得到什么？您是警察对不对？对了，德康布雷，您是警察吧？那些消息，就是个谎言，那间房子，全都是谎言！您想要做的，就是把我拐到您那个警察的圈套中去！"

"您害怕警察吗，勒盖恩？"

"和您有关系吗？"

"那是您自己的事。但我不是警察。"

"您说得好听。您是怎么知道我认识的迪库埃迪克的？"

"那是我父亲。"

若斯呆住了，他手肘撑在桌上，伸着下巴，醉醺醺迷登登的。

"不是开玩笑吧"，过了好长的一分钟后，他嘟嘟囔囔地说。

德康布雷打开他西服上装的左领，动作不太协调地翻到他的内兜。他掏出钱夹，从里面取出他的身份证，递给布列塔尼人看。若斯缓慢地检查着证件，用手指依次滑过姓名、照片和出生地。埃尔韦·迪库埃迪克，生于特雷吉耶，七十岁的神甫。

当他再次抬起头来时，德康布雷把食指放在嘴唇上面。别声张。若斯又低下头去看了好几次。有隐情。这个，即使他喝了酒，也是能明白的。不过在此期间，维京人里一直嘈杂不断，所以他们能轻声说话，而丝毫不必担心。

"那么……您怎么又叫'德康布雷'了?"他喃喃地说。

"那是瞎编的。"

好嘛，脱帽致敬。脱帽致敬啊贵族老爷。快让他搞清楚这个。若斯投注起全部精力仔细思考起来。

"那么"，他继续说，"您到底是不是贵族呢?"

"贵族?"德康布雷重新装好证件说。"您自己说，勒盖恩，假如我是贵族的话，我干嘛还要糟蹋自己的眼睛去织花边呢。"

"可要是没落贵族的话?"若斯仍不死心。

"也不是啊。只是没落而已。只是个布列塔尼人而已。"

若斯靠到椅背上，困惑极了，这就好像未经通报而一下子被一个怪念头或是梦境砸中一样。

"听着，勒盖恩"，德康布雷说。"这事可别对任何人提起。"

"莉兹贝丝呢?"

"连莉兹贝丝也不知道。谁都不能知道。"

"那您为什么要告诉我呢？"

"彼此回报吧，您讲出您的事，我也讲出我的事"，德康布雷一边解释一边又干掉了自己那杯，"对于真诚的人，就该加倍奉还真诚。假如您对那间房子改变了主意，就跟我直说。我能理解。"

若斯猛地坐直起来。

"您还要那间房吗？"德康布雷问。"因为我还有很多申请人呢。"

"我要"，若斯急匆匆地说。

"那就明天见吧"，德康布雷说着站了起来，"还有，谢谢您带来的消息。"

若斯拉住了他的衣袖。

"德康布雷，这些消息到底在说什么？"

"地下，腐烂。还有危险，我敢肯定。我一旦看出什么苗头来，就讲给您听。"

"像灯塔"，若斯好似梦游一般地说道，"就像当人们看到了引航的灯塔。"

"正是如此。"

八

三座被标记的大楼中有相当一部分公寓门上的 4 已经被擦掉了，18 区的两栋尤其如此，据一些房客们的证词所言，那已经分别是十天和八天前的事了。但由于这是一种品质极好的丙烯颜料，所以木板门上仍旧留下了可明显看到的黑乎乎的痕迹。反观玛丽斯所住的那栋大楼，则仍然保留了大量完好无损的样本，这使阿当斯贝格得以在它们被破坏前拍照取证。这些图案是一个个纯手工绘制的，而非采用模板统一套印。然而它们全都展示出完全一致的特征：七十厘米高，线宽恰好三厘米，左右翻转，底部膨大，并在横杠上有两条短线。

"干得很漂亮，是不是？"阿当斯贝格对全程中一直沉默不语的丹格拉尔说。"这个人相当娴熟。他是一气呵成的，没有任何返工。有如写汉字一般。"

"毋容置疑"，丹格拉尔边说边钻进汽车，坐在了警长右侧。"笔法既优美又流畅。他很有一手。"

摄影师在后座上收拾着他的家当，阿当斯贝格缓缓地发动了引擎。

"这些底片急着要吗？"巴尔特诺问。

"完全不急"，阿当斯贝格说。"您有空的时候再给我就好了。"

"那就两天以后吧"，摄影师提议道。"今天晚上，我得给总局冲洗照片。"

"说到总局，没必要把这件事告诉他们。这只是咱们几个人出来遛了个小弯儿。"

"假如他很有一手的话"，丹格拉尔继续说，"他很可能是个名画手。"

"那可不是些画作。我不这样认为。"

"但全部加在一起就可称得上是了。您想一想，一个小伙子对几百栋大楼下手，人们最终会谈起他的。这是规模现象问题，在集体中抓取艺术的人质。人们称之为一种'造势'。六个月后，大家最终会知晓作者的大名。"

"是啊"，阿当斯贝格说。"或许您说得对。"

"肯定是这么回事。"摄影师插进来说。

他的姓氏一下子窜回阿当斯贝格的记忆中：布拉特诺。不对。是巴尔特诺。瘦、红棕发、摄影师，等于巴尔特诺。好极了。至于名字嘛，无关紧要，尽管他肯定有一个。

"在我家南特伊镇那边也有这么个人"，巴尔特诺接着说，"他在一星期内把百十来号的垃圾桶都涂成了红色，上面还有黑斑点。人们差点儿就要说是巨型瓢虫入侵城市了，每一只都紧贴着一根电线杆，好像是趴在巨大的枝条上呢。然后吧，一个月之后，这家伙在地方最大的电台把这件事承揽了下来。现如今，他在当地文化界可谓是呼风唤雨啊。"

阿当斯贝格静静地开着车，不着急不上火地驶入了六点钟的大塞车行列。一行人缓慢地向重案科推进。

"这里面有一处细节有缺陷"，他在一个红灯前停下来时说道。

"我发现了"，丹格拉尔打断了他。

"是什么？"巴尔特诺问。

"这家伙没有把所有的公寓门上都画满"，阿当斯贝格回答，"他留出一扇，涂满了其他全部。而且三座大楼里全都是这种情况。幸免的门的位置不固定。玛丽斯家的大楼是在六层左手边，普莱街在三层右手边，而科兰古街则在四层左手边。这可与'造势'不太相符啊。"

丹格拉尔咬着嘴唇，咬完一边又咬另一边。

"这是对有失常准的一种尝试，它使作品真正成为作品，而不是装饰"，他建议道。"艺术家提交的是一种思考，这不是一张墙纸。它是缺失的部分，锁上的孔，未完的遗憾，对偶然的调动。"

"是虚假的偶然啊"，阿当斯贝格纠正道。

"艺术家要自己创造偶然。"

"这可不是一个艺术家"，阿当斯贝格轻声说。

他停在了重案科门前，拉紧手刹。

"好极了"，丹格拉尔附和道，"那么是什么呢?"

阿当斯贝格思索着，手臂压在方向盘上，盯着前方的远处。

"您能不能别回答我说'我也不知道'"，丹格拉尔建议。

阿当斯贝格微笑起来。

"在这种情况下，我最好还是什么都不说吧"，他说。

阿当斯贝格迈着优雅的步子步行回家，为了确保不要错过卡米叶的到来。他冲了个澡后，倒在扶手椅里，想要小睡半个钟头，因为卡米叶一向很准时。冲进他头脑的唯一想法，是他感到自己在衣服下面赤身裸体，就像他长时间未见她后一贯所做的那样。衣服下面赤身裸体，每个人的天然状态。这种合乎逻辑的证明并不会困扰阿当斯贝格。事实就是如此：当他等待卡米叶的时候，他在衣服下面赤身裸体，所以他并非处于工作状态。两者之间的区别再清晰不过了，不管它合不合乎逻辑。

九

在周四的三次唱报之间，若斯借助达马斯借给他的小货车，在一种迫不及待的焦躁中，跑了好几个来回搬运他的家当。最后一趟时达马斯伸出援手，帮他把最主要的家具从狭窄的六层楼上搬了下来。简而言之就是以下为数不多的几样东西：一个打着铜钉的黑色布面旅行衣箱、一面在角上绘有三桅帆船停靠图的壁镜、一把沉重的手工雕刻扶手椅，这是他的曾曾祖父利用短暂的在家时间用他的一双大手制作的。

他刚刚度过了一个与新的忧虑相伴的夜晚。德康布雷——也就是说埃尔韦·迪库埃迪克——昨晚由于喝了六小壶红酒，吐露得有点儿过多了。若斯唯恐他在慌乱中醒过闷儿来，第一件事就是把他赶到世界的另一头去。不过这样的事根本没发生，德康布雷体面地承担下这一状况，一到八点三十分时就手捧书本靠在了自家门框上。假如他后悔了的话，而他当然很可能后悔，甚至，假如他因将自己的秘密置于一个陌生且更野蛮之人粗糙的双手中而感觉不寒而栗的话，他倒是丝毫都没有表现出来。而假如他头昏脑涨的话，而他肯定是这样的，就和若斯一样，那他也同样丝毫没有表露出来，那张脸在听到两条当日公告出现时照例专注了起来，那就是从今以后被他命名为"特殊"的那些公告。

若斯当晚搬完家后就把这两则消息都交给了德康布雷。一旦他独身一人处于他的新房间中时，他所做的第一件事就是脱去鞋袜，赤脚踩在地毯上面，双腿分开，双臂下垂，闭上眼睛。1832 年生于洛克马里亚的尼古拉·勒盖恩选择在这一时刻坐上了他带有木脚的宽大的床，向他问了句好。"你好"，若斯说。

"干得不错嘛，小子"，老人家用手撑在鸭绒盖脚被上面说。

"是吗？"若斯半闭着眼睛说。

"你最好到这边来，而不是站在那里。我跟你说过了吧，做唱报人就是能爬得高。"

"你都跟我说了七年了。你来就是为了干这个的吗？"

"是那些公告"，老祖宗慢悠悠地挠着他没刮好的那半边脸颊说，"被你叫作'特殊'的、使你与那位贵族有瓜葛的那些公告，假如我是你的话，我就会服软。那不是什么好东西。"

"那是付过钱的，老爷爷，而且出价还相当不错。"若斯边说边重新穿好鞋袜。

老人耸了耸肩。

"我要是你，我就服软。"

"这话是什么意思。"

"就是它字面的意思，若斯。"

对尼古拉·勒盖恩造访他一层房间的这件事一无所知，此刻的德康布雷正在他底层楼的小书房中潜心研究着。这回，他感到今天"特殊"公告中的一条终于有一节搭扣松了开来，这虽然很微弱，但却或许是决定性的。

早晨的唱报文本继续讲述被若斯称为"那家伙没头又没尾故事"的后续见闻。德康布雷十分确信，这是从一本书的中间抽取出来而不顾及原有始末的片段。但为什么要这样做？德康布雷细细地反复读着这些段落，一心希望这些熟悉而微妙的语句最终能够昭显出它们创造者的名姓。

我和我的妻子一起前往教堂，她已经有一两个来月没去过那里了。……我不知道是不是该感谢那只野兔的脚爪，帮我抵御了肠积气，但自从我把它带在身上后，就的确没有再经历过肠绞痛。

德康布雷叹了口气，放下这张纸，转而拿起另外那张，搭扣即将松开：

*Et de eis quae significant illud , est ut videas mures et animalia quae habitant sub terre fugere ad superficiem terrae et pati **sedar** , id est , commoveri hinc inde sicut animalia ebria.*

他在下面快速地写下一行翻译，在中间留下了一个问号：*而信号在这些东西中显现，你从中看到老鼠及居于地下的此类动物逃向地面，并忍受着（？）就是说它们像醉酒的动物一样从这地方里出来。*

他在"*sedar*"这个词上面卡壳了一个钟头，这并不是一个拉丁文。他坚信这并非抄本上的一处错误，因为学究是十分讲究的，他甚至用省略号标出每一处删节，以表示他对原始文本所进行的操作痕迹。假如学究打出"*sedar*"这个字，那么就的的确确是"*sedar*"这个字出现在了一篇用完美的后期拉丁文写就的文本中心。当德康布雷攀着他的旧木梯，去够一本字典时，他突然停了下来。

阿拉伯语。那是一个来源于阿拉伯语的词汇。

他近乎疯狂地扑回桌上，双手紧紧攥着那份文本，仿佛为确保它不会就此飞走一般。阿拉伯语、拉丁语，混用在一起。德康布雷迅速查找着其他那些提到过动物逃向地面的公告，其中有一篇是若斯昨天读过的第一段拉丁语文本，几乎以统一的句式开头：*你将看到。*

你将看到滋生于腐败的这些动物在地下繁殖，那么多的蛆虫、蛤蟆和苍蝇，而假如症结在地下，你将看到居于地底深处的爬虫来到地面，将它们的卵弃置不顾，并不时死去。假如症结在空气，鸟儿也将难逃此劫。

这些手稿间彼此引用，有时甚至一字不差。不同的作者一再重复着一个唯一的主题，一直延续到十七世纪，这是一个代代相传的主题。用僧侣们复制以往一个个时代中**权威**[①]法令的那种方式。所

---

① 原文为拉丁语"*Auctorotas*"。

以这是一个组织行会。精英分子？文化人士？不，不是僧侣。跟宗教一点儿不沾边。

德康布雷把头埋在手中，继续仔细思考着，直到莉兹贝丝那像歌声一般的召唤响遍了整所房子，开饭时间到了。

若斯下楼来到饭厅以后，发现德康布雷旅馆的住客们已经在桌前全部坐好了，他们显然已经熟识此地的惯例，各人的餐巾都已经从木环中抽出并展开。每一个环上面都刻有一个独特的印记。他曾犹豫过是否从今晚开始和大家共同进餐——半膳宿的晚餐并非强制，如果是的话他们恐怕早已注意到了他昨日的缺席——这使他感到一种不太适应的窘迫。若斯已经习惯了独自生活、独自吃饭、独自睡觉以及自言自语，除去他偶尔到贝尔坦那里吃晚餐的时候。在他十三年的巴黎生活中，他有过三个女伴，交往时间都很短，但他从不敢把她们带回家，用他那就地而铺的床垫向她们表达欢迎。有女人的房子，哪怕只是最简单的形式，也是对他退隐后破败生活的一种无上安慰。

若斯费了好一番努力才从这种笨手笨脚的状态中脱离出来，这使他仿佛回到了早年间的那种少年时代，冲动的同时又很尴尬。莉兹贝丝冲他微笑着，递给他属于他个人的餐巾扣环。当莉兹贝丝露出大大的微笑时，他感到一种渴望，陷入一种突然的冲动中，想要投入他的怀抱，就像黑夜里撞向岩石的一艘遇险船只。一块迷人的岩石，圆润、光滑、黝黑，人们会向它奉献无尽的感激。这使他惊呆了。他从未感受过如此强烈的感情，只有在莉兹贝丝身上，在她微笑的时候。房客们响起一阵乱哄哄的问候声，向若斯表达欢迎之意，他坐在了德康布雷的右侧。莉兹贝丝则坐在桌子另一头的主席位子上，忙着为大家服务。在座的还有旅馆的另外两名寄宿者，1号房间的卡斯蒂永，一位退休的铁匠，前半生曾从事魔术师一职，游走于欧洲所有的歌舞餐饮馆子，还有 4 号房间的埃弗利娜·居里，这是一位不到三十岁的小妇人，平凡低调，一张温和的脸，打扮老旧过时，微微倾向她面前的碟子。这些莉兹贝丝在若斯刚刚来到旅馆时就告诉过他了。

"注意了，水手"，她当时在浴室中这么指点他，同时暗含着一种吸引力，"别犯错误。对卡斯蒂永，你要直来直去，这是条硬汉，深信那些戏法，虽然不知道他是怎么做到的，但你别冒险去揭穿。假如在晚饭期间你发现自己的手表不翼而飞，千万别惊慌，他只是情不自禁罢了，等到吃甜点的时候他就会把它还给你了。甜点的话，一整周都有糖煮水果，或者是时令水果，星期天有粗面蛋糕。我们这里的餐点不是塑料做的，你尽管闭起眼睛来吃就可以啦。但对待那位小夫人你要留心点儿。她是十八个月前来到这里寻求保护的。她在被毒打了八年之后离开了她丈夫的住所。八年啊，你能想象吗？看来她是挺爱他。最终，她找回了理智，在某天晚上来到了这里。但你要注意了，水手。她男人满城找她，要扒了她的皮，把她关回家去。这当然是不合适的，但这里的家伙们就这副德行，他可不管三七二十一。他为了不让她住在别人家是能打死她的，这个你该了解吧，你是懂那一套的。所以呢，埃弗利娜·居里的大号，你既不知道，也从没听说过。在这里，大家都管她叫埃娃，这样就不会引起任何麻烦。明白了吗，水手？你接触她时要多体谅一些。她不大说话，经常一惊一乍的，她会脸红，好像一天到晚都在担惊受怕似的。她会慢慢恢复起来，但这需要时间。至于说到我嘛，咱俩早就认识了，我是个好姑娘，但也挺口没遮拦，我应该更加收敛一些。这就是全部的情况。现在下楼去就坐吧，该到饭点了，你最好了解一下主菜，有两瓶酒，但不会再多，因为德康布雷有此倾向，被我及时按住了。谁要想继续喝就到维京人去。早餐时间是七点到八点，会为所有人准备，除了铁匠，因为他起床太晚，各人有各人的生活方式。我该说的都跟你说完了，所以别围着我打转了，我去给你准备你的扣环。我有一个小鸡图案和一个小船图案的。你喜欢哪一个？"

"什么扣环？"若斯问。

"用来套在你餐巾上用的。对了，每周都有洗衣服务，周五洗白色衣物，周二洗带色衣物。如果你不喜欢自己的衣服和铁匠的混在一起洗的话，两百米外还有一家洗衣店，你可以自己去。假如你需要烫熨，要再额外支付玛丽一贝勒费用，她会来擦窗户。那么关于扣环，你决定好了吗？"

"我要小鸡图案的"，若斯斩钉截铁地说。

"男人们啊"，莉兹贝丝边叹气边走了出去，"总是要抖机灵。"

汤、嫩煎小牛肉、奶酪和炖梨。卡斯蒂永自顾自地说了一会儿话，若斯小心翼翼地等在一边，接收着他的讯息，就像人们靠近一片陌生的海域那样。小埃娃一声不吭地吃着饭，只把头抬起来过一次，向莉兹贝丝要面包。莉兹贝丝冲她微笑着，若斯有一种奇怪的感觉，觉得埃娃极想投入他的怀抱。除非那仍旧只是他的一厢情愿。

晚餐时德康布雷几乎没怎么说话。莉兹贝丝来到帮她收拾餐桌的若斯跟前说："当他这副样子的时候，他就是吃饭时还在想着工作呢。"的确，德康布雷在把梨子吞下后就从桌边站了起来，向大家告辞以后回转了他的书房。

清晨的阳光伴随第一缕意识同时而来。那名字甚至在他睁眼以前便来到了他的嘴唇之上，仿佛这个词苦守一夜就是为了在等待沉睡者的清醒，渴望向他自我展示一样。德康布雷听到自己低声地说出了它：**阿维森纳**。

他一边起身一边把这个词反复念了好几遍，好像是怕它会随着朦胧睡意的消散而消失不见一样。为了更加保险，他把它记在了一张纸上：**阿维森纳**。然后他在旁边写道：医典。医者的典籍。

阿维森纳。伟大的阿维森纳，他是波斯的医生和哲学家，活跃于十一世纪初期，他的作品被千万次地从东方引入西方。用拉丁语编纂，而其中掺杂着阿拉伯语词汇。现在，他抓到了这个踪迹。

德康布雷微笑着在楼梯上等待布列塔尼人经过。他截住他的去路。

"睡得好吗，勒盖恩？"

若斯明显看出有什么新东西产生了。德康布雷那张苍白而瘦削、通常像死尸一般的脸，仿佛在一缕阳光的照射下复苏了。德康布雷脸上平日里所做出的那种既带点儿玩世不恭，又有点儿装腔作势的微笑一扫而空，取而代之的是一种纯粹的狂喜。

"我找到了，勒盖恩，我找到了。"

"找到什么？"

"有关我们学究的线索！我找到了，以上帝的名义起誓。您帮我留着白天的'特殊'公告啊，我要去图书室查一下。"

"在您楼下的书房里吗？"

"不，勒盖恩。我不是所有的书都有的。"

"啊，是吗？"若斯惊讶不已地说。

德康布雷身上穿着大衣，把他的书包放在两脚之间，记录着早间的"特殊"公告：

> 当四季的特质已然紊乱后，正如冬季里暖热取代严寒；夏季里清爽取代暖热，春季和秋季亦是如此，因这巨大的无常猛兽正如一种混乱的构架，搅乱了星辰和天空……

他把纸页塞进书包，又等了几分钟听完今日的船难故事。九点差五分时，他隐入地铁中。

十

这周四，阿当斯贝格在丹格拉尔之后就来到了重案科，这种事太过稀奇，以至于他的助手深深地瞥了他一眼。警长脸上的皱纹使他看上去就像只在五到八点之间草草睡了几小时的样子。他马上又出去了，到街上的小店里去喝一杯咖啡。

是卡米叶，丹格拉尔推断。卡米叶昨晚回来了。丹格拉尔无精打采地启动他的电脑，他还是像往常一样，自己一个人睡。像丹格拉尔这副难看的长柜，五官缺乏质感，身体还像一只向下流淌的融化大蜡烛一般，他两年内只碰一个女人一次都算来到世界的尽头。像往常一样，丹格拉尔挣脱着这种阴郁，这会把他直接导向——掠过的成箱啤酒，就像快速切换的幻灯片一样，他那五个孩子的脸闪现在他眼前。第五个拥有苍蓝色眼睛的孩子还不是他的，但他妻子以朋友价硬是把孩子丢给了他。这件事距离现在已经很久了，八年零三十七天，玛丽的身影，从后面，穿着绿色的裙子沿那条走廊不紧不慢地远去，房门打开，又在她背后喀哒一声关上，这幅画面在他的脑中整整萦绕了漫长的两年，伴随着六千五百瓶啤酒。那些孩子们的幻灯片，是两个孪生男孩，两个孪生女孩，还有蓝眼睛的小不点儿，于是这变成了他的牵挂，他的港口，他的救援队。他花费数千小时将胡萝卜捣得不能再烂，把衣服洗得不能更白，事无巨细地收拾书包，用小小的熨斗烫平褶皱，用消毒液将厕所里里外外地清洁干净。之后，这种强制行为才慢慢缓和下来，恢复到一种即使不算正常、至少也尚可接受的状态，还有一年消耗一千四百瓶啤酒，在他最艰难的日子里，那是变本加厉为白葡萄酒的。五个孩子是他与光明之间的唯一联系，他在某些黑暗的早上对自己这样说，任何人都无法把他拉出这种状态。再说了，也没有任何人想要这么做。

他一直在等待，也一直在努力，期待有一个女人留在他家中，履行一套与玛丽截然相反的举动，也就是说打开门，从正面，穿着黄色的裙子不紧不慢地沿那条走廊靠近，朝他而来，但事与愿违。和女人们的相处总是短暂无比，关系总是转瞬即逝。他不会硬说他想要一个像卡米叶那样的女人，不，那个轮廓是那么清澈而温柔，以至于人们不禁会想，紧急情况是该把她描画下来还是紧紧抱住她为好。不，他不会去渴求一轮月亮。一个女人，只是一个女人就好，即便她像他一样是个向下流淌的人，还能怎么办呢。

丹格拉尔看着阿当斯贝格从相反方向走了回来，然后把自己关进办公室中，无声无息地掩上了门。即便他也不算光彩照人，但他总归拥有了月亮。也就是说，是的，他光彩照人，尽管他脸上任何线条如果独立拿来看，都不能合乎逻辑地推出这一结论。全无规则、全无和谐，丝毫也不抓人。混乱的效果简直无以复加，但这混乱却产生出一种迷人的混沌，不时因生机勃勃而转为奢华。丹格拉尔总是遭受这种不公平的打击。他自己的面容其实和阿当斯贝格一样，也完全是一堆随机风险的聚合体，只不过总计表上却利润偏少。而阿当斯贝格，因为没有抽身的王牌，就打出了三张"10"。

由于丹格拉尔从两岁半起便勤于练习阅读和思虑，所以他并不会嫉妒。还因为他有幻灯片。同样也是因为，尽管有一种近乎积年累月的恼怒，他却很喜欢这个家伙，甚至是这家伙的容貌，他的高鼻子和他那种非同寻常的微笑。当阿当斯贝格向他提出跟他一起来这里，来重案科时，他连一秒钟都没有犹豫。阿当斯贝格的懒散，无疑是对丹格拉尔自己思维中那种焦虑和时而僵化的过度活跃的一种补偿，他几乎已经不能没有他，就像他不能失去成箱的啤酒那样。

丹格拉尔望着那道被关上的门。阿当斯贝格要研究那些4的事，通过各种各样的手段，并且尽量避免会引起他助手的不快。他松开键盘，靠到椅背上，稍稍有些忧虑。他问自己，自从昨晚以来是不是追错了方向。因为这个反向的4，他是曾在某个地方见过的。当他独自一人，躺在床上快要入睡的时候他想起了这件事来。那是很久以前，或许当他还是个年轻小伙子的时候，在做警察以前，而且是在巴黎以外。由于丹格拉尔这辈子极少旅行，所以即便这件事像其他事一样，印象已被抹去了四分之三，他也能从记忆中搜寻出它的踪迹。

阿当斯贝格关门是为了给巴黎地区四十来个警察分局打电话，并没有因为自己助手合情合理的神经质而感到压力。丹格拉尔主张这是一位艺术家的造势活动，但他却不这样认为。由此出发，直至在巴黎所有分区内全部调查之间，还有一步要走，这既无意义又无逻辑的一步，阿当斯贝格希望独自来攻克。直到今天早上，他还没有下定决心。早餐时，他又一次翻开他的小本看起那个 4 来，就像一个赌徒最后一把孤注一掷那样，他还连声向身边的卡米叶道歉。他甚至问她对此怎么看。很美，她这样说，但清醒状态下的卡米叶什么也看不出来，她分辨不出一本台历和一幅圣像之间的区别。证据便是，她本不该说"很美"，而应该说"很可怕"的。于是他温柔地回答："不，卡米叶，这并不很美。"就在那一刻，在那句话，在那个否定之上，他下定了决心。

短暂的夜晚拖慢了他的速度，全身包裹着一种舒适的疲劳，他拨出了名单上的第一个号码。

大约五点时，他打完了一圈电话，中途只在午饭时出去走了走。卡米叶给他打手机时他正坐在一条公共长凳上啃一只三明治。

她并不是向他来低声地评价昨夜的，不，那不是卡米叶的方式。卡米叶需要非常谨慎才能酿出一点点语句，她愿意把这留给身体去表达，不论谁要，不论要什么，都永远得不到确切的答案。

他在他的小本上写下，女人、聪慧、欲望，等于卡米叶。他停下笔，重读这一行。巨大的词句，扁平的词句。但当它们指向卡米叶时，它们抬头，好像已然填充了一些显然的事实。他几乎能看到它们在纸张表面鼓起气泡。好极了。等于卡米叶。对他来说，要写出爱（Amour）这个字真是太难了。提笔写出了"A"，接着便在"m"上不动了，不敢继续向前。这种迟疑使他长时间地惊讶，直到他能够通过与她经常见面，到达了她的中心，他是这么想的。他爱这份爱。他不爱由爱带来的那些玩意。因为，爱带来一些玩意，仅仅生活在床上那也实在太乌托邦了，即便就只有两天。玩意们组成的整整一条螺旋线，诱发于某种空泛的想法，满足于一座坚固的棚屋，爱情装在里面，据说再也不会逃跑。它像野草之火一样在两扇门之间和天空的下面激烈游走，在一个壁炉的四壁和地面间完成它的路线。而对于像阿当斯贝格这样的家伙来说，玩意们的螺旋线仿佛宣告了一个太过沉重的陷阱。他逃避预兆的阴影，凭借他出色的未卜先知本领提前定位到它们，以久经战场的猎物身份识破捕猎者的脚步。在这种逃窜中，他有时觉得卡米叶比他还更像领头人。卡米叶和她那反反复复的销声匿迹，她谨小慎微的情感，她永远踏在起跑线上的靴子。但卡米叶是在地下扮演她的那一部分，少些粗鲁，多些亲切。这样就很难在她身上发现将她推向自由天空的那种本能主宰，她不花费时间去稍稍思考得久一些。这不禁使阿当斯贝格意识到自己没有好好思考过卡米叶。他开始过几次，然后便忘记继续，被一些其他的忌路打断，被一个又一个的想法推动，直至组成了一幅镶嵌画，宣告着在他身上空白的即将来临。

小本始终摊开在膝盖上，他结束了正在记录的那个句子，他在A的后面点上一个句点，与此同时，几枚电钻正在攻打窗户那儿的石头，发出巨大的声响。卡米叶不会为了称赞而给他打来电话，而只会更为节制地向他说明今早他给她看过的那个4。阿当斯贝格站起身来，跨过路上的一些石灰渣，一直来到丹格拉尔的办公桌前。

"您那个系统找到了吗?"他关怀地问。

丹格拉尔点点头，用手指着屏幕，那上面正飞速移动着一大堆放大的拇指印，有如银河系照片。

阿当斯贝格绕过桌子，坐到丹格拉尔对面。

"假如您必须说出一个数字，您觉得巴黎一共有几栋大楼被标记上了4？"

"三栋"，丹格拉尔说。

阿当斯贝格伸出手指。

"三加九，一共十二。考虑到只有极少数人有意识将这种事情上报警察，除非是些焦躁不安、闲来无事和有强迫性症状的人，假如不论什么人都算上的话，我们可以将之推广到至少有三十来栋大楼已经被那个造势活动家画上了这一图案。"

"也是同样的4？同样的形制，同样的颜色？"

"同样的。"

"也是只留下一扇完好的门？"

"有待我们去查实。"

"您想去查实？"

"我想去。"

丹格拉尔把手放在大腿上。

"我曾经见过那样的4"，他说。

"卡米叶也是。"

丹格拉尔挑起一边的眉毛。

"她是在一本摊开在桌面上的书中看到的"，阿当斯贝格说。"在她一位女性朋友的男性朋友家中。"

"是一本关于什么的书？"

"卡米叶不清楚。她猜那是一本历史书，因为这个人白天做清扫工，晚上研究中世纪历史。"

"正常情况下不是应该正好反过来吗？"

"是相对于什么样的正常情况？"

丹格拉尔抓过放在办公桌上的一瓶啤酒，灌下了一口。

"那您呢，您是在什么地方看到的？"阿当斯贝格问。

"我也说不上来。在别的地方，而且是很久以前了。"

"如果说这个4已经存在于这里或那里，那么它就不再可能是一个创作了。"

"不可能"，丹格拉尔承认道。

"而一种造势是需要依托于一个创作的，对吧？"

"原则上是的。"

"那么我们该拿您的这位造势活动家怎么办呢？"

丹格拉尔撇撇嘴。

"让他让位呗"，他说。

"那我们该用什么买代替他呢？"

"用一个我们不能拿他怎么样的家伙。"

阿当斯贝格没注意石灰渣，在其中蹭了几脚，他的旧鞋子上沾到了白灰。

"我们好像已经被人事调动了"，丹格拉尔指出。"调到了重案科，凶杀组。"

"这我记得"，阿当斯贝格说。

"在这九栋大楼中，有犯罪吗？"

"没有。"

"暴力？威胁？或是恐吓呢？"

"没有，您很清楚没有。"

"那我们为什么还要谈论它呢？"

"因为我推测这里有存在犯罪，丹格拉尔。"

"在这些4里面？"

"没错。这是一种无声的进攻。而且很严重。"

阿当斯贝格看了看表。

"我还有时间带上……"

他掏出小本查看，又迅速地合上了它。

"带上巴尔特诺，去查看一下这其中的几座大楼。"

当阿当斯贝格跑去拿被他揉成一团丢在椅子上的上衣时，丹格拉尔也穿上了自己的那件，并仔细对齐着下摆。既然先天美不足，丹格拉尔就在优雅这第二张王牌上押上了全部。

十一

德康布雷回来得很晚，刚刚好有时间在晚餐前把若斯留给他的晚间特殊公告看上一遍。

……当毒蘑菇出现，当田野和树林布满蛛网，当牧场的牲畜染病甚至死亡，林间的野兽也同样死亡，当面包趋向于很快发霉；当人们在积雪上看到新近孵化的苍蝇、蛆虫和蚊子……

他收起纸条的时候，莉兹贝丝正穿过房子招呼房客们开饭。德康布雷的脸色不如早上那会儿容光四射，他一把抓住若斯的肩膀。

"我们得谈谈"，他说。"今天晚上来维京人。我希望单独谈，不被别人听到。"

"您钓到好货了？"若斯问。

"好是好，但却生死攸关。远超我们能消受的范围。"

若斯面露怀疑的神色。

"没错，勒盖恩。以布列塔尼人的名义起誓。"

晚餐时，若斯添油加醋地讲起他引以为傲的家族奇闻异事，博得了欠着身子的埃娃脸上的一笑。饭后他帮莉兹贝丝收拾餐桌，部分出于习惯，部分是想接近她。正准备去**维京人**时，他看到她穿着晚礼服走出房间下楼去。黑色闪亮的裙子贴在她大大的身影上。她匆忙经过时朝他微笑了一下，若斯觉得肚子好像被人揍了一拳。

维京人里闷热且烟雾缭绕，德康布雷坐在最深处的一张桌子后面等他，面前周到地摆着两份苹果烧酒。

"莉兹贝丝一洗完餐具就盛装打扮地出门了"，若斯刚一坐好就宣称道。

"是啊"，德康布雷说，并没表现出多大惊讶。

"有人约她？"

"除了周二和周日，莉兹贝丝每晚都是穿着晚礼服外出的。"

"她去见什么人吗？"若斯不安地问。

德康布雷摇了摇头。

"她去唱歌。"

若斯皱起眉来。

"她去唱歌"，德康布雷重复了一遍，"登台表演。在一个小酒馆里。莉兹贝丝的歌喉能援人呼吸。"

"见鬼，这有多久了？"

"自从她来到这里时就开始了，自从我教她演唱。她能让圣安布鲁瓦兹的大厅每晚都爆满。勒盖恩，有一天您会看到她的名字出现在海报顶头。莉兹贝丝·格拉斯东。无论您在哪里看到，可千万别忘了今天。"

"我太吃惊了，因此不会忘的，德康布雷。那个酒馆，我们能去吗？我们能去听她唱歌吗？"

"达马斯每晚都去。"

"达马斯？达马斯·维吉耶？"

"还能是谁？难道他从来没对您讲过吗？"

"我们每天早上都在一起喝咖啡，他从没向我提过半个字。"

"这也难怪，他是她的爱慕者。这不是什么理应分享的事情。"

"该死的达马斯。但达马斯，他有三十岁了。"

"莉兹贝丝也是啊。不能因为她比较丰满就说她没有三十岁。"

若斯开始幻想起达马斯和莉兹贝丝两个人在一起的可能性来。

"据您看，会那样吗？"他问。"您不是知晓人生诸事吗？"

德康布雷怀疑地撇了撇嘴。

"男子气早就不能吸引莉兹贝丝的兴趣了。"

"达马斯很温柔。"

"那也不够。"

"莉兹贝丝期待什么样的男人？"

"没多大要求。"

德康布雷喝了一大口苹果烧酒。

"我们来这里不是为了探讨爱情的，勒盖恩。"

"我知道。我们是要说您掌握到的那条大线索。"

德康布雷的脸色黯淡下来。

"那么严重吗？"若斯说。

"我恐怕是的。"

德康布雷的目光扫过身边那些桌子，似乎对充斥维京人的嘈杂声感到安心，这种噪音比一整支野蛮部落在古诺曼人龙头船甲板上闹出来的动静还要大。

"我已经辨识出了其中的一个作者"，他说，"他是十一世纪时的一位波斯医生，阿维森纳。"

"好极了"，若斯说，比起这个阿维森纳来，他对莉兹贝丝的事要感兴趣得多。

"我在他的《医典》中找到了那段文字。"

"好极了"，若斯重复着。"说说看，德康布雷，您是不是也和您父亲一样，是一名教授呢？"

"您怎么知道？"

"因为啊"，若斯说着把手指弄得咔咔响。"我也一样知晓人生诸事啊。"

"我要讲给您的东西可能会令您感到烦闷，勒盖恩，但您可得集中注意听啊。"

"好极了"，若斯重复着，他感觉一下子回到了膳宿学校时听老迪库埃迪克讲课的那段日子。

"其他作者几乎没做什么，只是复制阿维纳森的话。永远是同一个主题。人们围着它打转，却不提它的名字，不碰触它，就像秃鹫围着一具腐尸打转，盘旋着靠近一样。"

"围着什么打转？"若斯问，有点儿没跟上。

"围绕主题，勒盖恩，我刚和您讲过了。所有特殊公告的唯一目标。它们宣布的就是那个。"

"它们宣布什么了？"

这时贝尔坦拿来了两份苹果烧酒放在桌子上，德康布雷等着高大的诺曼底人走远后，才继续说下去。

"鼠疫"，他压低声音说。

"什么鼠疫？"

"**那场**鼠疫。"

"您是说古时的那场大瘟疫吗？"

"没错。正是它。"

若斯沉默了一会儿。学问人是不是在信口开河？他是不是想要出他的洋相？若斯没能力判断所有历史古籍的真伪，而德康布雷可以随心所欲地糊弄他。他以水手的谨慎审视着博学老人的脸，他绝对不像是在开玩笑。

"您不是在给我下迷魂阵吧，德康布雷？"

"我为什么要那么做？"

"为了玩那个无所不知者对上一无所知者的游戏。聪慧对痴傻，开化对蛮荒，广博对肤浅。因为在这种游戏中，我也可以把您骗上贼船，把您赶上浪尖，还不给您救生衣。"

"勒盖恩，您真是粗暴。"

"没错"，若斯承认道。

"我猜您已经给这片土地上的不少人瞧过您的厉害了。"

"还有这片海洋上。"

"我从来不玩聪慧对痴傻的游戏。那能带来什么呢？"

"带来权力。"

德康布雷微笑着耸了耸肩膀。

"我们能继续谈吗？"他说。

"假如您希望的话。但坦白讲，这事又能把我怎么样呢？曾经有三个月，我为一个家伙读他誊抄的圣经。有人付费，我就读。对方企图在我身上获得什么呢？"

"这些公告从道义上讲是属于您的。所以假如我打算明天去报告警察，我希望您能事先知晓。而且我也很希望您能和我一起去。"

若斯一下喝光了他的苹果烧酒。

"警察？您发什么疯，德康布雷！这里面关警察什么事？不管怎么说，这都不算常规类警报吧。"

"您怎么知道不算？"

若斯把溜到嘴边的话又吞了回去，一切为了房子。他必须保有那间房子。

"您好好听我说，德康布雷"，他再次主导对话，"我们这儿有个小家伙，据您所说，喜欢抄一些关于鼠疫的古籍。一个疯子罢了，是不是，魔障了。假如但凡有个精神不正常的人张口说话，我们就要去牵涉警察的话，那我们还有什么时间拿来喝酒呢。"

"首先"，德康布雷喝掉一半他的苹果烧酒说，"他并非满足于抄写，他让您宣读它。他在公共广场发出这种声音，而且是不具名的。其次，他在推进。他走向文本的开篇。他还没有开始涉及包含'鼠疫'、'疾病'或'死亡'这类词的段落。他尚在序幕中拖拉，但他在前进。您明白吗，勒盖恩？*他前进*。这才是问题的严重之处。*他前进*。向哪里前进呢？"

"当然是向着文本的结局喽。这合情合理，不是吗。还从没见过谁从一本书的尾巴开始讲故事的吧？"

"是很多本书。而您知道结局是什么吗？"

"可我又没读过它们，我没读过那些傻缺的书！"

"几千万人的死亡。这就是那个结局。"

"因为您推测这个疯子要杀掉法国一半的人口？"

"我没那么说。我说的是他在将这件事向一种致命的发展上推动，我说他扩散。这可不像他在给我们大家读《天方夜谭》啊。"

"他推动，那是您的说法。我倒觉得他更像在原地踏步。已经一个月了，他一直让我们回顾这些野兽的故事，一会儿这种形式，一会儿又换另一种形式。除非您管这也叫推动的话。"

"我很肯定。您还记得另外那些公告吗，那些讲述一个男人没头又没尾生活的那个故事？"

"当然记得。那整个什么都没说。就是有个人，他吃，他爱，他睡，全部就只讲了这么多事。"

"这个家伙，他是塞缪尔·佩皮斯。"

"我可不认识这人。"

"我来为您介绍：这是个英国人，他是生活在十七世纪伦敦的一位资产阶级绅士。他供职于，假如用现在的话来讲，算供职于海军部。"

"您是说一个督察长办公室的大饭桶吗？"

"不准确，不过反正也不太重要。重点是，这位佩皮斯在 1660 到 1669 的这九年中一直写私人日记。我们的疯子朋友投进您信箱的那些，正是 1665 年伦敦爆发大鼠疫而最终有七万人死亡的那些日记。您明白了吗？特殊公告正在一天天地接近爆发的那一日。现在我们马上就快到了。这就是我所说的**前进**。"

这还是第一次，若斯感到困扰。学问人讲的话令他不安。他们竟然要将此事汇报警察。

"那些警察，他们会笑掉大牙的，我们可是要去跟他们说，有个疯子以让我们读三个世纪以前的一本旧日记取乐啊。我们自己才会被关起来，肯定的。"

"我们不去和他们说这个。我们只是去向他们汇报，有个疯子在公共广场以宣布死亡取乐。然后他们自会处理。我的良心也好解脱。"

"他们还是会笑的。"

"当然了。所以我们不能随便找个警察就去见。我认识一个人，他与他们其他人笑的方式都不同，笑的对象也不同。我们就去见他。"

"您乐意的话那您就去见呗。如果他们像欢迎祝圣饼一样欢迎我的证词，那才要叫我吃惊。只因我，德康布雷，我的案底不清白。"

"我也不清白。"

若斯看着德康布雷，一句话也没说。好家伙，脱帽致敬。脱帽致敬啊贵族老爷。老学问人不单单是来自北部海岸省的布列塔尼人，深藏不露，而且他还有前科，深藏不露啊。不过当然了，既然他连名字都是假的话。

"几个月?"若斯像真正的海上绅士一样，颇有分寸地问道，毫不纠结于理由。

"六个"，德康布雷说。

"九个"，若斯回答。

"服刑吗?"

"服刑。"

"彼此彼此。"

公平。在这样的交换之后，两个男人向一小段颇有些严肃的沉默致敬起来。

"好极了"，德康布雷说。"您陪我去吗?"

若斯做个了鬼脸，仍旧没有被说服。

"那不过是些*文字*。是些文字。文字从来不杀人。我们知道的。"

"但我们都知道，勒盖恩。正好相反，文字从来都杀人。"

"从什么时候？"

"从某个人叫嚣着'去死！'并且大众把他吊死的时候。从来都是。"

"好极了"，若斯投降地说，"那他们会取缔我的工作吗？"

"来吧，勒盖恩，您难道还害怕见警察吗？"

若斯被激得振作起来。

"才没有，告诉您，德康布雷，勒盖恩家的人或许野蛮，但警察永远吓不了我们。"

"那就再好不过了。"

十二

"我们要去见哪位警察？"上午十点左右，若斯一边爬上阿喇戈大道一边问。

"我见过两面的一个男人，当时是在，我那个……"

"留案底的那个时候。"若斯替他补充。

"正是。"

"两面啊，这时间可不足以把一个人看透。"

"但能够大致了解，而且初步印象还不错。我一开始时还把他当罪犯了，这可是个好征兆啊。他会好好地给我们五分钟。最坏的情况是，他把我们的到访记在交接手册上，然后转身忘了这件事。最好的情况是，他很感兴趣，并且向我们询问一些细节。"

"有关事宜？"

"有关事宜。"

"他为什么会感兴趣？"

"他对迷雾类故事要么喜欢，要么索性没兴趣。至少我第一次见到他时，一位上级就在这样批他。"

"我们要去见一个底层的小喽啰吗？"

"这让您别扭了吗，船长？"

"我跟您说了，德康布雷。我不在乎这事。"

"不是喽啰。他现在是警长负责人了，领导重案科整整一个班组。是凶杀组。"

"凶杀？那他会乐意听我们的老典籍吗？"

"我们上哪儿知道去啊？"

"一个小迷雾是何德何能升成负责人的啊？"

"据我所知，他是迷雾方面的天才。我称为迷雾，其实也可以说是些说不清道不明的东西。"

"我们就别在用词上精益求精了吧。"

"我就爱精益求精。"

"我注意到了。"

德康布雷在一扇很高的车马大门前停了下来。

"我们到了"，他说。

若斯审视着建筑物的外观。

"他们这艘破船真该好好进船坞检修一番。"

德康布雷背靠在建筑物上，交叉起双臂。

"然后呢？"若斯说。"我们不继续了么？"

"我们约的是六分钟以后。几点就是几点。这恐怕是个大忙人。"

若斯也靠上建筑物，在他旁边一块儿等起来。

一个男人从他们面前走过，眼睛盯着地面，双手插在衣袋里，从门廊下面不紧不慢地穿了过去，没有看到靠在墙上的两个男人。

"我想就是他"，德康布雷小声说。

"那个褐发的小个子？您在开玩笑。一件灰色的旧运动衫，一件满是褶的上衣，他甚至都没修剪头发。要说他是纳博讷码头上来买花的，我没意见，但要说是警长嘛，我可不信。"

"我就跟您说是他。"德康布雷坚持道。"我认出了他走路的样子。他总是晃晃悠悠的。"

德康布雷看了看手表，刚好过去了六分钟，于是他拉着若斯进入了这栋办公大楼。

"我记得您，迪库埃迪克"，阿当斯贝格请两位来访者进入他办公室后说，"也就是说没有，在您打来电话之后我查看了您的档案，这才记起了您。我们两个交谈过一小会儿，当时印象不深。我记得我建议您离开原有行业。"

"我正是这样做的。"因为石钻钻孔的嘈杂声，德康布雷提高音量说，但阿当斯贝格却好像没注意到那噪音的样子。

"您出狱以后找了什么事情做吗？"

"我干起了咨询。"德康布雷说着，提到他出租楼下房间以及织花边度过窘境的事。

"纳税了吗？"

"生活的各个方面都纳了。"

"啊，是吗。"阿当斯贝格出神地说，"为什么不呢。您有一些顾客了吧？"

"我过得还不坏。"

"人们都和您讲什么呢？"

若斯开始自问，德康布雷真没找错地儿吗，还有这位警察真能时不时地干好活吗？化的桌面上没有电脑，却有一堆堆零散的纸，甚至椅子上和地上也都是，上面布满了笔记和图画。警长始终保持站立，靠在白墙上，两手叉腰，他从下往上看着德康布雷，低着头。若斯发现他的眼睛有种褐藻的颜色和稠度，其中滑过螺旋盘绕的墨藻，温柔的同时又很模糊，发亮的同时又缺乏光芒，缺乏精准。这水藻的圆圆水疱可以称为浮子，而若斯判断，这绝对是一双最适合警长的眼睛。那浮子沉入到眉毛下面，好像被提供和搅出了两个岩石的庇护所。钩状的鼻子和棱角分明的脸部线条为所有这部分整体带来了一点儿力度。

"但人们尤其会为了爱情的事前来"，德康布雷继续说，"比如他们尝得太多，或者不那么够，或者再也不想要，比如不是按照他们的心愿，比如他们不再能够掌控，都是因为各种各样的……"

"玩意"，阿当斯贝格插进来说。

"玩意"，德康布雷肯定道。

"您看啊，迪库埃迪克"，阿当斯贝格说着离开墙面，开始在屋里走了起来，"这里是处理专门事物的重案科，处理凶杀案的。所以，假如您的旧事又有了后续，假如有人通过这样或那样的方式骚扰您，我不……"

"不。"德康布雷打断他，"不是关于我的事。但也没涉及犯罪。至少还未涉及。"

"威胁吗？"

"或许算。是些匿名的公告，一些死亡公告。"

若斯把两肘支在大腿上，饶有兴致地看着。这学问人要带着他那种含混不清的焦虑全身而退可不容易啊。

"是直接针对某个人吗？"阿当斯贝格问。

"不。这些公告是宣布总体的毁灭，大灾难。"

"是吗"，阿当斯贝格一边来回走着一边继续说，"一名第三个千年的布道者吗？他说什么？世界末日吗？"

"鼠疫。"

"等一下。"阿当斯贝格停顿了一下说，"这就有点儿不同了。他是通过什么方式告知您的？信件？电话？"

"通过这位先生"，德康布雷用一种颇有些隆重的姿势指着若斯说，"勒盖恩先生从他的曾曾祖父一辈起就是职业唱报人。他在埃德加－基内街和德朗布尔街的十字路口宣布街区内的新消息。让他亲自向您解释会更好些。"

阿当斯贝格转向了若斯，脸上有些懒洋洋的。

"简单说来"，若斯说，"那些有话要说的人把消息传给我，而我把它们念出来。这不是什么难事。需要一副好嗓子，还有准时准点。"

"所以呢？"阿当斯贝格说。

"每一天，目前是每天两到三回"，德康布雷接下去说，"勒盖恩先生都会收到这些预告鼠疫的小文本。每则公告都使我们更加接近它的爆发点。"

"好的"，阿当斯贝格拽过他的交接手册说，草率的动作清晰宣告了本次谈话将近结束，"从什么时候开始的？"

"从 8 月 17 日起"，若斯详细地说着。

阿当斯贝格的动作悬在空中，他飞快地抬眼看了布列塔尼人一下。

"您肯定吗？"他问。

而若斯看到了自己所犯的错误。这错误并非关于第一次"特殊"公告出现的日期，不，而是关于警长的那双眼睛。在这水藻目光的池水中刚刚点燃了一种清晰的光芒，好像浮子的壳被一场小型火灾炸裂了一样。原来它是可燃可熄的，就像一座灯塔。

"8 月 17 日的早上"，若斯重复了一遍，"正好在船坞干燥期后。"

阿当斯贝格丢掉他的交接手册，又开始走了起来。8 月 17 日，巴黎第一栋大楼被标记上 4 的日期，夏约街。至少是第一个被上报的大楼。第二栋则出现于两天之后，在蒙马特。

"那接下来的消息是什么时候？"阿当斯贝格问。

"两天后，19 日"，若斯回答，"然后是 22 日。接下来公告就频繁起来。从 24 日起几乎每天都有，而且没过多久就变成了一天好几次。"

"能看看吗？"

德康布雷把他保留的最近几页纸递了过去，阿当斯贝格接过来快速浏览着。

"我没明白"，他说，"你是从哪儿联系出鼠疫来的。"

"我认出了这些摘录"，德康布雷解释着。"这是从描述鼠疫的古书中提取出来的引文，多个世纪以来，这样的文字多达好几百种。送信者给出一些预兆的信号。他马上就要切中问题的要害了。我们已经离得很近。在今天早上的这最新一段中"，德康布雷指着其中一张纸页说，"文本刚好停在了'鼠疫'这个词的前面。"

阿当斯贝格检查着当日的公告：

……很多移动着，就像影子爬上墙，人们看到昏暗的水汽像雾一样从地面升起……当人们发现人类正极大地缺乏信任，拥有的却是嫉妒、仇恨和放纵……

"事实上"，德康布雷说，"我认为我们明天就能看到了。也就是说，对我们的主人公来讲是今天夜里。根据这位英国人的《日记》。"

"无序中的生命终结吗？"

"它们是按顺序来的。它们都写于 1665 年，正是伦敦发生大鼠疫的那一年。过不了几天，塞缪尔·佩皮斯就会看到他的第一具尸体。明天。我猜就是明天。"

阿当斯贝格把纸页放回桌上，叹了口气。

"那我们，据您推测，我们会看到什么呢？"

"一点儿也不知道。"

"也许什么都看不到"，阿当斯贝格说。"只是这件事令人非常不快，不是吗？"

"千真万确。"

"但却挺蹊跷。"

"我知道。法国的最后一次鼠疫于 1722 年在马赛结束。现如今这已是个传说了。"

阿当斯贝格把手指插进头发中，或许是为了梳理一下，若斯这么想，接着他收起纸页，把它们还给了德康布雷。

"谢谢您"，他说。

"我还能继续宣读它们吗？"若斯问。

"没问题，尤其是千万不要停。还要向我报告后续情况。"

"要是没有后续了呢？"若斯说。

"极少有人在抛出如此有组织又诡异的信息之后却不采取任何具体行为的，哪怕是个很小的动作。我很想知道这家伙接下来会如何安排。"

阿当斯贝格把两人一直送到门口，然后迈着缓慢的步子返回他的办公室。这个故事已经超出了不快的范围，属于恶劣了。至于说到它与那些 4 的关系，除了日期重合外，一点儿也有。但他却倾向于做出与迪库埃迪克相同方向的推断。明天，这位叫佩皮斯的英国人将遇到他伦敦鼠疫的第一例死亡，大灾难的前夕。阿当斯贝格没有坐下就快速翻开了他的记事本，找到卡米叶给他的那位中世纪研究者的电话号码，她就是在这家伙的家里看到过那个反向的 4 的。他查看了一眼刚刚挂好的钟，上面指向十一点五分。假如这家伙是个清扫工的话，那他能在家中找到他的机会就微乎其微。一个男人的声音接听起来，相当的年轻和热情。

　　"马克·旺多斯莱在么？"他问。

　　"他不在。他去保留战壕了，去完成擦拭和熨烫任务。如果您需要的话，我可以帮您给他的驻地留言。"

　　"那就多谢了。"阿当斯贝格有点儿吃惊地说。

　　他听到那边的人放下电话，弄出一些找纸和写东西的动静。

　　"我好了"，那个声音重新说。"请问我在有幸与谁交谈"

　　"我是重案科的警长负责人，让－巴蒂斯特·阿当斯贝格。"

　　"见鬼"，那个声音说，突然郑重起来，"马克惹上什么麻烦了吗?"

　　"没有，是卡米叶·弗雷斯蒂埃给了我他的号码。"

　　"啊。卡米叶呀"，那个声音虽然只是简单地说着，但却带有一种对阿当斯贝格宣告"卡米叶"主权的腔调，阿当斯贝格不是个善妒的人，与其说他是在一瞬间感到打击，不如说是有些吃惊。围绕在卡米叶周围的圈子宽广而人数众多，他一贯以他的不上心而彻底忽略。当他偶然发现其中一个片段时,他总是很吃惊,这就如同他叩开了一片未知大陆的门户。谁说卡米叶不能拥有众多疆土呢?

"是有关一幅图画的事",阿当斯贝格继续说,"一个图形,更像个谜语。卡米叶说她曾经在马克·旺多斯莱家中的一本书里看到过一份影印。"

"那太可能了",那个声音说。"不过肯定不算新了。"

"您说什么?"

"马克只迷恋中世纪",那个声音说,带着一丝难以察觉的不屑,"他连十六世纪的东西都很少碰。我猜那不是贵方重案科的活动半径?"

"说不准啊。"

"好吧",那个声音说,"那您定义一下目标?"

"假如您的朋友知晓这幅图画有何含义的话,那将会对我们有很大帮助。您有传真机吗?"

"有,相同的号码。"

"太好了。我把草图给您传过去,假如旺多斯莱了解什么信息的话,我很期待能收到他的回复。"

"好极了",那个声音说。"阶段已部署。待执行命令。"

"先生您是……"当对方正要挂断时阿当斯贝格说。

"德韦尔努瓦,吕西安·德韦尔努瓦。"

"这事有点儿急。实话说,很着急。"

"请相信我的效率,警长。"

接着德韦尔努瓦就挂断了电话。阿当斯贝格留在原地,茫然地拼凑着对方的形象。只能说这位德韦尔努瓦是个在警察面前也不会拘谨的小小高傲者。或许他是个军人。

直到十二点半，阿当斯贝格始终一动不动地靠在墙上，盯着他了无生气的传真机。之后，像突然受了刺激般，他出门去走动，并找些吃的。那些他在重案科周围的街道上一步步移动时所偶然碰到的无论什么东西。一个三明治，一些西红柿，一些面包，一些水果，一块蛋糕。看心情，看店铺，不管合不合常理。他在街上边走边陷入沉思，一只手里拿着一个西红柿，另一只手里拿着一个胡桃面包。他要在外面晃上一整天，不到第二天就不回去。但旺多斯莱可能会回家吃饭。这样他就有一个机会收到一份回复，来结束这个不牢靠的幻象建筑学。十五点钟时，他进入他的办公室，把他的上衣扔到一把椅子上，转向了他的传真机。一页纸正在那里的地面上等着他。

先生：

您给我传来的反转的4，正是在鼠疫时期的某些地区，人们时常会打在门上和窗梁上方的一种符号。人们相信它起源古老，但其实它来自于基督教文化，从中可以辨识出一个在描画中途不抬起手的十字架标记。这是个商品符号，也是个印刷符号，但它的最知名之处莫过于其对抗鼠疫的护符价值。人们把它画在住宅的门上以抵御灾祸。

由衷地希望这些信息能够回答您的疑问，警长先生，谨献上我最诚挚的致敬。

马克·旺多斯莱

阿当斯贝格靠在桌上，头低向地面，手里拿着传真。反转的4，一个对抗鼠疫的护符。城中已被标记的三十来栋大楼，唱报人信箱中的一大堆消息。明天，1665 年的英国人就要遇到他的第一具尸体。阿当斯贝格皱着眉，一路踩着碎石灰渣再次来到丹格拉尔的办公桌前。

"丹格拉尔，您的造势活动家开始玩脏的了。"

阿当斯贝格把传真放到桌上，丹格拉尔一脸谨慎地把它读了一遍。然后又读了一遍。

"是的"，他说。"我现在想起我的那个 4 了。我是在南锡商业法庭阳台的铁构件上看到它的。是一对四，其中一个是反的。"

"那我们该拿您的艺术家怎么办，丹格拉尔？"

"我已经讲过了。我们不要它。"

"但然后呢？"

"换别的。用一盏担心此鼠疫为彼鼠疫，并保护着他同胞们房子的明灯来代替。"

"他才不担心。他预料到它。他做好准备。一步接一步。他部署就位。他可能明天就会点火，或者是在今晚。"

丹格拉尔太熟悉阿当斯贝格那张脸了，它会从被浇灭火焰般的几近晦暗状态一路变化至热烈燃烧状态。那光亮以一种保持神秘的技术过程，在他褐色的皮肤下面扩散开来。在这种激烈的时候，丹格拉尔知道，所有的否定、怀疑和最紧密的逻辑论证，都会像落到火炭上的水一样化为蒸汽。最好还是把它们省下来留到更为温和一点儿的时候再用。同时，丹格拉尔在这种时刻也会碰到他自己的悖论：对阿当斯贝格毫不合理的信任动摇了他自身的立场，而对常识的临时摒弃则为他带来一种奇特的放松。于是他无法自控地去聆听，几乎是被动地去接受，被那些他所并不主张的想法所带走。而阿当斯贝格在其他时候会消耗他耐性的那种讲话方式，此时却以缓慢的节奏、低沉而温柔的嗓音、绕圈重复的模式，助长了这趟旅程。最终，经验总是屡屡向他证明，尽管起始于一团混乱的灵感，阿当斯贝格却总是能正中真相的靶心。

这些都只能让丹格拉尔毫无怨言地穿上他的上衣，这时阿当斯贝格已经把他拖到街上，跟他讲述老迪库埃迪克所说的那个故事。

六点钟以前，两个男人已经到达了埃德加－基内广场，准备好聆听晚上的最后一次唱报。阿当斯贝格首先大步走过十字路口，收集他的标记，嗅闻这一地点，定位迪库埃迪克的房子、挂在梧桐树上的蓝色信箱、他看到勒盖恩和他的木箱一起隐没在其中的体育用品商店，以及维京人咖啡饭馆，丹格拉尔一眼就看到了它，并选择进去后就不再出来。阿当斯贝格走过来敲了敲窗玻璃，示意他勒盖恩来了。他知道收听唱报不会为他带来任何东西。但阿当斯贝格还是希望能够亲历当公告被宣读出来的那一刻的真实场面。

布列塔尼人的嗓音令他惊讶不已，它有力、悦耳，而且好像没费多大劲儿就从广场的一头传到另一头。这副嗓子，他心想，估计为他把这圈人群紧密地围拢在身边出力不少。

"一"，若斯开始唱报，阿当斯贝格的出现并没有逃过他的眼睛，"*出售养蜂设备及两个蜂群。二：叶绿素自养自足而树木从不自夸。这对于那些自命不凡的人正巧是个好例子。*"

阿当斯贝格挺吃惊。他没明白这第二条公告的意思，但公众们丝毫没显出尴尬，都夹情庄重地等着接下来的消息。这显然就是习惯的力量。对所有事物而言，训练对于一个好的聆听绝对是必要的。

"三"，若斯不为所动地继续说，"*心有灵犀快快来，要么实现*

要么滚。四：埃莱娜，我一直等你。我再也不打你了，绝望的贝尔纳。五：谁家小崽子弄坏了我的电铃，你就等着吓死吧。六：750FZX92，行驶 39000 公里，轮胎和制动器全新，经过彻底检修。七：我们是什么，然而我们究竟是什么呢？八：提供精细缝补的小手工活。九：假如有一天人们要定居火星的话，别算上我。十：出售五筐法兰西绿菜豆。十一：克隆人类？我看地球人真是够智障的。十二……"

阿当斯贝格被唱报人的连祷经安抚放松，开始观察起这一小群人来，他们在一张纸片上记下什么，他们一动不动地注视唱报人，挎包挂在胳膊上，看起来像刚结束了办公室一天的工作。勒盖恩在快速向天上看了一眼之后，就播报起第二天的天气预报以及海上天气预报来，晚间西风加强 3 到 5 级，这似乎令所有人都很满意。接下来又是新一轮的唱报，实用与玄奥穿插而过，当阿当斯贝格看到迪库埃迪克再次站直身子的时候终于重新清醒了过来，此时正进行到第 16 号公告。

"十七"，唱报人念道。"这场灾祸就此出现并在某处存在，这一存在是创造的结果，因为它并未产生任何新生，没有任何存在不是创造出来的。"

唱报人向他这边快速地瞥了一眼，示意他刚刚播报的就是那条"特殊"公告，然后他继续往下念到 18："攀爬界墙上的常春藤是很危险的。"阿当斯贝格一直听到结束，包括路易丝·热尼号航行意外的故事，这艘 546 吨位的法国蒸汽船，满载着葡萄酒、利口酒、干果和罐头，在撞到埃尔布暗礁后转向，最终搁浅在庞湾，除了随船狗外，船员全部遇难。这最后一条公告后面响起了或满意或气恼的嘟嘟囔囔声，部分人群开始往维京人移动。唱报人已经跳到地面，用一只手扛起他的讲台，晚上的播报结束了。阿当斯贝格相当困惑，他转身去找丹格拉尔，想要听听他的意见，但是丹格拉尔，从所有的可能性来说，一定是去继续喝他那杯被打断的酒了。阿当斯贝格发现他手肘支在维京人的吧台上面，神情安详。

"特制苹果烧酒"，丹格拉尔指着他的小酒杯评论道。"我所喝过的最好的酒之一。"

一只手搭上了阿当斯贝格的肩膀。迪库埃迪克示意他跟他到里面的那桌去。

"既然您已经来到了这片区域"，他说，"我想您最好还是知道一下，在这里没人知道我的真名，除了唱报人。您明白我的意思吗？我在这里叫作德康布雷。"

"等一下"，阿当斯贝格说着在他的小本里写上这个名字。

鼠疫、迪库埃迪克、白头发，等于德康布雷。

"我看到您在唱报过程中记下了什么东西"，阿当斯贝格把他的小本重新收回口袋里说。

"10 号公告。我找到了绿菜豆卖家。人们能在这里发现好货物，而且不贵。说到那个'特殊'……"

"'特殊'？"

"就是那个疯子的公告。这还是第一次，鼠疫的名字几乎就出现了，但仍旧经过了掩饰：'灾难'。这只是它众多名称中的一个，它还有很多别称。大量死亡、传染、感染、肿块之病、疼痛……因为恐惧，人们就尽力避免提到它的真名。那家伙在继续他的推进。他几乎就已经指出了它，他触到了靶心。"

一位身材娇小、金色卷发束在脖颈处的年轻女子来到德康布雷身边，羞怯地拉住他的胳膊。

"玛丽—贝勒?"他说。

年轻女子踮起脚尖，吻了吻他的面颊。

"谢谢"，她微笑着说。"我就知道您会做到的。"

"这没什么，玛丽—贝勒。"这回轮到德康布雷微笑着说。

年轻女子跑掉的时候做了个小手势，然后便挽着一位褐色长发一直垂到肩头的高个子家伙出去了。

"真漂亮"，阿当斯贝格说。"您为她做了什么?"

"我给她的兄弟套上了一件毛衣，相信我，这可不容易。下一步是十一月份的夹克衫。我志在必得。"

阿当斯贝格放弃去弄明白，看起来人们开始委婉表达起他丝毫不感兴趣的街区生活了。

"另有一件事"，德康布雷说。"您被盯上了。广场上已经有些人知道您是警察。他们是怎么知道的"，他说着用一个简短的眼神把他从脚到头地扫了一遍，"这我也解释不通。"

"唱报人说的?"

"有可能。"

"这也没什么严重的。说不定还更好。"

"那边那位是您的助手吗?"德康布雷用下巴指着丹格拉尔问。

"那是丹格拉尔上尉。"

"贝尔坦，就是开这间酒吧的那个高大的诺曼底人，正在向他展示他家特酿苹果烧酒的青春效力。按照您的上尉对他心悦诚服的这个节奏来看，他一刻钟以内就要在这儿年轻十五岁了。我提醒您看着他点儿。以我的经验，这苹果烧酒可不同寻常，它能让人喝了之后第二天整整一个上午都如同废人一样，这么说还算轻的。"

"丹格拉尔通常整个上午都是废的。"

"啊，那样太好了。那他就会完全了解这种特殊酒精的相同功效。人不光是废，而且还几乎天真又迟钝，有点儿像是倒在自己黏液中的蜗牛。这和变化很惊人啊。"

"痛苦吗？"

"不，更像是彻底的休假。"

德康布雷告辞后就走了，他想还是不要当着所有人的面跟一个警察握手的好。阿当斯贝格继续看着丹格拉尔返老还童，大约八点时，他把他拖到桌上，强迫他吃一口东西。

"为什么要这样呀？"丹格拉尔严肃又呆滞地问。

"为了让您今天夜里有得可吐。不然您会肚子疼。"

"这主意太好了"，丹格拉尔说。"一起吃。"

十三

出了维京人后，阿当斯贝格打了一辆出租车先送丹格拉尔回家，然后让车把他送到了卡米叶的窗下。从人行道上看去，她工作室的大玻璃窗在屋顶下面闪闪发光。他靠在一辆车的盖子上，等了几分钟让疲惫的眼皮适应这个光线。这荒谬而勤奋的一天将在卡米叶的身体中被冲淡，他马上将不再留有鼠疫的幻象，只剩下些碎片，然后是薄雾，透明。

他爬上七层楼，无声无息地进了屋。当卡米叶在作曲时，她会把门开一道缝，以避免必须在思路的中间被打断。卡米叶坐在她的合成器前，耳朵上戴着耳机，手摸键盘，对他微笑了一下，她用头做了个动作，让他明白她这会儿还没结束。阿当斯贝格保持站立，听着从耳机中漏出的音符，等待着。年轻女人又工作了十几分钟，然后她摘掉耳机，关闭键盘。

"历险电影?"阿当斯贝格问。

"科幻"，卡米叶站起来回答，"是个连续剧。我接手了六集的订单。"

卡米叶靠近阿当斯贝格，把一只手臂搭在他肩上。

"一个家伙毫无预告地出现在地球上"，她解释着，"拥有非凡的能力，意图毁灭所有人，人们甚至不知道为什么。这一问题似乎没有任何人关心。想要毁灭就像想要喝酒一样不需要更多解释。他要毁灭，就这么简单，这是个从一开始就被接受的设定。这家伙不同常人的特征是，他不出汗。"

"我这儿也是"，阿当斯贝格说。"科幻。我刚刚来到第一集的开头，一点儿也不明白。一个家伙出现在地球上，意图毁灭所有人。非凡特征：他说拉丁语。"

半夜里，阿当斯贝格在卡米叶的微小动作下睁开了眼睛。她正把头枕在他的肚子上睡着，而他则用双手双脚搂住这个年轻女人。这情形让他隐约有些吃惊。他轻轻地把自己撤了出来，为了给她留出点儿空间。

十四

男人在夜色中潜入通往一栋破房子的短短小径。他清楚地记得石板路上那些硌脚的突起，以及老木门上的那种光滑，他在门上叩了五下。

"是你吗?"

"是我，玛内。开门。"

一个又高又胖的老妇人用手电引着他一直来到客厅兼厨房。狭小的门廊处没有电。他多次向老玛内建议修理一下她的房子，改善一下舒适度，但她总是用一贯的顽固拒绝他的提议。

"晚些再说，阿诺"，她说，"等当这些都成为了你的钱之后。我一点儿也不在乎你那著名的舒适。"

然后她给他看她那穿着沉重黑色便鞋的脚。

"你知道人们在我多大时给我买了第一双鞋吗？四岁。四岁以前，我都是赤脚走路的。"

"我知道，玛内"，男人说。"但屋顶漏了，阁楼的地板也烂了。我不希望你有一天会踩进破洞。"

"你还是多担心一下你自己的事吧。"

男人坐在了有花的长沙发上，玛内端来煮葡萄酒和一碟烘饼。

"以前"，玛内一边在他面前放下碟子一边说，"我能用奶皮为你做小烘饼。但现在，人们再也找不到能形成奶皮的奶了。完了，全完了。你尽可以把奶在外面放上十天，它彻底发霉也形不成一点儿奶皮。这哪里是奶，分明是些水。我不得已才用奶油来代替。我不得已啊，阿诺。"

"我知道，玛内。"阿诺说着又把杯子倒满，老妇人选的杯子真是大。

"味道有没有变很多？"

"没有，它们还是一如既往的美味，我向你保证。你别为这些小糕点操太多心。"

"你说得对，别干蠢事。你进行到哪里了？"

"都准备好了。"

一丝冷硬的微笑放大了玛内的脸。

"多少扇门?"

"二百五十三。我做得越来越快了。它们都很完美,你知道,很如意。"

老妇人的微笑进一步扩大,变得温柔多了。

"你有全部的天赋,我的阿诺,而这些天赋,你会再次掌握,我以福音书的名义向你担保。"

阿诺微笑着把他的头靠在老妇人那下垂的大大胸脯上。她闻起来有一种橄榄油的香味。

"全部,我的小阿诺。"她一边重复,一边抚摸着他的头发,"他们最终都要死,独身一人,像老一辈那样。"

"全部。"阿诺说着,紧紧地抓住她的手。

老妇人跳起来。

"你戴着你的戒指呢吗,阿诺? 你的戒指呢?"

"别担心",他说着坐起身子,"我只是把它换了一只手。"

"给我看看。"

阿诺向她露出他的右手,中指上戴着一枚戒指。她用拇指轻轻拂过那颗在他手掌中闪闪发亮的小钻石。然后她摘下它,把它戴上他的左手。

"戴在左手",她命令道,"绝不要拿下来。"

"好的。别担心",

"左手,阿诺。戴在无名指上。"

"是。"

"我们等了,等了这么多年。而今晚,终于到了。感谢上帝让我活到能够亲眼看到今夜。而他会让它实现的,阿诺,因为这就是他所希望的。他希望我能够在这里，让我来助你完成。"

"是的，玛内。"

"干杯，阿诺，愿你得救赎。"

老妇人举起自己的杯子和阿诺碰了碰。他们默默无声地喝了几口，两只手始终紧握在一起。

"别干蠢事"，玛内说。"一切全都准备好了吗？你有密码吗，楼层呢？里面有几个人？"

"他独自生活。"

"来吧，我把东西交给你，你最好不要耽搁太多时间。我已经饿了它们四十八小时。它们会像梅毒对待下级教士一样扑到他身上去的。戴好你的手套。"

阿诺跟着她来到通往阁楼上又陡又窄的梯子前。

"你可别摔破脸啊，玛内。"

"你别操心了。我一天爬两回。"

玛内没费什么力气就爬上了阁楼，尖锐的吱吱声回响起来。

"安静，小家伙们"，她命令道。"给我照个亮，阿诺，左手边。"

阿诺用手电对准了一个挤满二十多只老鼠的大笼子。

"看看角落里快死的那一只。不超过明天，我就又会有些新的了。"

"你确定它们已经被感染了吗？"

"感染到了极点。你不会怀疑我的能力吧？在今晚这么重要的时刻？"

"当然不会。我只是希望，比起五只来，你能给我十只。这样我们就会更有把握。"

"只要你想，我甚至能给你十五只。这样的话，你就可以高枕无忧了。"

老妇人俯身拾起地板上一个靠在笼边的小麻布袋。

"前天死于鼠疫的一只"，她说着把袋子在阿诺的鼻子下面摇了摇。"我们可以耙下它身上的跳蚤，搭上西蒙妮快车。给我照个亮。"

阿诺看着玛内在厨房里处理那只老鼠的尸体。

"你小心啊。它们不会咬你吗？"

"我丝毫不担心，我跟你说"，玛内低声埋怨着。"我从头到脚都涂了油。你放心了吗？"

十分钟以后，她把那只小动物丢进垃圾桶，并把一个大信封交给阿诺。

"二十二只跳蚤"，她说，"你看，这里面大有富余。"

他小心翼翼地把信封放进他上衣内侧的口袋里。

"我去了，玛内。"

"要一下子划开它，动作要快，然后把它从门缝底下滑进去。打开它的时候不要担心。你才是主人。"

老妇人简短地拥抱了他一下。

"别干蠢事"，她说。"该你上场了，上帝会守护你的，小心警察。"

十五

阿当斯贝格大约在早上九点时返回重案科。星期六是冷清的一天，人员不多，钻孔机的吵闹声也停了。丹格拉尔不在，肯定正为他在维京人上演的那一出恢复青春的治疗付出昂贵的代价。昨天在阿当斯贝格身上留下的，只有和卡米叶一起过夜的那种特殊感觉，大腿和后背肌肉中的疲惫一直伴随他到两点左右，好像一种沉闷的回音守在他体内。然后，它就溜走了。

他花了整个上午给各区分局又打了一圈电话。什么情况也没有，那些被标记了4的大楼里面一个可疑的死亡也没有。相反，倒是又收到三起作为损坏财物上报的新增案件，分别在1区、16区和17区。始终是那些4，始终是那三个字母的签名，*CLT*。一圈电话打到最后，他拨通了警察总局布勒伊的号码。

布勒伊是个可爱且复杂的家伙，既是艺术鉴赏家，同时又是天才美食家，具有不轻易评判自己身边人的美德。在总局，当阿当斯贝格带领凶杀组的任命下来时，曾经引起轩然大波，这源自他的懒散、他的穿衣风格和他谜一样的职业成功，布勒伊是少有能全盘接受阿当斯贝格原本样子的人之一，他从不试图将其标准化。从他在总局中所占据的显要位置来看，这真是一种弥足珍贵的容忍力。

"假如在这些大楼的某一座中有麻烦发生"，阿当斯贝格简略地说，"请好心为我递个信儿。我已经研究好几天了。"

"你是说要我给你帮个忙？"

"就是这个意思。"

"包在我身上好了"，布勒伊说。"但我要是你的话，我就不会过分上心。媒体中报道很多像你所说的这种周日画家，他们通常都没什么危害。"

"不管怎么说我已经上心了。我还要继续跟进这件事。"

"你那边装完栏杆了吗？"

"还差两个窗户。"

"哪天晚上过来吃饭吧。调味芦笋泥，保管你大吃一惊。即使是你也要大吃一惊。"

阿当斯贝格微笑着挂上电话，两手插在衣袋里出去吃饭。他在九月相当灰暗的天空下面走了将近三个钟头，下午时才返回了重案科。

一位不认识的警员来到他身边。

"拉马尔下士"，男人一上来就宣布，并且扭着自己上衣的一枚扣子，目光投向对面的墙，"十三点四十一分时有一通电话找您。一位自称埃尔韦·德康布雷的人希望能给他回拨这个号码"，说完他递上一份记录。

阿当斯贝格审视着拉马尔，试图与他视线交汇。被他蹂躏的那颗纽扣掉在了地上，但男人始终站得笔管条直，两臂紧贴在体侧。他高挑的身形、他金色的毛发以及他的蓝眼睛中有某些东西使他联想起维京人的那位老板来。

"您是诺曼底人，拉马尔?"阿当斯贝格问他。

"是的，警长。出生在格朗维尔。"

"您是从宪兵队转来的吗?"

"是的，警长。我通过了调来首都的考试。"

"您可以捡起您的扣子，下士"，阿当斯贝格建议着，"并且您可以坐下。"

拉马尔执行了。

"您还可以试着看向我。直视我的眼睛。"

一丝慌乱在下士的脸上抽搐了一下，那视线始终顽固地射在墙上。

"这是工作"，阿当斯贝格解释着。"试试看。"

男人慢慢地把脸转了过来。

"很好。"阿当斯贝格上住了他。"别动。保持目光接触。在这里，下士，您是在警察局。重案科比其他任何地方都更加需要谨慎、自然和人性化。您要卧底，要盯梢，要提问，要不被察觉，要给予信任，还要为人擦掉眼泪。您这个样子，我们把您派到远处，您会像牧场上的一头公牛一样僵硬。您必须放开自己，而这不是一日而就的。第一个练习：注视其他人。"

"好，警长。"

"要直视双眼，不要盯着额头。"

"是，警长。"

阿当斯贝格翻开他的小本，就地记下：维京人、纽扣、直视墙，等于拉马尔。

德康布雷在铃响第一声时就接起了电话。

"我想知会您一下，警长，我们的朋友刚刚跨过了那道分水岭。"

"意思是说？"

"我最好还是把今天早上以及中午的特殊公告念给您。您方便听吗？"

"我准备好了。"

"首先是那个英国人《日记》的后续。"

"塞皮斯。"

"是佩皮斯，警长。今天，不论怎样，我看到两或三座房子的门上画有红色的十字和这句话'上帝怜悯我们。'我记忆中还是第一次见到这么悲惨的景象。"

113

"这没涉及什么。"

"这是我们能从中读出的仅有信息。红色十字是涂在感染者的房子门上的标记，以便使路过的人能够远离它们。佩皮斯刚刚遭遇了他的第一批鼠疫感染者。事实上这种疾病早已在市郊流转了很久，只不过生活在富人聚集区庇护下的佩皮斯对此一直并不知晓罢了。"

"那第二条消息呢？"阿当斯贝格打断他说。

"还要更严重。我这就念给您。"

"念慢点。"阿当斯贝格要求道。

"8 月 17 日，不少人先于病痛的慌乱而发抖，但还是有很多人因著名医生雷恩森特而心怀希望。一无所用。9 月 14 日，鼠疫进城了。它首先击中卢梭街区，死尸在那里一具接一具地出现。我向您说明一下，因为您眼下看不到原稿，而这个文本里面是填加了不少省略号的。这家伙有些执念，他不能忍受截断原文而不标明一下。此外，'8 月 17 日'，'9 月 14 日'和'卢梭街区'这几个字都是用不同字体打印出来的。他明显是修改了原文本中的真实时间和地点，然后他又通过更改字体来特别指出了这种变化。这是我的理解。"

"而今天就是 9 月 14 日，是不是？"阿当斯贝格问，他从来搞不太清楚日期，总是有那么一两天的误差。

"完全正确。也就是说，很明显这个疯子是在向我们宣布，鼠疫在今日就会进入巴黎，而它会夺去人命。"

"让－雅克－卢梭街。"

"您认为这就是目标地点？"

"在这条街上有一栋被标记了 4 的大楼。"

"什么 4？"

阿当斯贝格判断，德康布雷已从公告的那一侧涉入本案足够深刻。他在中途注意到，即便很有学问，但德康布雷似乎还是完全忽略了 4 的意义，正如渊博的丹格拉尔一样。这种护符并不常见，而运用它的那家伙势必对宗教事务很有研究。

"不管怎么说"，阿当斯贝格下了结论，"您完全可以在没有我的情况下追查此事，作为您人生诸事的资料。这将成为您收藏品中一块美丽的拼图，对您的意义就像对唱报人的年鉴一样。但说到这其中牵扯到的犯罪风险，我想我们还是把它忘了吧。这家伙还分出了另外一条线索，纯象征主义，正如我的助手会说的那样。因为昨夜让－雅克－卢梭街没有发生任何事，其他被涉及的大楼也平安无事。另一方面，我们的朋友则在继续作画。因为他会继续他要继续的事情。"

"这样最好不过"，德康布雷沉默了一阵之后说。"请让我对您讲，我能多了解一些真的已经很开心，别怪我占用了您太多时间。"

"正好相反。我十分喜欢时间被占用在它的真正价值上面。"

阿当斯贝格挂上电话，决定让他周六的这一天就这么结束掉。交接手册上空空如也，只能等到周一。离开办公室以前，他查看了一下他小本上的名字，打算去和来自格朗维尔的宪兵打个招呼。

街道上，太阳光穿过变薄的云层再一次照射下来，城市重新换上一种有些懒洋洋的夏日风貌。他脱下上衣，把它搭在肩上，慢慢地朝河边走去。他觉得巴黎人似乎忘记了他们拥有一条河流。尽管积满污垢，但塞纳河对他来说始终是他庇护所地点中的一员，带着它沉重的移动、散发着潮湿漉漉衣物的味道，以及小鸟的鸣唱声。

在沿着这些小街静静走过去的时候，他心想丹格拉尔也一定在家里从那些苹果烧酒中醒了过来。他比较喜欢在没有旁人的时候独自掩埋这件有关 4 的案情。丹格拉尔说得对。这是个造势活动的艺术家，或是个象征主义的怪癖者，这个操纵 4 的疯子踩着自由的车轮在与他们完全不相关的宇宙中驰骋。阿当斯贝格输掉了这轮赌局，他不在意，这样更好。他不会在面对他的助手时显出一丁点儿骄傲，但他还是希望能在独自一人时再来展开这种失落。星期一的时候，他就去向他承认是他搞错了，把那些 4 归于南特伊镇巨型瓢虫的奇闻轶事行列。到底是谁讲的那个故事来的？摄影师，那个长着红棕色雀斑的家伙。他叫什么来着？他再也想不起来。

十六

星期一，阿当斯贝格向丹格拉尔宣布了 4 事件的结局。作为训练有素的男人，丹格拉尔未加任何评论，而只是满足于接受了他的意见。

星期二，十四点十五分，1 区分局打来电话，通知他在让－雅克－卢梭街 117 号发现了一具尸体。

阿当斯贝格用一种极其缓慢的动作放下听筒，好像人们在大黑天里不愿吵醒任何一人那样。然而这是个大白天。而他所寻求的也不是确保任何其他人的睡意，而是让自己沉睡，让他在遗忘中无声无息地漫步。他熟悉这样的时刻，这时他的自我天性会使他感到不安，以至于他想要祈求有一天他能找到一个迟钝和无能的庇护所，可以让他在其中缩成一团，再也不离开。这种他有理由去反对所有理由的时刻并非是他的最佳时刻。它们骤然向他施压，就像他突然感觉身上压了一个重负，而这是由于白痴的卡拉博斯仙女为他的出生送上了一份恶意的礼物所导致的那样，她很可能还在他的摇篮上方宣布了这一番宣言："既然您不邀请我来参加这个洗礼——而这也没什么可惊奇的，看看他的父母，可怜如约伯，穿着盛装在比利牛斯山深处独自庆祝他的出生——既然您不邀请我来参加这个洗礼，那我要送给这个孩子一份礼物，使他能够在其他人都尚未看到的时候预知困境。"或者不如说是其他类似的东西，因为卡拉博斯仙女既不是最后的文盲也不是个粗野人士，在任何情况下都不是。

这种不舒适的时刻并没持续多大一会儿。一方面因为阿当斯贝格没有任何意愿缩成一团，他得用半天时间来行走，半天时间保持站立，另一方面是因为他确信从未收到过任何礼物。4 这件事从一起始就令他有所预感，说到底也只不过是源自逻辑，即便这种逻辑没有丹格拉尔条理清晰的逻辑那般好看，即便他无法说明这些不可触知的构件关系。对他来说很明显，这些 4 自产生之初就是一种威胁，如同它们的作者在那些门上清晰写下："我来了。看着我，自己小心点儿。"很明显这一威胁升级成为一种真实的危险，就是当德康布雷和勒盖恩前来告知他有一个人宣布鼠疫将从同一天起开始肆虐的时候。很明显这个人沉浸在他自己所谱写的悲剧之中。很明显他不会在中途停下脚步，很明显这个带有诸多细致情节的被宣布的死亡有风险会带来一具尸体。符合逻辑，而正是这份逻辑使得德康布雷像他一样地担忧此事。

作者设置的诡异场景，其浮夸甚至复杂程度都没有令阿当斯贝格感到困扰。在这种古怪中，几乎有某种经典和范本的东西，指出了纠结于极大骄傲和嘲讽的一种罕见的凶手类型，他用他的羞辱和野心抬高着自己的地位。他对于鼠疫古老面貌的借助极尽晦涩，甚至难以理解。

1区警长说得明确：据发现尸体的警官所报，尸体呈现黑色。

"我们走，丹格拉尔"，阿当斯贝格来到他助手的办公桌前说。"召集应急小组，发现了一具尸体。法医和技术人员已经在路上了。"

在这种时候，阿当斯贝格就能相对快速一些，丹格拉尔赶紧集合人员跟了上去，一句解释的话也没收到。

警长让两名中尉和一名下士坐进汽车后排，这时他抓住丹格拉尔袖子上的衣料。

"等一下，丹格拉尔。没必要过早地惊动这几个家伙。"

"朱斯坦，瓦瑟内和凯尔诺基安"，丹格拉尔交代说。"果实落地了。尸体在让－雅克－卢梭街。那栋大楼里最近刚有十道门被画上了反向的 4。"

"妈的"，丹格拉尔说。

"是个三十岁左右的男性，**白**皮肤。"

"您为什么要特意说是'**白**'皮肤?"

"因为尸体呈黑色。他的皮肤是黑的，变成了黑色。他的舌头也是。"

丹格拉尔皱起眉头。

"鼠疫，"他说。"黑死病。"

"没错。但我不认为这名男子死于鼠疫。"

"您为什么如此确定?"

阿当斯贝格耸了耸肩。

"我不知道。太过诡异。多年以来法国早就没有鼠疫了。"

"但仍然可以接种它吧。"

"那也要先取得它才行。"

"这太有可能了。那些研究机构留有鼠疫杆菌，在巴黎甚至就有，而且人们知道在哪儿。在这些秘密角落里，战斗仍在继续。一个能干且得人指点的家伙完全可能获得它。"

"是啊，您说的鼠疫杆菌是什么？"

"是它的姓氏。姓名：鼠疫耶尔森氏菌 (*Yersina pestis*)。性质：引起鼠疫的杆菌。职业：历史上的杀手。受害者人数：以千万计量。动机：惩罚。"

"惩罚"，阿当斯贝洛小声嘀咕着。"您这么确定？"

"千年以来，没人怀疑过鼠疫是由上帝亲自降至世间的灾祸，以此来惩罚我们的罪孽。"

"我这么跟您说吧，我从不愿三更半夜在街上与上帝相遇。您说的这些都是真的吗，丹格拉尔？"

"是真的。它被恰女其分地称作上帝的灾祸。您想象一下有个家伙把它揣在兜里到处跑，这可是颗定时炸弹啊。"

"而假如事情不是这样，丹格拉尔，假如只是有人单纯要让我们相信有个家伙把上帝的灾祸揣在兜里到处跑，这就是一场大灾难。只要消息稍有走漏，就能引发一场燎原大火。可以预见到一种集体性的恐慌会来势如山。"

阿当斯贝格在车里给重案科拨去电话。

"这里是重案科，我是诺埃尔中尉"，一个冷漠的声音回应道。

"诺埃尔，找一个人和您一起，找个不太起眼的，或者还是别了，您找这个女人，褐发，有点拘谨……"

"您是说埃莱娜·弗鲁瓦西中尉吗，警长？"

"就是她，你们去埃德加－基内街和德朗布尔街十字路口。从远处确认一个叫德康布雷的人待在他欢乐街街角的住处，你们就留在广场上，直到晚上的唱报。"

"唱报？"

"你们看到那人的时候就能明白。有个家伙会在大约六点几分时站到一只箱子上。你们一直待在那儿，直到有人去换班，尽您们所能地留神观察一切。尤其是围绕在唱报人周围的民众。我会再和您联络。"

五个男人一直爬到五楼，1区警长正在那里等着他们。所有楼梯平台上的门都被擦拭过，但仍然无需费力就能看出最近才被涂抹上的大大的黑色线条遗留下的痕迹。

"德维亚尔警长"，当他们就要到达最后一个楼梯平台时，丹格拉尔对阿当斯贝格耳语提示道。

"谢谢"，阿当斯贝格说。

"这么说您已经得知此事啦，阿当斯贝格？"德维亚尔握住他的手说，"我刚和总局打过招呼。"

"是的"，阿当斯贝格说，"我从这件事还没有发生时起就开始追踪它了。"

"那太好了"，德维亚尔一脸疲惫地说，"我手头正有一件严重的案子，我辖区内有三十多辆车被撬。我都加了一周班了。这么说，您知道这家伙是谁了？"

"我一点儿也不知道，德维亚尔。"

与此同时，阿当斯贝格推开公寓的门，仔细检查它的正面。门很干净，没有一丝涂画的痕迹。

"勒内·洛里翁，单身"，德维亚尔查看着他的第一手材料说，"三十二岁，汽车修理哥。遵纪守法，没有案底。是清扫工发现了他的尸体，她一周来一次，每周二早上。"

"真不走运"，阿当斯贝格说。

"的确不走运。她吓得惊恐发作，她的女儿跑到这儿来接她。"

德维亚尔把他的记录本递了过去，阿当斯贝格向他做了个多谢的手势。他凑近尸体，技术组的人员散了开来以便他能查看。这个男人赤身裸体，仰面朝天躺着，双臂交叉，他的皮肤上有十多片黑烟灰状的巨大斑块，散布在双腿、前胸、一条胳膊和脸上。他的舌头伸出在口外，同样乌黑色。阿当斯贝格跪了下来。

"烟灰，是不是?"他问法医。

"您别开玩笑，警长"，医生干巴巴地回答。"我还没来得及检查尸体，不过这家伙已经死亡并已死亡几小时了。勒死的，就在咱们能看到的脖子那里，在那块黑下面。"

"是"，阿当斯贝格轻轻地说，"这倒不是我想说的。"

他捏起一点儿落在地上的黑色粉末，在手指间捻了捻，又把它蹭掉在裤子上。

"木炭"，他小声说。"这家伙被涂了一身的木炭。"

"看起来是这么回事"，一名技术人员说。

阿当斯贝格看了看四周。

"他的衣服在哪儿?"他问。

"在房间里叠得好好的"，德维亚尔回答，"鞋摆在椅子下面。"

"没有破坏? 没有硬闯?"

"没有。要么是洛里翁开门让凶手进来的，要么是这家伙撬锁的手法非常温柔。我猜我们倾向于第二种情况。假如真是这样，那对我们来说事情就简化了。"

"一个惯犯，是不是？"

"没错。学校里可学不到溜门撬锁的技艺。这家伙很可能蹲过号子，一段颇长的时间能够让他勤加练习。不管缘由为何，他一定有案底。只要他留下一点儿指纹，您至少能抓他两回。这就是我对您给予的最高期望，阿当斯贝格。"

三名技术人员在无声地忙碌。一个处理尸体，一个处理门锁，第三个处理所有的家具物品。阿当斯贝格在公寓间里慢慢地转着，看过浴室、厨房和卧室，房间小而井井有条。他戴上手套，依次打开衣柜、床头柜、抽屉柜、写字台和碗柜。餐桌的上面是此处唯一留有某些混乱的地方，他在一个斜向放在一摞信件和报纸上面的象牙色大信封前停了下来。它是被一刀启封的。

他看了它很久，没碰它，他等着图像按记忆顺序重新升起。它并不远，也就是一两分钟的事。阿当斯贝格的记忆有多不能够正确地记下所有那些与文字纠缠在一起的题目、标注、拼写和句法，它在处理图像方面上就有多么的出色。阿当斯贝格就是一部捕捉人生所有场景的超常显示器，从云层透出的光线一直到德维亚尔袖口处缺失的纽扣。图像非常清晰地重组起来：在重案科中，德康布雷坐在他对面，从一个厚厚的象牙色信封中抽出一叠"特殊"公告，那信封比一般的尺寸要大些，内衬一层灰白色的绢纸。那与眼前这摞报纸上面的这个信封一模一样。

阿当斯贝格一边示意摄影师过来拍几张照片，一边翻着他的小本查找他的名字。

"谢谢，巴尔特诺"，他说。

他拿起信封将它打开。里面是空的。他又重新查看旁边那堆邮件，确认了其他所有信封都是被手撕开的，并且里面的内容物也都还在。垃圾桶里存了三天的废料当中有两个撕碎的信封和几张柔皱的纸，但没有任何一张的尺寸能与象牙色的信封相吻合。他重新站起身，在水下冲洗着手套，暗自思索。为什么这男人要保留一个空信封？为什么他不像开启其他所有信封那样，简单粗暴地用手把它撕开呢？

他回到主厅，技术人员已经结束了那里的工作。

"我能走了吗，警长？"法医问，他在德维亚尔和阿当斯贝格之间犹豫不决。

"走吧"，德维亚尔回答。

阿当斯贝格把信封放入一只塑料袋，把它交给一名中尉。

"这个要和其他物品一起送至实验室"，他说，"标注上特殊、紧急。"

一小时后他带着那具尸体离开大楼，把两名警官留在现场询问住户。

十七

傍晚五点，重案科二十三名警员齐聚一堂，在石灰渣中搬着椅子坐在阿当斯贝格的周围。缺席的只有监视埃德加－基内广场的诺埃尔和弗鲁瓦西，以及两名还留在让－雅克－卢梭街的警官。

阿当斯贝格站起身，用图钉把一幅大大的巴黎地图钉在刚刚重新粉刷过的墙上。他默默地查看手中的名单，用红帽大头针标出十四座已被涂上4的大楼位置，又用绿帽大头针标出第十五座发生了谋杀案的大楼地点。

"8月17日"，阿当斯贝格说，"有一个家伙出现在地球上，意图毁灭世界。让我们暂且称呼他为CLT。CLT并非见到第一个人就扑上去咬他的喉咙。他之前花费了大约一个月的时间作为准备期，而这一阶段无疑也做了长期的铺垫。他同时在两条战线上出击。战线1：他在巴黎挑选一些大楼，在夜间潜入其中，于楼梯平台的各家门上画上黑色的数字。"

阿当斯贝格打开投影仪，把巨大的反向4的图像投放到雪白的墙上。

"这是一个很特殊的4，左右颠倒，底部膨大，回笔处截有两条短线。这些特点能够在每一幅图画上面找到。在数字的右下方，他写上三个大写字母：CLT。与4不同，这些字母很朴素，没有装饰。他在大楼的所有门上重现这一主题，只留出一扇。对这道幸免于难的门的选择是随机的。他挑选大楼的标准似乎也同样随意。它们分散在十一个不同的区中，或在繁华大道，或在偏僻小街。大楼的门牌号各种各样，有偶数也有奇数，大楼本身跨越了所有风格和所有时代，有富丽堂皇的也有微不足道的。我们可以推测这个CLT有意将他的样本进行最大范围的扩散。就好像他希望借此表明，他可以碰触所有人，任何人都逃不过他的手心一样。"

"那些居民怎么样呢？"一位中尉问。

"一会儿再提"，阿当斯贝格说。"这个反向4的含义已通过明确方式被破译：它旧时曾被用来作为抵御鼠疫侵袭的护符。"

"什么鼠疫？"一个声音问。

阿当斯贝格很容易就注意到了那名下士的眉毛。

"那次鼠疫，法夫尔，我们还没有三十六种鼠疫。丹格拉尔，麻烦您用三句话为大家解释一下。"

"那次鼠疫于 1347 年登陆西欧"，丹格拉尔说，"只用了五年，它就席卷了欧洲，从那不勒斯一直到莫斯科，造成三千万人死亡。人类历史上那个恐怖的时代被称作黑死时期。了解这个称呼对展开调查十分重要。鉴于……"

"三句话，丹格拉尔"，阿当斯贝格打断他。

"之后它就周期性地重新爆发，差不多每十年一次，洗劫整片整片的地区，直到十八世纪才松手。我这里还没提到中世纪早期以及同时代的东方。"

"已经很好了，不用再多提了。这就足够让我们理解所谈论的是什么了。在历史上的那次鼠疫中，十天里就会在五人中夺走一人的生命。"

此话一出，便引来一片唏嘘。阿当斯贝格双手插在口袋里，低头看着地面，等着这阵反应平息下来。

"让－雅克－卢梭街的那个男人是死于鼠疫吗？"一个不太确信的声音问。

"这就是我接下来要说的。战线 2：同样是 8 月 17 日，CLT 将他的第一份公告宣布于公共广场。他选中了埃德加－基内街和德朗布尔街十字路口这个地方，那里有个家伙重操了公共唱报人这一职业，并获取了一定成功。"

右边有一只手臂举了起来。

"具体是怎么实现的？"

"这家伙把一只信箱白天黑夜地挂在一棵树上，人们把一些希望被公开宣读出的消息投入其中，我猜作为交换会给一点儿小费用。每日三次，唱报人清理信箱并唱报。"

"这也太傻了"，一个声音说。

"或许是，但却行得通"，阿当斯贝格说，"出售话语并不见得就比出售鲜花傻多少。"

"或者比当警察傻多少。"左边的一个声音说。

阿当斯贝格注意看了看刚刚开口的那位警官，是个灰色头发的小个子，头上秃了四分之三，他正面带微笑。

"或者比当警察傻多少"，阿当斯贝格肯定道。"CLT 的消息很难被大众理解，对于公众也就到此为止了。这是从古书中提取出来的一些片段，用法语甚至拉丁语撰写，装在象牙色的大信封里投入信箱。这些文本都是打印出来的。而在那些在场者当中，有一个沉迷古籍的家伙一心想要弄清这其中的含义。"

"他的名字？职业？"一位中尉提问，便笺本摊开在他的膝盖上。

阿当斯贝格迟疑了一秒钟。

"德康布雷"，他说，"已退休，现在做他咨询人生诸事的工作。"

"这个广场上的人是不是都是些疯子啊？"另一个人问。

"有可能"，阿当斯贝格说。"但这是视觉效果的问题。当我们从远处看时，一切通常是井然有序的。而一旦靠得较近，一旦有时间来观察细节，我们就会发现，所有人或多或少都有些疯癫，不论在这个广场上、那个广场上、其他地方，还是在我们这个警局里。"

"我不同意"，法夫尔高声抗议着。"在广场上嚷嚷些蠢话当真就是有病吧。这家伙该去打个炮，那会给他洗洗脑子的。在欢乐街上，花三百个子儿就能提供全套服务。"

一阵笑声响起。阿当斯贝格用平静的目光扫视小组，所到之处笑声便平息下来，最后他把目光停在下士的身上。

"我说了，法夫尔，咱们重案科已经有一些疯子了。"

"那您倒是说说啊，警长"，法夫尔一下子站了起来，脸颊涨得通红。

"您闭嘴吧"，阿当斯贝格突然对他说。

法夫尔一下住了嘴，重新坐了回去，仿佛被这种冲击吓到了一样。阿当斯贝格抱着手臂沉默地等了几秒钟。

"我第一次曾请求过您好好想想，法夫尔"，他更加郑重地说。"现在我恳求第二次。您必然也有一个脑子，自己找找吧。在受挫情况下，您会在我的视线以外，在重案科外面栽跟头的。"

阿当斯贝格不再理睬法夫尔，他看着巴黎的大地图继续说道：

"这个德康布雷已经成功确认了 CLT 所发出信息的含义。它们全都引自一部讲述鼠疫的古老日记。在一个月的期间里，CLT 不断摘录描绘这种疾病征兆的字眼。之后，他加紧步伐，并宣称鼠疫将从上周六开始自'卢梭街区'进入城市。三天后，也就是说今天，我们在一栋被画上了 4 的大楼里发现了第一具尸体。受害者是一名年轻的汽车维修商，单身，行事规矩，没有案底。尸体赤裸，皮肤上覆盖有黑色斑块。"

"黑死病"，一个声音立即对死因表示了担忧。

阿当斯贝格注意到说话者是一个胖胖的腼腆年轻男子，有一双绿色的眼睛，个子很高。他身边的一个女人站了起来，面容粗重且一脸的不满。

"警长"，她说，"鼠疫是恶性传染的。我们还没有证实这名男子并非死于鼠疫。可您却不等法医的报告就带了四个人去了现场。"

阿当斯贝格用拳头支着下巴，若有所思。这次特别的通气会议让他领教了与短兵相接以及实验性煽动首次接触的情形。

"鼠疫"，阿当斯贝格说，"是不会通过接触传染的。这是啮齿动物的一种疾病，尤其见于老鼠，通过被感染的跳蚤叮咬而传播给人类。"

阿当斯贝格传授着他在当天刚刚从词典里查来的崭新的科学知识。

"当我带去这四个人时"，他继续说，"就已经确定死者不可能死于鼠疫。"

"为什么不可能?"女人问。

丹格拉尔求助地看着警长。

"鼠疫到来的消息，是由唱报人在周六宣布的"，他说。"而洛里翁死于周一至周二之间的夜里，也就是三天后。要知道，自感染杆菌起直至死于鼠疫，最短也需要五天的时间，除去极个别的情况。所以可以排除我们正在面对的是一起真实鼠疫案例的情况。"

"为什么就不会? 他可能之前就已经被感染了。"

"不。CLT 是个偏执者。偏执者不能容忍耍手段。假如他宣布的是周六，那么就得在周六感染。"

"也许吧"，女人说着重新坐好，平静多了。

"汽车维修商是被勒死的"，阿当斯贝格继续说。"他的尸体随后被木炭涂黑，无疑是为了与那一疾病的症状以及名称相联系。CLT 手里没有杆菌。他并不是一个得到启示把注射器揣在书包里到处晃悠的化验员。这个男人在运用象征手法。但他自己肯定是信了，而且信得很深。受害者公寓的门上没有被涂上 4。我请各位回想一下 4 的作用并不是威胁而是保护。只有免遭涂抹的门才是暴露在危险中的。CLT 早就选定了他的受害者，并用这些图画保护大楼里的其他住户。这种对其他人免除灾祸的费心安排显示出，CLT 坚信自己正在散布一场真正具有传染性的鼠疫。他不是在盲目攻击：他要杀一个人，并且预先保护其他人，因为那些人在他眼中不该受此灾祸之累。"

"他相信自己在传播鼠疫，还把受害者给勒死了？"右边的男人问，"假如他能迷信到这种地步，那我们还真是遇到一个精神分裂症患者了，是不是？"

"也不尽然"，阿当斯贝格说。"*CLT* 操纵着一个想象世界，他自己觉得站得住脚。这并不稀奇：很多人相信人们能从纸牌或咖啡渣中读出未来。在那边，在别处，在对面街上，或是在我们重案科里。这之间又有什么区别呢？有不少人把一尊**圣母**像悬挂在自己的床头上方，相信这个由人手打造并花费六十九法郎的塑像真正能够保护他们。他们对着塑像倾诉，对它讲述故事。这又有什么区别呢？中尉，对真实的推测与真实本身之间的界限，只不过是不同眼光、不同人和不同文化的事情罢了。"

"但"，灰头发的警官插嘴道，"还有其他人被盯上了吗？所有那些房门未被触及的人，他们也和洛里翁一样暴露在危险之中吗？"

"这正是我所担心的。今天晚上，我们会派增援到那些被做了标记的大楼里面去，在十四家免遭涂抹的门前实施保护。但并不是所有被涉及的大楼我们都知道，只限于上报过的这些。巴黎很可能还有二十多座大楼被标记，有可能还要更多。"

"我们为什么不索性发个通告"，那个女人问。"提醒人们注意呢？"

"问得好。通告会有引发大众恐慌的危险。"

"我们可以只说那些 4"，灰发男子建议。"不涉及其他内容。"

"会有这样或那样的疏漏"，阿当斯贝格说，"即便没有疏漏的话，*CLT* 自己也将掌控对恐惧闸门的开启。这也是他从一开就在做的。假如说他选择了**唱报人**的话，那是因为他找不到更好的人。他精挑细选的消息能尽早从菜篮子跻身至报纸才好呢。他的起势很低调。如果我们今晚在媒体上对他大谈特谈的话，相当于是给他开启了一条贵宾通道。但，不管怎么说，这只是时间早晚的问题。他终会自己给自己打开一条通道的，假如他继续下去，假如他还要杀人，假如他散布他的黑死病，我们就免不了要面临普遍的恐慌。"

"您准备怎么做，警长？"法夫尔小声问。

"拯救生命。我们会发布公告，要求被画上数字的那些大楼中的居民与附近的警察局联系。"

一阵嘈杂声响起，代表着重案科成员的一致赞成。阿当斯贝格感觉很累，因为今晚过得太有警察特色。他原本很想只是简单粗暴地说："我们开工了，所以每个人各自突破吧。"但他没这样，他必须剖析事实，理清问题，下令调查，分配任务。用一种确切的权威下达一种确切的命令。短暂中，他仿佛又看到自己像孩子一样地跑在山间小路上，赤身裸体沐浴阳光，他问自己究竟是怎么落到此种境地的，不得不给二十三个成年人上课，每个人的眼睛还都直勾勾地盯着他，好似一副钟摆。

对，他想起来他是怎么到此境地的了。有个家伙勒死了别人，而他正在寻找这个人。他的工作就是阻止人们毁灭世界。

"首要目标"，阿当斯贝格重新站起身来总结道，"一、保护潜在的受害者。二、分析这些受害者，找出所有人之间的共同点，家庭、年龄段、性别、社会职业分工以及每日的例行活动。三、监视埃德加－基内广场。四、没的说，找出凶手。"

阿当斯贝格再次说话之前，在大厅内非常慢地走了两个来回。

"我们对他了解多少？这或许是个女人，我们不能排除这种可能性。我倾向于认为他是个男人。这种对于文采的炫耀，这种卖弄，显示出一种雄性的自傲，一种表现欲，一种展示力量的需求。一旦死者被证实为勒死，我们几乎可以确信无疑地说，凶手就是个男人。一个有文才的男人，甚至还极端地有文才，会玩弄文字。相当富裕，因为他有电脑和打印机。很可能，还爱好奢华。他使用的信封超出普通规格而且价值不菲。他有绘画才能，他干净整洁，他过分关注细节。做事肯定有强迫性。所以容易紧张担忧，而且迷信。最后，他还可能曾是个囚犯。假如实验室可以确定门锁是被强行撬开的话，他必然在这方面很拿手。我们要查一下姓名以 *CLT* 开头的犯人记录，假如这与他的签名有关的话。但简要来说，我们一无所知。"

"那鼠疫呢？为什么是鼠疫？"

"当我们理解到这一点的时候，我们就找到他了。"

凶杀组的人撤掉椅子纷纷离去。

"您安排一下人手，丹格拉尔，我要去散步二十分钟。"

"我去准备一下公告的事吗？"

"麻烦您。您在这方面比我更在行。"

公告在各家电视台二十点的新闻报道中发出了。阿德里安·丹格拉尔起草得很有分寸，它请求住在房门被画上数字 4 的楼房或独栋房屋中的居民尽快与最近的警察局取得联系。发布理由是：为找出一个有组织的歹徒团伙。

从二十点三十分开始，重案科的电话就响个不停。队里三分之一的人原地留守，丹格拉尔和凯尔诺基安去电工的工作台上寻找着人们留下的饮食和酒。九点半时，已经又收到了另外十四个被标记的大楼的报告，所以总共是二十九个，阿当斯贝格在城市地图上更新了红色标志。一份按照数字4出现时间排列的名单也被拉了出来。二十八间房门未遭涂鸦的房客被编制成名录，他们第一眼看上去杂乱无章：有多人口家庭的，有单身的，有男，有女，有年轻人，有中年人，有老人，全年龄段，全性别，全部职业和混杂的社会分工。十一点过后，丹格拉尔来通知阿当斯贝格，所有相关大楼中每一个受威胁房门前的楼梯平台处，都有两名警察就位。

阿当斯贝格让加班的警员离去，安排夜班组的人来接替，然后开上一辆车去埃德加－基内广场那边转悠。两名警官刚来替换了前任，是秃头男人和那个在会议中几乎冲撞了他的粗壮女人。他看到他们随意地坐在一条长凳上，貌似交谈，但实际上却在监视十五米外的那个信箱。他悄悄上前去和他们打招呼。

"集中注意信封尺寸"，他说。"运气好的话，再加上有这个路灯，说不定能够看得清。"

"我们不干涉任何人吗？"女人问。

"只保持观察就可以。假如有人让你们觉得可疑，低调跟着他。这条轴线上安排了两名摄影师，就在那栋楼的楼梯井里。他们会拍摄所有靠近信箱的人的照片。"

"我们几点钟换班？"女人打着哈欠问。

"凌晨三点。"

阿当斯贝格走进维京人，他发现德康布雷坐在深处的桌子前，身边还围着唱报人和另外五个人。他的到来仿佛叫停正奏出不和谐音的管弦乐队一样，使对话立刻停止了下来。他意识到这张桌前的所有人都知道他是个警察。德康布雷选择了开门见山。

"这位是让－巴蒂斯特·阿当斯贝格警长"，他说。"警长，我向您介绍莉兹贝丝·洛拉斯东，歌手，达马斯·维吉耶，来自滚轴骑士，他的妹妹，玛丽-贝勒，卡斯蒂永，退休的铁匠，以及埃娃，我们的圣母。您已经认识若斯·勒盖恩了。您来和我们喝一杯苹果烧酒吗？"

阿当斯贝格俯下身。"我能和您说句话吗，德康布雷？"

莉兹贝丝放肆地抓住警长的袖子，轻轻摇了摇。阿当斯贝格认得这种同谋间特别的随意，好像他们坐在警察局的同一条长凳上，久得都磨破了裤子，又似卖淫女见惯了警察，对他们一起经受过的数不尽的突击搜查见怪不怪了。

"跟我讲讲，警长"，她边说边检视着他的穿着，"您今晚要隐蔽起来吗？这是您夜间的乔装吗？"

"不，我每天都穿这样。"

"您别说笑了。警察也很随意啊。"

"是僧侣不在于穿什么服饰，莉兹贝丝"，德康布雷说。

"这倒是"，莉兹贝丝说。"这位男士，就是个随意的人，貌不惊人的。是不是呢，警长？"

"惊谁啊？"

"女士们"，达马斯微笑着提议。"不管怎么说，也要能使女人吃惊才好。"

"你不够机灵呢，达马斯"，莉兹贝丝说着转向他，年轻男人的脸一直红到了额头。"女人们可不会在吃惊上面费心的。"

"啊，是吗"，达马斯皱着眉说。"那她们在什么上面费心呢，莉兹贝丝？"

"什么上都不。"莉兹贝丝边说边用她黑黑的大手拍打桌面。"她们再也不费心了。不是吗，埃娃？无论在爱情上还是温情上，就只剩一箱绿菜豆。你知道的。你也来说说呀。"

埃娃没有回应，达马斯消沉下来，在两手间转着他的杯子。

"你这样说就不公平了"，玛丽－贝勒用颤抖的声音说。"没人能不在意爱情，这是自然而然地。不然我们还有什么？"

"有绿菜豆啊，我刚和你说过了。"

"你真是口没遮拦，莉兹贝丝"，玛丽－贝勒抱起手臂说，眼看就要哭出来了。"不能因为你有经验，就要打击别人啊。"

"那你还是自己体验体验吧，我的小羊羔"，莉兹贝丝说。"我不会阻止你的。"

突然，莉兹贝丝笑了出来，她吻了吻达马斯的前额，又摸了摸玛丽－贝勒的头。

"笑一下嘛，我的小羊羔。"她说，"别相信胖莉兹贝丝嘴里的所有话啊。因为这个胖莉兹贝丝，她很刻薄呀。胖莉兹贝丝要用她成堆的经验折磨所有人。你可要注意提防呀。好了。不过假如你需要一份专业意见的话，那就是别体验过头了。"

阿当斯贝格把德康布雷拉到一边。

"容我失陪"，德康布雷说，"但我要继续这个谈话。明天吧，别忘了，我才是提供咨询的人。我要了解情况。"

"他恋爱了，是不是？"阿当斯贝格用一种带了些许兴趣的口吻问，就像不怎么肯下大注却爱买彩票的人那样。

"您说达马斯吗？"

"对啊。爱上那个女歌手了吗？"

"算您猜中。您来找我有什么事呢，警长？"

"发生了，德康布雷"，阿当斯贝格压低声音说。"一具黑黑的尸体，在让－雅克－卢梭街。今天早上发现的。"

"黑的?"

"勒死,全身赤裸,涂抹上木炭。"

德康布雷咬紧了牙齿。

"我就知道",他说。

"没错。"

"是那扇没有标记的门?"

"没错。"

"您已经在看守其余的了?"

"其余二十八个。"

"请原谅。但我怀疑您是否知道该怎样开展您的工作。"

"我需要那些'特殊'公告,德康布雷,您手里所有的,还有它们的信封,假如还在您那儿的话。"

"请跟我来吧。"

两人穿过广场,德康布雷引着阿当斯贝格一直来到他满满当当的书房。他挪开一大摞书以便对方有地方坐下。

"就是这些了",德康布雷说着把一捆带着信封的纸页递了过去。"关于指纹,您能想象它们肯定已经被破坏了。先是勒盖恩摸过,然后又是我。我也用不着把我的给您呀,您的档案中心留存有我十根手指的指纹呢。"

"那我得要勒盖恩的。"

"档案里也会有的。勒盖恩十四年前坐过牢,据我所知,他在吉尔维内克干了一场架。您看,我们都是好商量的人,我们会配合您工作。就没必要来要我们已经留在您电脑里的东西了吧。"

"您说,德康布雷,是不是这广场上的所有人都坐过牢啊。"

"有些地方就是这样的,能让人的精神得到喘息。我来给您念念周日的特殊公告吧。只有一封：**今天晚上，回来吃夜宵时，我得知鼠疫已经在城中现身……坐在书桌前写完我的信，我担心怎样理清我的事务和财富，上帝因召唤我而欣喜。此乃他意愿的施为！**"

"是那个英国人的后续《日记》"，阿当斯贝格猜测说。

"没错。"

"塞皮斯。"

"是佩皮斯。"

"那昨天呢？"

"昨天没有。"

"这么说"，阿当斯贝格说。"他放缓了动作。"

"我不这么认为。这一封是今天早上的：**灾祸是时刻准备好的，并且随上帝的意志，只要他愿意，他就让它降下发生。**摆明了他并没有收手。注意这个'时刻准备好'还有这个'只要他愿意'。他是在宣战。他目空一切。"

"他这是在说自己有超能力"，阿当斯贝格说。

"不然就是太幼稚。"

"没什么帮助。"阿当斯贝格摇着头说。"他不是白痴。现在所有警察都严阵以待，他不会再给我们提供地点的指示了。他必须不受束缚。他提到的'卢梭街区'就是为了言明第一桩犯罪和他宣布的鼠疫所要上演的确切地点。他今后的措辞很可能将更加隐晦。请保持向我通报最新情况，德康布雷，我需要每一封公告。"

阿当斯贝格离开时，手臂下面夹着那一捆消息。

十八

第二天的大约两点钟时，电脑吐出了一个名字。

"我找到一个"，丹格拉尔说得相当大声，他向他的同事们伸出一条胳膊。

十多个警员聚在他身后，眼睛盯着他的电脑屏幕。从早上开始，丹格拉尔就在档案中搜索 CLT，其他人在继续整理那二十八间公寓中受威胁者的信息，寻找着那看似渺茫的相关点。早上的时候，实验室送来初步结果：锁的确是被撬开过，手法专业。除受害者和清扫工以外，公寓中没有其他人的指纹。涂在尸体皮肤上令其变黑的木炭来自苹果树枝，并非像直接购买来的袋装商品那样，混有各种树木的成分。至于说到象牙色的信封，在所有纸品店都可以买到，每个要三法郎二十生丁。它是由一种光滑的刀片开启的。它的里面只有一些纸屑和一种小虫子的尸体。我们要不要进一步研究这些小动物的昆虫学特性？阿当斯贝格皱起眉头，然后同意了。

"克里斯蒂安·洛朔·塔弗尼奥"，丹格拉尔凑向屏幕前读着。"三十四岁，出生在维勒纳弗莱索尔姆。因伤害罪于十二年前被监禁于佩里格中心监狱。坐牢十八个月，又因为殴打看守加了两个月。"

丹格拉尔在屏幕上滑动案卷，所有人都伸着脖子想看看这个 CLT 的长相，他有一张长脸，额头很低，大鼻子，两只眼睛离得很近。丹格拉尔快速读着案卷后面的内容。

"出狱后失业一年，之后做了车库夜班工。现居勒瓦卢瓦，已婚，有两个孩子。"

丹格拉尔向阿当斯贝格投去一道询问的目光。

"他的学历?"阿当斯贝格疑惑地问。

丹格拉尔噼里啪啦地敲着键盘。

"专业教育只到十三岁时。没能拿到锌皮屋面工的文凭。之后就辍学,一度靠赌球赛维生,修补轻便摩托车再二手转卖。一直到那次打架为止,当时他差点杀死一位客户,他把摩托车从他身上碾过去,就这么多。然后就坐牢了。"

"父母的情况?"

"只有母亲,在佩里格的一个纸制品工厂工作。"

"有没有兄弟姐妹?"

"有一个哥哥,也在勒瓦卢瓦做夜班工。就是他哥哥给他介绍了工作。"

"学业经历不够。我看不出克里斯蒂安·洛朗·塔弗尼奥如何能有时间和方法修习拉丁文。"

"可以自学吧?"有个声音建议。

"我看不出一个用投掷摩托车来释放怒气的人能潜下心来苦读古老法语。他这十年间来处世方法必然改变了不少。"

"所以呢?"丹格拉尔失望地问。

"目前来看肯定是两个人。但我不会抱希望。"

丹格拉尔丢开电脑,跟着阿当斯贝格来到他的办公室。

"我烦死了",他说。

"出了什么事?"

"我被跳蚤咬了。"

阿当斯贝格吃了一惊。这还是第一次,丹格拉尔,这个审慎而委婉的男人向他启齿关于家庭卫生方面的担忧。

"您在每十个平方米的面积内都开一瓶药，老兄。出去待两小时后再回来通风，这法子很奏效。"

丹格拉尔摇了摇头。

"这是洛里翁家的跳蚤"，他解释着。

"谁是洛里翁？"阿当斯贝格微笑着问。"是个供货商吗？"

"见鬼，勒内·洛里翁，昨天死的那个人。"

"对不起"，阿当斯贝格说。"我把他的名字给忘了。"

"那就好好记住它，可恶。我染上了洛里翁家的跳蚤。这东西从昨天晚上在警局时就开始咬我。"

"可您要我怎么做呢，该死，丹格拉尔？那家伙不像表面那样在意自身吧。他说不定是在车库染上的。我又能怎么办？"

"可恶"，丹格拉尔恼火地说。"是您昨天自己跟小组说的，这才没过多久：鼠疫靠跳蚤的叮咬来传播。"

"啊"，阿当斯贝格说，这回他终于理解了他的助手。"我懂了，丹格拉尔。"

"您今天早上太忙了。"

"我睡得太少。您确定是跳蚤吗？"

"我懂得区分跳蚤和蚊子的叮咬。我腹股沟和腋下都被咬了，鼓起了像指甲那么大的小包。我今天早上才发现的，还没时间去确认孩子们怎么样。"

这一回，阿当斯贝格注意到丹格拉尔正承受着一种真正担忧上的折磨。

"但您在怕什么啊，老兄？会出什么事？"

"洛里翁死于鼠疫，而我染上了他家的跳蚤。我二十四小时内得进行处理，否则可能就太晚了。孩子们也是。"

"可是拜托，您把自己绕住了吗？您难道忘记了洛里翁是被勒死的，只是伪装成鼠疫的样子。"

阿当斯贝格走过去关上了门，拽过一把椅子坐在他助手身旁。

"我记得"，丹格拉尔说。"但在他对象征的那种痴迷中，CLT散布了一定细节，甚至在公寓中释放跳蚤。这或许不是一种巧合。他疯狂的脑中相信，那就是传播鼠疫的跳蚤。而没有什么，事实上现在还绝对没有什么可以证明它们确实是不带病菌的。"

"如果它们是的话，那他干嘛还要费力勒死洛里翁呢？"

"因为他想要亲手实施制裁。我不是个胆小的人，警长。但被这些与鼠疫扯上关系的跳蚤所咬，这让我笑不出来。"

"昨天谁跟我们一起去的？"

"朱斯坦，瓦瑟内和凯尔诺基安。您。法医。德维亚尔和1区分局的那些人。"

"它们现在还在吗？"阿当斯贝格把手按在电话上面问。

"什么？"

"您那些跳蚤。"

"是的。至少它们已经在重案科里面到处逛了。"

阿当斯贝格拿起电话，拨通了警察总局实验室的号码。

"我是阿当斯贝格"，他说。"您还记得您在空信封里面发现的那种小虫吗？对，正是。现在就开始昆虫学方面的研究，优先级别。算了吧，跟他说让他把那些苍蝇先放一放。这事很急，老兄，关乎鼠疫。对，你们赶快，跟他说我还会给他再送去一些，活体的。让他自己也多留神一点儿，尤其要保密。"

"至于您，丹格拉尔"，他挂上电话说，"赶紧去洗澡，然后把您的衣服全都装在一个塑料袋里。我们要把它送去检查。"

"那我怎么办？我要光着身子晃悠一整天吗？"

"我给您买两三件衣服来"，阿当斯贝格说着站起身来。"您身上的小动物是散布不到整座城市的。"

丹格拉尔被他跳蚤叮咬的事困扰得够呛，来不及担心阿当斯贝格要给他准备的衣物。但仍有一丝隐约的忧虑滑过他的脑海。

"快点儿，丹格拉尔。我这就派人去给您家消毒，还有重案科这里。我还要提醒德维亚尔。"

在去买衣服之前，阿当斯贝格给那个清扫工历史学家马克·旺多斯莱打了电话。很幸运，他吃饭迟了，所以还在家。

"您还记得我向您咨询的那些 4 的事吗？"阿当斯贝格问。

"记得"，旺多斯莱说。"尤其自从我听了二十点新闻中的通知，还有看了今早的报纸之后。他们说发现一个家伙死了，而且一个记者打包票说，尸体被抬出来时，露在被单外面的一条胳膊是黑乎乎的。"

"见鬼"，阿当斯贝格说。

"尸体到底是不是黑的，警长？"

"您很了解鼠疫的事吗？"阿当斯贝格问，没有回答。"还是仅限于那些数字？"

"我是研究中世纪的学者"，旺多斯莱解释说。"是的，我很了解鼠疫。"

"还有很多人了解这些吗？"

"您是说鼠疫学者？现今来说，有五人吧。我说的不是生物学家。我有两个在南方的同事，他们研究这个问题的医疗方案，还有一个在波尔多，偏重于昆虫携带传染的方向，还有一个历史学家，倾向人口统计学方面，他在克莱蒙特大学。"

"那您呢？您擅长哪方面？"

"我擅长失业。"

五人，阿当斯贝格对自己说，这对于整个国家来说不算多。到目前为止，马克·旺多斯莱可算是唯一一个知道 4 的含义的人。历史学家、文学家、鼠疫学家，还要多少是个拉丁语学家，想找出这么一个人可着实不容易啊。

"跟我说，旺多斯莱，据您所知这个病发病要多长时间？一般来讲？"

"平均潜伏期三到五天，但也有一到两天的，鼠疫发作后有五到七天。大致上。"

"能治好吗？"

"假如从一开始就能确定症状的话。"

"我想我需要您的帮助。我能见您吗？"

"在哪儿见？"旺多斯莱问，有些提防。

"在您家？"

"听您的"，一阵明显的犹豫之后，旺多斯莱回答。

这家伙有些迟疑。不过很多人在听说警察要登门拜访时都极不情愿，几乎所有人都这样。这不能自然而然证明旺多斯莱便是 *CLT*。

"两小时后见"，阿当斯贝格说。

他挂上电话，动身来到了意大利广场的综合商业中心。他估计丹格拉尔要穿 48 或者 50 码的衣服，比他要高十五公分，至少更重三十公斤。得要算上他的肚子。他迅速地拿下一双袜子，一条牛仔裤，还有一件大大的黑色 T 恤衫，因为他听人说白色显胖，还有条纹的也是。就没必要买上衣了，天气很暖和，而且丹格拉尔总是感觉热，因为他老喝啤酒。

丹格拉尔裹了一条毛巾等在淋浴间里。阿当斯贝格把新衣服递给他。

"我这就把这些衣服送去实验室"，他拿起一个大大的塑料垃圾袋说，丹格拉尔把他的衣物都装在了里面。"别慌，丹格拉尔。您还有两天的潜伏期，还很充裕。这给了我们时间查看检查结果。他们会紧急处理咱们的问题的。"

"谢谢"，丹格拉尔嘟嘟囔囔地说，他拿出袋子里的 T 恤和牛仔裤。"可恶，您想让我穿这样？"

"您看，上尉，这些很合身呀。"

"我会看起来像个傻瓜。"

"我看起来像傻瓜吗？"

丹格拉尔一言不发地掏了掏袋子的底部。

"您没给我买内裤。"

"我忘了，丹格拉尔，又不会死人。今晚之前少喝点儿啤酒。"

"好极了。"

"您已经通知学校了吗？给孩子们做检查？"

"当然。"

"给我看看您被咬的地方。"

丹格拉尔抬起一条胳膊，阿当斯贝格看到腋下三个肿起的小包。

"没什么可值得讨论的"，他承认道。"这就是跳蚤。"

"您不担心被感染么？"丹格拉尔问，看着他把口袋翻过来又倒过去地系好。

"不，丹格拉尔。我很少害怕。我等着死亡使我害怕，这会让我少浪费一些生命。说实话，在我的一生中，唯一一次真正感到害怕，是我只身一人背靠着几乎垂直的冰面滑落。那次我感到害怕，除去近在眼前的坠落，还有一些可恶的岩羚羊站在一边看着我，用它们大大的褐色眼睛说：'可怜的笨蛋。你做不到了吧。'我很尊敬那些岩羚羊用眼睛对我说的话，但我还是下次再跟您讲这个故事吧，丹格拉尔，在您不这么紧张的时候。"

"谢谢了"，丹格拉尔说。

"我要去拜访一下那位清扫工兼鼠疫学者的历史学家，马克·旺多斯莱，他住在沙斯尔街，离这里不远。您看看您有什么问题要问他的，另外把所有实验室的来电都转到我手机上来。"

十九

沙尔斯街上，阿当斯贝格发现自己正面对着一栋破破烂烂的小楼，它又高又窄，让人不禁惊奇在巴黎中心怎么还可能存在这样的建筑，有一片荒芜的空间把它跟街道分隔开来，又高又密的草在上面疯长，让他穿越时不无一丝满足感。一位年老的男子，带着讥讽的微笑为他打开了门，他的脸很好看，与德康布雷不同，看起来他还没有尝尽世间的快乐。他手里拿着一把木勺，用木勺的头指给他该走的路。

"请到食堂里面来吧"，他说。

阿当斯贝格走进一间带有三个圆拱形高窗的大厅，来到一张木头的大长桌前，一个戴领带的家伙正在那里忙着用一块破布为桌子打蜡，他的动作流畅而专业。

"我是吕西安·德韦尔努瓦"，那家伙放下破布说，他握手有力，说话高声。"马克马上就好。"

"请原谅这里乱七八糟的"，老人说，"现在是吕西安给桌子打蜡的时间。我们也没办法，这是规定。"

阿当斯贝格在一条木制长凳上坐下，克制住想发表评论的冲动，老人则选了他对面的位子，脸上一副正在经历美好时光的表情。

"这么说，阿当斯贝格"，老人用一种欢天喜地的声音展开攻击，"您认不出旧人了吗？咱们不再问好了吗？咱们不再像往常那样，表示尊敬了吗？"

不行，阿当斯贝栓死死盯住老人，努力想要从记忆中唤起那些深埋的面孔。这肯定不是昨天的事，肯定不是。至少也需要十分钟的时间才能唤起。拿着破布的那个家伙，德韦尔努瓦，放慢了他的动作，在这两个男人之间看来看去。

"我看您没什么变化"，老人带着直爽的微笑继续说道。"从您上等警司的位子开始，就没什么能阻止得了您的晋升。必须承认您真是立下了赫赫功勋，阿当斯贝格。卡雷龙的案子，索姆的案子，解脱瓦兰德，获得著名的骑士奖章。这还没提到最近的几项壮举，内尔莫尔的案子，梅尔康都谋杀案，万特伊的案子。恭喜了，警长。如您所见，我一直在密切关注您职业生涯的动向呢。"

"为什么？"阿当斯贝格问，采取防守姿态。

"因为我想看看他们是不是能执掌您的生死大权。虽然您表面看上去就像耙平的草场上那一棵会被推倒的野芹菜一样，过于平静和淡然，但您的才华惊艳了所有人，阿当斯贝格。我相信在这方面您懂得比我多。您在警察部门中就像一颗在等级条框中游走的台球。不受控也不可控。对，我想看看他们是不是能让您自己倒下。

您既然有空可钻，这样最好。我可就没您这么好运了。他们抓住我，让我走人。"

"阿尔芒·旺多斯莱"，阿当斯贝格小声嘟囔着，突然从老人的五官之下认出了一张精力充沛的面孔，一个年轻了二十三岁的警长形象，尖刻、自我中心，又欢欣鼓舞。

"您终于想起来了。"

"在埃罗的时候"，阿当斯贝格继续说。

"对对。那个小姑娘失踪了。结果您一下子就解决了，当时您还是上等警司呢。咱们把那家伙堵到了尼斯港。"

"咱们还在拱廊下共进晚餐来着。"

"吃章鱼。"

"吃章鱼。"

"我要去拿一杯酒"，旺多斯莱站起来宣布道。"值得喝一口。"

"马克，是您的儿子吗？"阿当斯贝格接过酒杯来问。

"是我的侄子和教子。我让他住在这边的楼上，因为这是一个好小伙。您得知道，阿当斯贝格，您身上有多随和，我身上就有多招人烦。现在甚至还更招人烦。那您呢，更随和了吗？"

"我不知道。"

"那会儿您就有不少不知道的事，可您丝毫没表现出困扰的样子。您这次又不知道什么了，您来这儿是找什么呢？"

"一个凶手。"

"和我的侄子有什么关系？"

"鼠疫。"

老旺多斯莱点点头。他抓起一个扫帚柄，用它敲了两下天花板，那个部位的石灰已经被撞击戳出了一个大坑。

"我们这儿有四个人",老旺多斯莱解释着,"全都一个挨一个地挤在一起。敲一下就是叫圣马太,两下是圣马可,三下是圣路加,就是这里拿着破布的那位,四下就是我。敲七下,那就是让四大福音书作者全都下来。"

旺多斯莱看了阿当斯贝格一眼,把扫帚柄放回原处。

"您还是没变,是不是?"他说。"什么都没法使您惊讶?"

阿当斯贝格微笑了一下,没有答话,这时马克走进了饭厅。他绕过桌子,握住警长的手,不快地看了他叔叔一眼。

"看起来你已经谈妥这项业务了吧",他说。

"很遗憾,马克。我们只是二十三年前在一起吃过一顿章鱼而已。"

"患难战友",吕西安叠着他的破布小声嘟囔着。

阿当斯贝格打量着这位鼠疫学者,小旺多斯莱。他苗条,神经质,有着硬邦邦的黑色头发,面部线条中有某种印度人的特质。他从头到脚穿了一身暗色衣服,除了腰带上那一点点金属光彩,他的手指上戴着几只银戒指。阿当斯贝格注意到他脚上所穿的厚重黑色长筒靴上带有扣环,有点儿像是卡米叶穿的那种。

"假如您期待一次私人会谈的话",他对阿当斯贝格说,"我恐怕咱们不得不从这儿出去。"

"就这么来吧",阿当斯贝格说。

"您有一个关于鼠疫的问题,警长?"

"准确来说,是一个关于鼠疫行家的问题。"

"您是说画那些 4 的人?"

"对。"

"与昨天的凶杀有关?"

"您觉得呢?"

"我觉得有关。"

"理由呢?"

"因为那个黑色的皮肤。但 4 是被认为用来防护,而非带来鼠疫的。"

"所以呢?"

"所以我猜测您的这位受害者是并没被防护的那一位。"

"正是如此。您相信这些数字的力量吗?"

"我不信。"

阿当斯贝格看着小旺多斯莱的眼睛。它看上去真诚,又有些模模糊糊的怨气在里面。

"此外我也不相信护身符、戒指、绿松石、祖母绿、红宝石,以及任何人们发明出来用于实施防护的驱邪护符。那显然比区区一个 4 的门槛要高得多。"

"人们会戴戒指吗?"

"有条件时就会戴。富人们很少死于鼠疫,但他们不知道是他们那把老鼠拒之门外的坚固房子保护了他们。这才是这些人挺过来的原因。可人们却更倾向于相信一些珍贵宝石的能力:穷人们戴不起红宝石,所以他们才死了。最极品者是钻石,保护效果非凡:'把钻石佩戴于左手可以消除一切灾变。'这也是富家男人通常会给他们的未婚妻送一枚钻石作为爱情信物的原因,为保她们远离灾祸。这一点代代传承下来,但不再有人知道其中缘由,也不再有人记起 4 的含义了。"

"凶手可记得。他会是在哪里发现的呢?"

"书里呗",马克·旺多斯莱说着,做了个不耐烦的手势。"假如您能把问题全告诉我，警长，我或许能够帮助您。"

"我要首先请问周一的晚上，大约凌晨两点时您在何处。"

"这是谋杀发生的时间吗？"

"差不多。"

法医推定的时间是在一点半前后，不过阿当斯贝格喜欢多留些余地。旺多斯莱把他硬硬的头发捋至耳后。

"为什么要问我？"他问。

"很抱歉，旺多斯莱。很少有人知道这个 4 的含义，太少人了。"

"这合乎逻辑，马克"，老旺多斯莱插进来说。"这是公事。"

马克做了个厌恶的手势。然后他站起身，抓起扫帚柄敲了一下。

"这是叫圣马太下来"，老人解释说。

大家在沉默中等待着，只有吕西安在一边洗碗所发出的巨响，他对他们的谈话丝毫不感兴趣。

一分钟以后，一个非常高大的金发男人走了进来，他有门那么宽，只穿了一条肥大的麻布裤子，用一根绳子系在腰间。

"你们叫我？"他用低沉的声音问道。

"马蒂亚斯"，马克说，"我周一晚上凌晨两点的时候在干什么？这很重要，大家都洗耳恭听。"

马蒂亚斯皱起他浅色的眉毛，认真地想了一会儿。

"你大约十点时才带着熨烫品迟迟归来。吕西安给你弄了吃的，然后他就和埃洛迪一起回了房间。"

"是埃米莉"，吕西安转过身来更正道，"您这破脑子怎么就总也记不住她的名字。"

"我们和教父一起打了两圈牌"，马蒂亚斯还在继续说，"他赢了三百二十个子儿，然后他就去睡觉了。你开始熨烫布兰女士的衣物，然后是德吕耶女士的。凌晨一点的时候，你收起了熨烫板，这时你想起第二天有两床被单要送回去。我就给你搭了把手，我们俩把被单铺在桌子上熨烫。我拿着熨斗。两点半时我们叠好了被单，分装在两个袋子中。上楼去睡时，我们正好碰到教父下楼去小便。"

马蒂亚斯从新抬起头。

"他是个史前学家"，吕西安从他的洗碗槽那边评论道，"这是个事无巨细的家伙，您可以相信他。"

"我能回去了吗？"马蒂亚斯问，"因为我正在做一个复原呢。"

"去吧"，马克说。"谢谢你。"

"一个复原？"阿当斯贝格问。

"他在粘合山洞中旧石器时代的燧石"，马克·旺多斯莱解释说。

阿当斯贝格并未理解地点了点头。他能理解的是，在某些问题上，他既搞不懂这座房子，也搞不懂里面的房客。这需要一个彻底的磨合期，不过这不是他的任务。

"当然，马蒂亚斯可能在说谎"，马克·旺多斯莱说。"不过假如您愿意的话，您可以分别询问我们俩那些被单的花色。日期都错不了。我当天早上去图桑女士家拿要洗的衣物，舒瓦西大道22号，您可以去核对。我白天带它们回来干洗，晚上再熨烫。第二天我把它们送回去。被单分别是两条浅蓝色带贝壳图案的，另外两条是褐色玫瑰花，反面是灰色。"

阿当斯贝格点点头。这个在家的不在场证明没有什么破绽。这家伙对他的棉织品很熟悉。

"好吧"，他说。'我来跟您大致介绍一下这件事。"

尽管阿当斯贝格讲起来很慢，他还是只花了二十五分钟就讲完了这个关于数字4、唱报人和前一天的谋杀的案件。两个旺多斯莱全神贯注地听着。马克不时点点头，仿佛是沿着展开的叙述做出一番肯定。

"一个鼠疫的散布者"，他总结道，"这就是您手上所遇到的。与此同时他还是个保护者。所以，这是一个相信自己是主宰的家伙。这些是目前可见的，但人们尤其喜欢虚构出成千上万的东西。"

"意思是？"阿当斯贝格翻开他的小本问。

"每一次鼠疫感染"，马克解释着，"都是如此恐怖，因此除去上帝、彗星和空气传染这些人们所不能归咎的因素，人们要寻找该受惩罚的世间的负责人。人们寻找鼠疫散布者。人们控诉这些家伙，他们借助油膏、泔指，以及涂抹在门铃、锁孔、扶栏和墙面上各式各样的东西，来传播灾祸。一个倒霉蛋无意中摸了一把石墙，就可能造成一千人的死亡。人们吊死了很多人。人们叫他们散布者、抹油者、施肥者，却从未问过一次，在整个人类历史中，一个干这种活的家伙究竟会有什么好处。现在，您有了一个散布者，这是毫无疑问的事。但他不是无界限地去散布，是不是？他攻击一人，而保护其他人。他是上帝，他操纵上帝的灾祸。作为上帝，他选择他要宣召的人。"

"我们已经在寻找所有这些目标人之间的共同点。但到目前为止还一无所获。"

"假如说有一个散布者的话，那就要有一个媒介。他利用了什么？您在那些空白门上直找到油膏的痕迹了吗？锁孔里面呢？"

"我们没有做这方面的搜寻。既然有一个好媒介的话，他为什么还要勒死对方呢？"

"我推测，在他的逻辑中，他不觉得自己是凶手。如果他想亲自下杀手的话，他就没必要引入所有这些关于鼠疫的历史了。他利用了一场灾祸作为中间人，把它置于他与他要打击的对象之间。是鼠疫杀人，而不是他。"

"所以才有那些公告。"

"对。他用夸张的手法制造鼠疫场景，又认定鼠疫是即将发生之事的唯一责任者。接着他必然得有一个媒介，这是必须的。"

"那些跳蚤"，阿当斯贝格指出。"我的助手昨天被受害者家中的跳蚤咬了。"

"老天啊，跳蚤吗？这个死者的家中有跳蚤？"

马克一下子站起来，他插在裤子口袋里的手握成了拳头。

"是哪种跳蚤？"他紧张地问，"猫身上的跳蚤吗？"

"我还不知道。我把他穿过的衣服送去实验室了。"

"如果是猫或者狗身上的跳蚤，那就没什么可担心的"，马克一边说一边沿着桌子走来走去。"它们不足为惧。但如果是老鼠身上的跳蚤，假如这家伙真的感染了一批老鼠跳蚤，并把它们散布到大庭广众之下的话，可恶，那就是一场大灾难。"

"它们真的那么危险吗？"

马克看着阿当斯贝格，就好像他刚刚问他对北极熊有何感想似的。

"我打电话给实验室"，他说。

他走到一边去打电话，马克给吕西安打手势，叫他收拾餐具时少发出一些声响。

"对，就是这个"，阿当斯贝格说。"您做完了吗？您说叫什么名字？您拼一下，见鬼。"

在他的小本上，阿当斯贝格已经写好了一个 N，接着是一个 O，但他却难以写出后面的字母。马克拿过他手中的笔，帮他把这个已经开头的词补充完整：*Nosopsyllus fasciatus*。接着他又加了一个问号。阿当斯贝格点头肯定。

"好了，我记下名字了"，他对那边的昆虫学家说。

马克又接着写到：杆菌载体？

"把它们做细菌学研究"，阿当斯贝格补充说。"查一下鼠疫杆菌。叫他们加快进度，我已经有一个人被咬了。还有实验室也注意一些，多加小心。对，同一个号码。整晚都可以。"

阿当斯贝格把他的手机收回内兜中。

"在我助手的衣物内发现了两只跳蚤。不是人身上的跳蚤。它们是……"

"*Nosopsyllus fasciatus*[1]，是鼠蚤"，马克说。

"在我从死者家找到的信封中还发现了另外一只，已经死亡。是同一种类的。"

"看起来是他投放的。"

"对"，阿当斯贝格说，"他开启信封，把跳蚤释放到公寓中。但我不认为这些该死的跳蚤被感染了。我觉着这始终是种象征。"

"但他却把这种象征推到了老鼠跳蚤的身上。这可不是那么容易取得的。"

"我觉得他只是在装腔作势，这也正是他亲下杀手的原因。因为他知道他的跳蚤并不能置人于死地。"

---

① 欧洲鼠蚤。

"这不能确定。您或许有兴趣回收洛里翁家中的所有跳蚤。"

"我该怎么做?"

"最简单的办法,您带一两只豚鼠去那间公寓,让它们在里面待上五分钟。它们会把所有跳蚤都引到身上。您快速抓住它们,把它们装进袋子,然后送去您那个实验室。这样做完之后,立即消毒那个地方。别把豚鼠放太长时间。它们一旦被咬,跳蚤就会倾向于跑到别处。必须在它们正在进餐的时候当场抓住。"

"好",阿当斯贝格边说边记下这个战略。"感谢您的帮助,旺多斯莱。"

"还有两件事",马克陪着他来到门口说。"您要知道,您的这位鼠疫散布者并不是那么杰出的鼠疫专家。他的博学有所局限。"

"他出错了?"

"对。"

"哪里?"

"关于木炭,关于'黑死'病。这是一幅图像,这是词语上的一种混淆。*Pestis atra* 的意思是'可怕地死去',而不是'全身黑黑地死去'[①]。鼠疫症患者的尸体从来就不是黑的。可能这里或那里会有一些青色的斑块,但仅此而已。这是一个后续的神话,是一个流传和通行的错误。所有人都这么相信,但实际上是错的。当您的犯人用木炭涂黑尸体的时候,他就犯了一个错误。甚至是一个极大的错误。"

"啊",阿当斯贝格说。

[①] *Pestis atra* 为拉丁语,意思是"可怕的疫病",但是,人们通常把它翻译为"黑色疫病",也即后来人们所说的"黑死病",因为"*atra*"也有黑色的意思。

"保持头脑冷静，警长"，吕西安从屋里走出来说。"马克是个专注细节的人，就像所有中世纪学者那样。他迷失于细节，而错失重点。"

"重点是什么？"

"是暴力啊，警长。人类的暴力。"

马克微笑了一下，闪开身让吕西安出去。

"您朋友，他是做什么的？"阿当斯贝格问。

"他的第一职业是激怒全世界，可是没人付他钱。他自己练就的这项义务本领。第二选择，则是做个当代学者，一战问题专家。人们在那段时期里发生了很多大规模冲突。"

"这样啊。那您想跟我说的第二件事是什么呢？"

"您在找名字以 *CLT* 开头的家伙吗？"

"这是重中之重。"

"别找了。*CLT* 是一种以三个副词命名的著名药剂的缩写，就这么简单。"

"您说什么？"

"通常，所有有关鼠疫的论著都引用它作为最好的建议：*Cito, longe fugeas et tarde redeas*。这句话的意思是：**快些跑掉，长时间离开，并晚一些回来**。用别的话来说，可以是：快快地走掉，待上一段时间。这就是有名的'三副词疗法'：'快些，远些，久些'。用拉丁文写来就是'*Cito，Longe，Tarde*'，缩写为 *CLT*。"

"您能帮我写下来吗？"阿当斯贝格伸着他的小本问。

马克潦草地写了几笔。

"'*CLT*'，这是您的凶手告诉世人的建议，与此同时他还通过 4 保护他们"，马克说着，把小本还给了他。

"我倒是比较喜欢缩写字母"，阿当斯贝格说。

"我懂。您能把最新的情况通知我吗？有关那些跳蚤？"

"您对这方面调查也如此感兴趣？"

"话可不是这么说"，马克微笑着说，"但您身上可能已经有了一些鼠蚤。在这种情况下，我身上也许也有了。而其他人也同样。"

"我明白了。"

"还有另外一个针对鼠疫的疗法。尽快封锁和好好洗洗①。简称BLB。"

出去的时候，阿当斯贝格遇到了那个高大的金发男人，他拦住他，并只对他提出了一个问题。

"一副是米色的"，马蒂亚斯回答，"里子是灰色。另外一副是蓝色的，上面有些圣雅克贝壳的图案。"

阿当斯贝格带着些许的震惊，从荒地小花园离开了沙斯尔街的这栋房子。这世上居然还有人知晓这么令人瞠目结舌的事情。他们一方面是从学校听取而来，而另一方面，他们又在后面持续积累了更多见识，装在一节节的油罐车里。这是一些有关另一个世界的见识。有些人花费一生去研究散布者、油膏、拉丁人的跳蚤和药剂的事。很明显，这仅仅只是马克·旺多斯莱头脑中堆积的一连串油罐车中的某个微小片段。这油罐车似乎并不比谁能更好地帮他解决生存中的困境。然而在今天，它却的确可以提供某些生死攸关的帮助。

---

① "尽快封锁"和"好好洗洗"的原文分别为"*bloque-lse vite*"和"*lave-toi bien*"。

二十

来自实验室的新传真传到了重案科，阿当斯贝格很快注意到："特殊"公告上除了唱报人和德康布雷以外，没有留下任何人的指纹，所有公告都是如此。

"假如散布者会用手指碰触这些消息，那我反倒要吃惊。"阿当斯贝格说。

"为什么特意花钱购买这些统一的信封？"丹格拉尔问。

"这是仪式问题。在他看来，每一步动作都是尊贵的。他不会在一个无产者的信封中介绍它们。他甚至愿意把它们镶嵌在价值不菲的首饰盒里，因为这是高度精致的举动。不是随便哪个过路人微不足道的动作，就像您和我，丹格拉尔。您无法想象一位高级大厨上菜的时候把鱼肉香菇酥皮馅饼盛在一个塑料碗里吧。这是同样的道理。信封显示的是一种高姿态：考究。"

"勒盖恩和德康布雷的指纹显示"，丹格拉尔放下传真说，"这是两个囚犯。"

"是的。但只是短期关押。分别为九和六个月。"

"这已经足够去建立一些有用的关系了"，丹格拉尔说着使劲挠着胳膊下面。"开锁训练可能在关入牢房之后进行。他们被控犯了什么罪呢？"

"勒盖恩是故意伤人，意图致死。"

"好啊"，丹格拉尔吹了声口哨，"已经够精彩了。怎么没有关更久呢？"

"酌情量刑：他揍的那个船主放任船体腐烂，那船最终在航行

157

中沉了。两名水手淹死。勒盖恩从救生的直升机上跳下来，他在极度痛苦之下，不顾一切地扑向了他。"

"结果船主遭报应了？"

"没。他和港务督察办的那些家伙们都没能被摆平，他们脚底抹油，若斯·勒盖恩当时的证词上是这么说的。他们通过一个又一个船主的口放出话来，要在布列塔尼的所有港口弄死他。勒盖恩再也找不到开船的工作。十三年前，他像套索一样强硬地在蒙帕纳斯的广阔广场前登陆了。"

"他有强烈的理由报复整个世界，您不这样认为吗？"

"是的，他易怒且记仇。但勒内·洛里翁从没掺和过港务督查办的事，至少看起来是这样的。"

"说不定他选择受害者作为替代品。也是有这种情况的。勒盖恩甚至有最好的地利优势把消息寄给自己，不是吗？此外，自从我们潜入广场以来，勒盖恩是第一个发现的，从此也不再有'特殊'公告了。"

"他不是唯一发现那里有警察的人。在维京人，自从晚上九点开始，所有人都嗅到了警察的气息。"

"如果说凶手不是这个街区的人，他是怎么知道这些信息的呢？"

"他杀了人，他估计警察们正忙得不可开交。他就隐藏在长凳之上，默默地将他们一一定位。"

"到头来，我们监视也是徒劳了？"

"我们监视是为了原则。也为了其他的东西。"

"那德康布雷－迪库埃迪克呢，他又是犯了什么事？"

"意图在他所供职教书的学校强奸幼女。当时所有的媒体都对他落井下石。五十二岁的他，差点儿被当街私刑杀害。他不得不被警方保护起来，直至于庭审理。"

"迪库埃迪克的案件，我想起来了。在厕所里侵犯女童。难以置信，是不是？当您看到他的时候？"

"您想想他的辩护。丹格拉尔。三名高二年级的中学生扑到一个十二岁女生的身上，在食堂正冷清的那个钟点。迪库埃迪克奋力打了那些小伙子，并抓住那个女孩为了带她从那儿离开。女童几近半裸，在走廊上在他的手臂里尖叫。这就是其他女生所看到的一幕。三个小伙子说的是完全相反的版本：迪库埃迪克侵犯女童，他们出手干涉，迪库埃迪克揍了他们，并带着那个小女孩跑了。双方各执一词。迪库埃迪克输了。他的女友直接跟他分手，同事们都疏远了他。置身于怀疑之中。怀疑造成孤立，丹格拉尔，而怀疑还在延续。就是因为这样他改名叫德康布雷。这是一个从五十二岁起人生便告终结的家伙。"

"那三个小伙子现如今多大岁数了？差不多三十二、三十三吧？就像洛里翁的年纪？"

"洛里翁的中学是在佩里格上的。而迪库埃迪克则是在瓦纳教书。"

"他可能选择受害人作为替代品。"

"又来？"

"那又怎么了？您难道不知道，有些老人家会仇恨整整一代人呢？"

"我太知道了。"

"必须挖掘这两个家伙。德康布雷占据绝好的位置拿到甚至是撰写这些消息。甚至也是他成功看穿了它们的含义。根据一个小小的阿拉伯词语就让他找出了阿维森纳《医典》的这个直接方向。太厉害了，不是吗？"

"无论如何，我们必须挖掘。我相信凶手就在唱报现场。他的行动始于广场，因为他别无选择，您懂的。但这也是因为长久以来他便知道信箱就在附近。这个让我们觉得古怪的唱报对他来说却正好相反，是消息的一个真实来源，如同对街区里所有人一样。我很肯定这一点。我还相信他会来听唱报，我很肯定他就在那里，在唱报现场。"

"这没道理"，丹格拉尔反对说，"这对他来说太危险。"

"这没道理，但这无所谓，丹格拉尔，我认为他就在那儿，在人群中。也正因为如此，我们不能放松对广场的监视。"

阿当斯贝格走出办公室，穿过中央大厅，站到了巴黎地图前面。警员们的目光都追随着他，而阿当斯贝格知道，他们所看的不是自己而是丹格拉尔，因为后者正裹在一件大号的黑色短袖 T 恤衫里，这使每个人都饶有兴趣地观察着他。阿当斯贝格抬起右臂，所有人的目光都回到了他身上。

"十八点时从各处撤离去进行消毒"，他说。"当你们回到家时，每个人都要去淋浴，包括洗头，并且把你们所有的衣物，我说的是所有的，放进洗衣机，温度设到 60 度。目的是：消灭潜在的跳蚤。"

有人笑，有人低语。

"这是一道正式的命令"，阿当斯贝格说，"所有人必须遵守，尤其是陪同我一起到洛里翁家去的那三个人。你们中有谁从昨天之后被叮咬过吗？"

一根手指举了起来，是凯尔诺基安，大家用一种特有的好奇注视着他。

"凯尔诺基安中尉"，他报告说。

"别担心，中尉，您有伴了。丹格拉尔上尉也同样被咬了。"

"六十度"，一个声音说，"那样的话衬衫就该没法要了。"

"要么这样，要么烧掉"，阿当斯贝格说。"谁要是违反命令，就无异于把自己暴露在一个潜在的鼠疫危机下。我说的是：潜在的。我相信凶手释放到洛里翁家里的跳蚤都是未染病的，并且和其余那些花招同属象征意义。但这一措施仍旧是强制性的。跳蚤尤其会在夜晚叮咬，因此我要求你们一回到家中就严格地执行这项操作。要按照灭虫原则来进行操作，杀虫剂已放在更衣室中供你们使用。诺埃尔和瓦瑟内，你们明天负责这四名学者的不在场证明"，他边说边递给他们一张卡片，"所有这四名鼠疫学者，他们都有嫌疑。您"，他说着指定了那名正在微笑的灰发男人。

"梅卡代中尉"，警官半欠起身说道。

"梅卡代，您去一位叫图桑女士的家中核查这件有关被单的事，她住在舒瓦西大街。"

阿当斯贝格递过去一张卡片，经由几只手依次传到了梅卡代手中。接着他又用手指定了有着惊慌圆脸的绿眼睛家伙，以及来自格朗维尔的身体僵硬的下士。

"拉马尔下士"，旧宪兵站起来说，站得笔直笔直的。

"埃斯塔莱勒下士"，圆脸家伙说。

"你们到那二十九栋大楼去，重新检查未被标记的房门。目标：搜索油膏、油脂，或是任何一种涂抹在锁孔、门铃或是把手上的东西。做好防护措施，戴上手套。现在谁在接手研究这二十九个人呢？"

四根手指举了起来，是诺埃尔、丹格拉尔、朱斯坦和弗鲁瓦西。

"有什么进展？有共性吗？"

"没有"，朱斯坦说。"样本经受住了所有的统计排查。"

"让－雅克－卢梭街那边的问询有收获吗？"

"也没有。没有任何人在楼里见过陌生人。那些邻居们也什么都没听见。"

"密码门禁呢？"

"这个简单。那些数字键被大家按得太多了，以至于字迹都无法辨认。这样就只留下一百二十多种组合方式，六分钟就能试个遍。"

"谁负责其余那二十八栋大楼里居民的问询工作？有没有人目击到作画场面。"

有着粗重面孔的粗鲁女人坚定地举起手臂。

"勒唐库勒中尉"，她说。"没人目击到作画。这个人严格在夜晚作业，而且他的笔触悄无声息。按照经验推断，整个过程不会耗费他超过半小时。"

"那些数字密码怎么样？"

"他在其中的很多按键上面留下了被捏过面团的痕迹，警长。他留下痕迹，而位置扩大得很广。"

"狡猾的犯人"，朱斯坦说。

"这谁都能做到"，诺埃尔说。

阿当斯贝格看了一眼挂钟。

"还有十分钟"，他说。"解散。"

阿当斯贝格在凌晨三点钟被生物部门来的电话吵醒。

"没有杆菌"，一个疲劳的男声报告说。"无论是在衣物中、信封中，还是从洛里翁家收集的十二份样品中的跳蚤身上都没有。未被感染，简直是一尘不染。"

阿当斯贝格感到一阵迅速的宽慰。

"所有的鼠蚤吗？"

"所有的。五只雄性，十只雌性。"

"好极了。小心看管它们。"

"它们都死了，警长。"

"别费心给它们举行葬礼了。把它们留在盒子里。"

他从床上坐起来，打开台灯，摸着头发。接着他打电话给丹格拉尔和旺多斯莱，告诉他们这个结果。他又一连拨了二十六个号码给重案科的其他警员，最后是法医和德维亚尔。没有一个人因为在午夜被叫醒而叫苦连天。他迷失在这其中，迷失在他所有的手下之中，他的小本再也不是仅服务于白天。他再也没时间记他的摘要，甚至没时间打给卡米叶来敲定一次约会。他有一种感觉，这个鼠疫散布者正在拼尽一切不让他睡觉。

七点半，当一通电话当街截获他的时候，他正走在从马莱区前往重案科的路上。

"警长？"一个声音喘着气说。"我是加尔东下士，夜班组。两具尸体被发现在人行道上，位于12区，一个在罗唐堡街，另一个在离那儿不远的苏尔特术荫大道。赤身裸体地躺在碎石路面上，涂满木炭。是两名男性。"

二十一

正午时分，两具尸体被抬走，运往停尸间，途中经过一系列地点。鉴于它们暴露在光天化日之下的那种震撼，已经无法期待这些黑色的尸体能躲过公众的察觉了。从当晚起，电视新闻便攻城略地，明天以后，一切都会登上媒体。已经不可能再掩饰受害者的身份了，而这其中的关系早已由他们在普莱街和图尔维耶大道的住所昭显出来。两栋被涂上数字 4 的大楼里，只有两扇门被留了出来，那便是他们的住所。两名男性，年龄分别为三十一岁和三十六岁，一个是家庭中的父亲，另一个是夫妇两人生活。重案科四分之三的警员都被派往首都的各个角落，一些人搜寻弃尸地点的目击证人，另一些再次探访两栋目标大楼，询问左邻右舍，查找死者与勒内·洛里翁之间所能显示出的一切微小关联。剩下的四分之一则与键盘为伍，建立报告，记录着最新获得的消息。

阿当斯贝格低着头，背靠在他办公室的墙上，透过不远处新装上栏杆的窗户，可以看到人行道上仍旧在流淌着的生命，他努力整合着已经太过沉重的一团混乱，想要理出凶杀和其他**有关事宜**细节之间的联系。对他来说，这一团混乱似乎已变得太过庞大，以至于一个人的脑容量再也消化不了，他的大脑无论如何都再也找寻不到边界，它要把他压碎。"特殊"公告中的内容、埃德加－基内广场上发生的小小事件、勒盖恩和迪库埃迪克的案底记录、被标记大楼的方位、受害者的身份、他们的邻居、他们的父母、木炭、跳蚤、信封、实验室分析结果、医生打来的电话、凶手的特征，他再也无法拥抱露天大路上的一切，而是迷失在其中。生平第一次，他感到有理有据的是丹格拉尔和他的电脑，而不是像他这样，用鼻子在暴风雨中捕风捉影的人。

一夜就有两名新的受害者，一下子就是两个人。既然有警察守在他们的门口，那么凶手就只需把他们引到外面结果掉，绕过屏障的手法如此简单，就像当年德国人越过所谓不可逾越的马其顿防线一样，既然法国人堵死路面，那么德国人就驾飞机。两名守在罗唐堡街死者公寓门前的下士报告说，看到让·维亚尔在二十点三十分时出门。人们又不能阻止一个家伙前去赴约会，不是吗？尤其是，维亚尔看起来连一秒钟都没受"楼里铺天盖地四字"的困扰，正如他跟守卫的警员所解释过的那样。另一个人，弗朗索瓦·克莱尔于十点钟离开他的住处，照他自己的说法，去散一个步。警察守在自家门口，这快令他窒息了，他说得很有礼貌，他要去喝一杯。人们也不能阻止一个家伙上去喝上一杯，不是吗？两个男人都是被勒死的，就像洛里翁那样，两者相差一小时左右。连环杀人。接着，尸体被移动，很可能是一起，被搬上了同一辆车，在那里他们被脱光，又涂上木炭。最后，凶手把他们丢弃在12区的街道上，巴黎的边缘，带着他们身边的所有东西。散布者并没有冒被目击到的危险，因为这一次，尸体并没有被摆成仰面朝天，手臂交叉呈十字的基督式外观。他们是被匆匆丢弃的。阿当斯贝格觉得，这样在最后一步对祭品的草率处理应该是凶手迫不得已的做法。夜半三更，没人知道到底发生了什么。即使有两百万的人口，首都也可能像山区一个小村落一样，在周间①的凌晨四点钟一片荒凉。首都抑或不是

---

① 周间，指不包含休息日的周一至周五。

首都，人们在苏尔特大道熟睡，就像在比利牛斯山中熟睡得一样酣畅。

　　人们唯一能找到的新线索，就是三个男人都超过了三十岁。对于如此大众的目标材料来说，这已是人们所能期待的最细致的结果了。其余的特征则完全不吻合。让·维亚尔不像第一名受害者一样，在郊区的专业领域从事勤勤恳恳的工作。他出自最好的街区，成为信息技术工程师后娶了一位律师。弗朗索瓦·克莱尔的来头则要卑微得多，他是个有着厚重肩膀的大块头，给一个大葡萄酒商做送货员。

　　阿当斯贝格并没有离开他所靠着的墙，就给法医打去了电话，后者正在全力以赴地攻克维亚尔的尸体。当电话那一头的人去找他时，阿当斯贝格查了一下他的小本，找到了医生的姓氏：罗曼。

　　"罗曼，我是阿当斯贝格。很抱歉打扰您。您已经确认死因是被勒死的了吗？"

　　"毫无疑问。凶手用的是一个结实的绳套，应该是一根粗的塑料绳。这对脖颈会构成相当直接的冲击。它的活结能够滑动。凶手只需要一直向右拉，不用费什么力气。他还改进了实施凶杀大计时的技术：两具尸体都吸入了大剂量的催泪剂。他们做出反应的时候，凶手已经套上了活结。这样又快又准。"

　　"洛里翁的尸体上有没有被小虫子叮咬过的痕迹？"

　　"老天，我没有把这写到报告里。一开始，我没有把这当回事。腹股沟处有些被跳蚤叮咬的相当新的包。维亚尔也是同样，在右边的大腿内侧和脖子上，伤口已经很旧。我还没时间检查最后一具尸体。"

"跳蚤可能会叮咬死尸吗？"

"不会，阿当斯贝格，无论如何都不会。身体变冷的第一个讯号出现时，它们就会离开。"

"谢谢您，罗曼。排查一下杆菌，就像对洛里翁做的那样。我们谁也不知道会发生什么。"

阿当斯贝格收起了他的手机，用手指摁着眼睛。这么说，是他搞错了。凶手没有在安放有跳蚤信封的同时就实施凶杀。他在引入跳蚤和杀人之间留出了一个时间差，这样小虫才能有时间叮咬。在维亚尔身上，这个间隔甚至持续了相当长的时间，因为法医确定那些小包已经很旧了。

他在房间里走来走去，双手交叉在背后。散布者遵循着一个近乎疯狂的程式，首先把启封的信封从门下滑进未来受害者的家中，然后过一段时间后再返回来，这一次破坏门锁，勒死猎物，并随身携带着木炭。他要分两次实施。第一次，放跳蚤；第二次，谋杀。这还不算那些恶魔般的4的配合，以及预先准备好的公告。阿当斯贝格感到一种无力感在他体内扩大。道路各自混淆起来，原本该走的那条路从他身边遛走了，这个仪式化的凶手让他觉得古怪，不可理解。他在一种冲动之下拨了卡米叶的号码，半小时以后，他摊开在床上，在衣物下赤身裸体，接着，丢掉衣物赤身裸体。卡米叶在他身上，他闭上眼睛。一分钟内，他就忘掉了他警局的警员，那在街上巡逻的，以及守在键盘前的二十七个男人。

两个半小时以后，他又来到了埃德加－基内广场，重新穿戴一新，被包裹，甚至是被呆护在大腿的微微松劲之下。

"我正要给您打电话，警长"，德康布雷从他房子的门口向他走了过来。"昨天什么也没有，不过今天有一封。"

"我们没看到任何人往信箱里投信"，阿当斯贝格说。

"信是寄来的。他改变策略了，他不再冒险亲自前来。他邮寄。"

"寄到什么地址？"

"寄给若斯·勒盖恩，就是这里。"

"他知道唱报人的名字？"

"很多人都知道。"

阿当斯贝格跟着德康布雷去了他的小窝，打开大大的信封。

嘈杂声突然响起，迅速而坚定，鼠疫已经在城里的两条街上同时爆发。人们说这两个……已显现出这恶疾最清晰的一切迹象。

"勒盖恩已经宣读它了吗？"

"是的，中午的时候。您说过要继续下去的。"

"现如今文本已经再明白不过地指出，这家伙在实施行动。公众的反应如何？"

"一阵骚乱，维京人里发生了一些询问和很多讨论。我猜这其中有个记者。他问了若斯和其他人一大堆问题。我不知道他是打哪儿冒出来的。"

"都是些流言蜚语，德康布雷。这是不可避免的。有了最近几天的特殊公告，有了星期二晚上的报道和今天早晨的死亡，一连串的环节注定要扣紧。该来的总是要来。媒体说不定还会收到一份来自散布者的亲自声明，以便再引起一阵龙卷风呢。"

"很有可能。"

"昨天付的邮资"，阿当斯贝格把信封翻过来说，"在 1 区寄出的。"

"宣布了两名死者"，德康布雷说。

"这是真的"，阿当斯贝格看着他说。"您今天晚上就能从电视里听到它了。两个男人像麻袋一样被丢在人行道上，赤身裸体，并被涂黑。"

"一次两个"，德康布雷用一种低沉的声音说。

他的嘴往里收，这在他的白皮肤上散开一阵皱纹的雨。

"据您看，德康布雷，鼠疫患者的尸体应该是黑色的吗?"

学问人皱起了眉。

"我不是这方面的专家，警长，尤其不了解医学史。所以我才花了那么久才辨认出这些'特殊'公告。不过我可以向您保证，那个时代的医生绝没有提到过这样的外观、这样的颜色。有炭疽，有斑点，有发炎，有肿块，这些都有，但没有这黑色。您要知道，这些都是很久以后后人们的集体想象，纯粹语义学上的误导。"

"说得对。"

"这也没什么关系，因为错误已经留存了下来，人们更习惯称呼鼠疫为黑死病。而这个词对凶手来说相当金贵，因为他正是以这一字眼来散布恐惧的。他要用强烈的方式对人们的精神造成冲击和打击，不管它们原本是真实还是虚假。黑死病的打击力就像加农大炮。"

阿当斯贝格在这个接近傍晚的午后时分平静地坐在维京人里，向高个子贝尔坦要了一杯咖啡。透过窗户，他的视野能遍布整个广场。丹格拉尔一刻钟以后给他打来电话。

"我在维京人"，阿当斯贝格说。

"小心点儿那个苹果烧酒"，丹格拉尔说。"它太独特了。一转眼的工夫就能夺走您的思路。"

"我都已经没思路了，丹格拉尔。我没主意。他已经把我弄晕了，让我迷失方向。我想他占上风了。"

"您说的是苹果烧酒?"

"我说的是鼠疫散布者。CLT。对了，丹格拉尔，别查这些缩写字母了。"

"我的克里斯蒂安·洛朗·塔弗尼奥?"

"彻底别查了"，阿当斯贝格说着打开他的小本，翻到旺多斯莱帮他写好的那页。"这是以三个副词命名的一种药剂名称。"

阿当斯贝格等着他的助手做出一个反应，但他却没回声。丹格拉尔，他也同样，大脑不够用了。他淹死在自己渊博的精神中了。

"*Cito*，*Longe*，*Tarde*"，阿当斯贝格读道。"赶走魔鬼，订立新契约。"

"见鬼"，丹格拉尔过了一会儿才说。"*Cito*，*longe fugeas et tarde redeas*。我早该想到的。"

"大家都没法再思考了，您也不例外。他把我们全都淹死了。"

"这个词是谁告诉您的?"

"马克·旺多斯莱。"

"我这儿有关于这个旺多斯莱的情报。"

"也别管这个了。他跟这事没关系。"

"您知道他的叔叔曾经是警察，并恰巧在职业终点时被赶走了吗?"

"知道。我和这家伙一起吃过章鱼。"

"啊，是吗。那您知道这位侄子，马克他，搅进了一些麻烦事里面吗?"

"犯罪？"

"是的，不过是处在调查的边缘。这家伙可不傻。"

"我注意到了。"

"我打电话来是为了告诉您有关这四位鼠疫学者的不在场证明。他们每个人都循规蹈矩，手指上戴着红宝石，家庭生活全部无可指摘。"

"真不走运。"

"可不是。这样一来我们就再也没有嫌疑人了。"

"而我，我什么也看不清了。我什么也感觉不到，老兄。"

丹格拉尔原本应该很庆幸能有机会贬损一下阿当斯贝格的直觉。但他惊奇地发现也怜悯这样的颓废，并且顺着这条思路鼓励下去，说他并没有误会其他任何人。

"不会的"，他坚定地说，"您强烈地感觉到了某事，至少有一件事。"

"只有一件事"，一阵短暂的沉默之后，阿当斯贝格慢慢地承认道，"始终是那件事。"

"说出来。"

阿当斯贝格扫了一眼广场。小小的人群已经开始聚集起来，其他人离开酒吧，准备好去听勒盖恩的唱报。那边，在那棵大梧桐树的边上，人们在打赌海上的船员是生是死。

"我知道他就在那里"，他说。

"那里，是哪里？"

"就在这个广场上。他就在那里。"

阿当斯贝格早就没了电视，他也习惯了，如有必要，就从家门口往下走一百来米，到一个充斥着音乐和健力士啤酒气味的爱尔兰酒吧，在那里，一名已经认识他很久的女招待伊妮德，会让他收看固定在吧台下面的小小屏幕。于是，他在差五分八点时推开了都柏林黑水的门，自动坐到柜台后面。一潭黑水，至少，这正是他从早上起就感受到的确切感觉。当伊妮德为他准备一份特大的土豆配猪膘时——爱尔兰人究竟是从哪里弄来这么巨大的土豆，这是一个值得思考的问题，假如人们还有这份时间的话，也就是说，假如鼠疫散布者还没有阻塞您的全部头脑的话——阿当斯贝格悄悄追踪着新闻节目。还极少有事情能够像如此的大灾大难一般让他这么地担惊受怕呢。

播报员报道了巴黎三名男子的死讯，在周一至周二以及周四至周五夜间的警戒环境里突然死亡。受害者全都居住于被画上了4的大楼里，前天市警察局在电视新闻的特别公报中提到了这些大楼。关于这些数字的含义，警方并不愿过多解释，多亏收到法新社提供的来自作者的一则简短消息，这才得以解密。这则匿名讯息投递得极其谨慎，无法保证其内容的真实性。尽管如此，它的作者声称三名男子死于鼠疫，并言明他从很久以前便守护着首都的市民远离灾祸，他一直通过在埃德－加基内街和德朗布尔街的十字路口重复公开预告来实现这种保护。考虑到事件的失控，可能会产生一波严厉的声讨。就尸体是否真的显现出感染黑死病的外观一事，市警察局已确认这些不幸的受害者都是死于同一个连环杀手，他们已被证实是被勒死的。阿当斯贝格听到人们提到了他的名字。

跟在被标记房门的地图之后的，是支持性解释，住户们的证词、埃德加－基内广场的一个镜头，接着出现了警长布雷齐永少将本人，拍摄于他警察总局的办公室中，他带着所有必要的严肃神情保证说，所有被失控情势威胁的人们都处在警方力量的保护之下，鼠疫散布者只是依据个人研究实施纯粹的发明创造，尸体上那些黑色的斑迹是用木炭块涂抹出来的结果。新闻并没有一味地强调这些宽慰性的确认，而是插播了一则简短的历史资料，讲述有关法国黑死病的过去，纪录片中充斥着极其残酷的图像以及评论内容。

阿当斯贝格来到他的座位上，精神紧张，他看也不看地开始吃起他丰碑一般巨大的土豆来。

维京人里，人们已经调高了电视新闻报道的声音，贝尔坦推迟了供应热菜和掷出雷声的时间。处于普遍关注中心的若斯，面对纷纷袭来的问题，尽可能地为自己辩解着，他的忠实支持者中有始终一脸冷静的德康布雷，以及达马斯，后者尽管不知道自己还能做点儿什么好，但却感到一种紧张而又复杂的情形刚刚诞生了，因此坚决不离开若斯身侧。玛丽—贝勒哭了出来，这引起达马斯一阵慌乱。

"爆发鼠疫了？"她在新闻播报的中途就叫了出来，这叫声概述出了人人心中的警惕，只不过没有一个人敢于这么直白地表达出来。

"你没听到吗？"莉兹贝丝用她那盖过一切的嗓音说。"那些人，他们不是死于鼠疫，而是被勒死的。你没听到吗？要好好听啊，玛丽—贝勒。"

"是谁说绝不哄骗我们，那个市局的胖子？"酒吧里的一个男人说。"你相信假如城里爆发鼠疫，他们会把消息好好地告诉我们吗，会吗，莉兹贝丝？你相信他们会对我们知无不言？就像在玉米和母牛事件中他们的做派那样，你相信他们会原原本本地跟我们讲，是吗？"

"那我们，我们眼下该怎么办？"另一个人说。"我们还在吃着他们的玉米呢。"

"我可再也不吃了"，一个女人说。

"你从来就没吃过"，她丈夫说，"你不爱吃。"

"从他们这帮人一贯的尿性来看"，酒吧里又有一个声音说，"他们非常可能是出了个大娄子，然后把疾病给散布出来了。看看，那些个绿藻，你知道它们是打哪儿跑出来的吗，那些个绿藻？"

"没错"，一个家伙回答。"人们现在可再也弄不掉它们了。就跟那些玉米和母牛一样。"

"死了三个人，你搞清楚状况了吗？他们要怎么阻止？他们自己都没搞明白呢，我敢跟你打赌。"

"那只是你的想法"，酒吧角落里有一个人说。

"可是老天"，莉兹贝丝大声嚷道，试图盖过纷乱的嘈杂声，"这些人是被勒死的啊！"

"因为他们没被4所保护"，一个男人竖起食指说。"他们没有被置于保护之下。他们是这么解释的，电视上是这么说的，就这，信还是不信？可别异想天开，信还是不信？"

"假如真有这么回事，那就不是有什么东西泄露的事，而是有个家伙在散布它。"

"是有东西泄露"，一个男人坚定地说下去，"同时还有一个家伙在努力保护大家，提醒大家。这个家伙，他在尽自己所能。"

"那他为什么会遗落了一些人呢，这你怎么说？还有他为什么只选择了一部分楼房作画呢？"

"要我说，这家伙，他不是神。他也没长四只手。你要是怕了那些４，你就自己一个人折腾去吧。"

"可是老天呐！"莉兹贝丝再次喊了起来。

"到底都发生了些什么事？"达马斯胆怯地问，但没有一个人理他。

"别管他们了，莉兹贝丝"，德康布雷抓住她的胳膊说，"他们都疯了。只希望黑夜能让他们平静下来。我们该开晚餐了，打铃叫房客们吧。"

当莉兹贝丝去照管她的那些羊群时，德康布雷离开酒吧，给阿当斯贝格拨去了电话。

"警长，这边热闹起来了"，他说。"人们都失去理智了。"

"我这里也是"，阿当斯贝格在爱尔兰酒吧的桌旁说。"煽动观众的人收获恐慌了。"

"您下一步要怎么办？"

"不断地重复再重复，说这三个男人是被谋杀的。您那边的人情况如何？"

"莉兹贝丝看得比较透，她保持着头脑清醒。勒盖恩有一点儿小急躁，他主要是维护他的生计，再有个风吹草动才能把他给激化起来。贝尔坦相当激动，达马斯什么也没明白，玛丽－贝勒还是那么紧张。其他人都持观望态度，人家对我们隐瞒一切，人家什么都不对我们说，而四季已然紊乱。*正如冬季里暖热取代严寒；夏季里清爽取代暖热，春季和秋季亦是如此。*"

"您会拥有木板上的面包的，咨询师先生。"

"您也是，警长。"

"我已经分不清面包和木板之间的区别了。"

"您打算什么时候去弄清呢？"

"我打算去睡上一觉，德康布雷。"

二十二

从周五早上八点开始，一个十二人的增援队就加入了阿当斯贝格警长的凶杀组，人们还紧急增设了十多部电话，用于回答各辖区警局转来重案科的电话。数以千计的巴黎市民要求知晓，关于死者，警方到底有没有对他们实话实说，警方是否已经采取了预防措施，对他们的建议又是什么。总局给所有分局下达了命令，要求他们留心每一通打进来的电话，要认真对待每一个被吓坏了的群众，那些在第一现场的倒霉蛋们。

早间媒体对这种态势渐大的不安没有进行丝毫安抚。阿当斯贝格把主要报刊摊开在他的桌子上，一张接一张地看下去。报纸头条就跟昨天的电视新闻一样，增加了大量的评论和图像，其中很多在头版头条再次转载了那个反向的4。有些夸大了实情，另一些则更为谨慎，努力维持有节制的标题。但所有报纸都完整转述了布雷齐永少将的原话。所有报纸都刊载了两段最新的"特殊"公告文本。阿当斯贝格把它们又读了一遍，试图设身处地从那些第一次得知此消息的人的角度来体验，也就是说，在这个语境中，那三具黑漆漆的死尸乃是关键：

灾祸是时刻准备好的，并且随上帝的意志，只要他愿意，他就让它降临发生。

嘈杂声突然响起，迅速而坚定，鼠疫已经在城里的两条街上同时爆发。人们说这两个……已显现了这恶疾最清晰的一切迹象。

就在这字里行间中，有东西撼动了那些最易轻信的人，大约百分之十八的人口，医为既然有百分之十八的人会担心 2000 年的过渡。阿当斯贝格惊奇于媒体竟如此认可此次事件的巨大规模，同样惊奇于此次火势爆发得如此迅速，第一名受害者的死讯一经报道，恐惧立刻蔓延开夹。鼠疫，这个过时已久、落满灰尘、被历史所吞噬的灾祸，带着一种近乎未损的生命力在羽翼下再次生长了起来。

阿当斯贝格看了一眼挂钟，该遵照命令，去参加九点的记者招待会了。阿当斯贝格死不喜欢命令，也不喜欢记者招待会，不过他清楚，现在的局面必须如此。要安抚情绪，出示死者被勒死的照片，打破流言蜚语，这就是要做的。法医也前来支援，除非这时又出现一桩新的凶杀，或者一条尤其可怕的新的"特殊"公告，否则，他估计局面尚可控制。他在门后听到越来越多的记者人群，以及越来越大的对话声。

与此同时，若斯在明显增多了的一小撮人群前，结束了他的海上天气预报，开始他白天的特殊公告，这是早上通过邮政刚刚寄来的。警长的命令很明确：要继续宣读，绝不能斩断我们与这个散布者之间唯一的联系。在一片有些沉重的寂静中，若斯开始宣读 20 号公告：

"鼠疫小常识。包括其症状描述，以及应对措施，如运用恰当，或可有效预防，省略号。请注意这种被叫作鼠疫的疾病会在腹股沟处造成肿块，通常称芜腹股沟腺炎，引起发热、头晕、精神不振，以及各种疯癫，我们还能见到斑块出现于皮肤上，通常叫作斑痕或紫癜，大多是蓝色、灰白色和黑色，它们会渐渐扩大。要抵御疾病的感染，就要小心地在家门上画上一种四端分明的十字护符，这可以很确实地使房屋免受感染的侵害。"

若斯刚一费劲地念完这段长长的描述，德康布雷就抓起电话，毫不耽搁地把它转述给了阿当斯贝格。

"我们全都置身其中了"，德康布雷概括道。"这家伙完成了他的开篇。他描述这个疾病就好像它真的已降临在这座城市中一样。我想这是十七世纪初的一段文本。"

"再给我读一下结尾，拜托"，阿当斯贝格要求道。"请慢点儿读。"

"您那边有很多人吗？我听到嘈杂声。"

"六十来个不耐烦的记者。您那边呢？"

"比以往更多的一群人。几乎可以说是小人潮了，有一些新面孔。"

"记下那些老面孔。试着帮我列出一份始终都在场的人员名单，您尽量回忆，尽可能地详细。"

"这个根据唱报时间会有所不同。"

"您尽力而为吧。就请这座广场的常驻客们帮您好了。咖啡店老板、滑板用品商、他妹妹、女歌唱家、唱报人，所有那些知情人。"

"您认为**他**在这里？"

"我是这么相信的。他起始于那里，他停留在那里。每个人都有他藏身的洞穴，德康布雷。再给我读读那个结尾。"

"**要抵御疾病的感染，就要小心地在家门上画上一种四端分明的十字护符，这可以很确实地使房屋免受感染的侵害。**"

"告诉公众在自家门上画上 4。他要打消耗战了。"

"正是。我虽然说是十七世纪，但我第一次有种感觉，为了某种必要的原因，这次人们恐怕得到的是一些臆造的片段。这感觉虽然模糊，但我却觉得那是假的。文风中有些东西不对劲儿，在结尾处。"

"比如说什么？"

"这个'四端分明的十字'。我从来没有见过这种说法。作者想要表达如何画出一个四，他希望谁都不会弄错，但我认为他伪造了这整段文字中的每一个片段。"

"假如这段文字在提交给勒盖恩的同时也提交给了媒体，那人们就会冒被淹没的危险了，德康布雷。"

"等一下，阿当斯贝格，我要去听一下船难的播报。"

一段两分钟的静默过后，德康布雷回到电话旁。

"怎么样？"阿当斯贝格问。

"都得救了"，德康布雷说。"您赌的哪边？"

"都得救。"

"至少今天，这部分是赢了。"

就在若斯跳下他的木箱，去达马斯家喝一杯咖啡的同时，阿当斯贝格进入了大厅，登上丹格拉尔为他安排的小讲台，法医在他身侧，摄影师已准备好摄像。他把脸转向一大堆记者和一大堆举起的话筒，并说道：

"请提问。"

一小时三十分钟后，记者招待会结束了，进行得还不错，阿当斯贝格挺过来了，他平和地逐一回答，消除了笼罩于三具黑尸上的诸多怀疑。会议过程中，他与丹格拉尔眼神交会，从他紧张的神色中知晓，有什么失控的事情发生了。他的警官队伍人数在神秘减少。会议刚一结束，丹格拉尔就在他们身后关上了办公室的门。

"一具尸体出现在叙弗朗大道"，他汇报说，"塞在一辆小型卡车的下面，衣物在旁边揉成一团。当司机上午九点十五分来发动汽车时，人们才发现了尸体。"

"妈的"，阿当斯贝格重重地跌坐在椅子上。"男的？三十来岁？"

"女的，不到三十。"

"这下唯一的联系点也断了。她也住在那些见鬼的大楼里面吗？"

"位于名单上的 14 号，在圣殿街。大楼两周前被涂上了 4，除受害者家的门以外，她住在二楼右手边。"

"第一手资料？"

"她叫玛丽安娜·巴杜。独居，父母在科雷兹，在芒特有一个一起过周末的情人，在巴黎另有一个偶尔过几晚的情人。她在巴克街的一家高级食品店做店员。很美的一个女人，极爱运动，注册了多家健身房的会员。"

"我猜她并不认识洛里翁，或者维亚尔和克莱尔吧？"

"我正要向您讲这个呢。"

"她昨晚出去了？她有没有和守卫的警员说什么？"

"还不知道。瓦瑟内和埃斯塔莱勒已经出发去她的住所了。莫尔当和勒唐库勒则在叙弗朗大道那边，他们正等着您呢。"

"我已经分不清他们谁是谁了，丹格拉尔。"

"都是您的手下，男人和女人们。"

"那名年轻女性？也是被勒死的？赤裸身体？皮肤涂黑？"

"和其他人一样。"

"没有被性侵过的迹象？"

"看上去没有。"

"叙弗朗大道，选得好啊。夜里城市中最荒凉的角落之一。人们有时间从容不迫地卸下四十具尸体。依您看，为什么要塞在卡车底下？"

"我已经想过了。他必须很早地在夜里便弃尸，但他不希望尸体在黎明前被发现。或者是出于考虑到限制大车通行的传统，一般大车会在佛晓时分收拾起人们扔在街上的尸体，或者是出于要使尸体被发现的时间晚于咺报。唱报已经宣布这次死亡了吗？"

"没。它给出了预防灾祸的处方。猜猜是什么。"

"4？"

"就是 4。只要把 4 画在门上，像老一辈那样。"

"我们的散布者只顾着杀人了，是不是？他没时间再作画？因此就把这个活儿分派上去了？"

"不是这样的"，阿当斯贝格说着站起来，穿上他的上衣。"这是为了淹死我们。想象一下，只要有十分之一的巴黎人听从他的，为自保而在自家的门上画上 4 会怎样，我们就再也分不清原作和追随者了。这是很容易画的图案，报纸刊载了它的长度和宽度，只要用点儿心就能复制出来。"

"一位笔记学家很快就能帮我们区分出真迹和赝品的。"

阿当斯贝格摇摇头。

"不，丹格拉尔，不会很快。当我们的头顶上出现由五千只手画出的五千个 4 时，不会快的。我毫不怀疑马上就会置身于这些 4 的笼罩中。很多人会听从。二百万的百分之十八是多少？"

"这个百分之十八是怎么来的？"

"那些轻信者、胆小者和迷信者。就是他们在担心日月食、新千禧年和预言中的世界末日。至少，他们在社会调查中承认了这一点。到底是多少，丹格拉尔？"

"三十六万。"

"好，那我们就等着看这样的事发生。一旦恐惧介入，就会掀起巨浪。而一旦我们不再能分辨出那些真的 4，那我们就不再能分辨出那些真的被空出的门。我们再也保护不了任何人。那散布者就可以随心所欲地乱逛，而没有一个警察守在任何一个楼梯平台前。他甚至可以在大白天明目张胆地作画，而不用担心密码锁。因为人们不能阻止数以千计的人在他们自家的门上画画。这下您明白了吗，丹格拉尔，为什么他要这么做？他在操纵信念，因为这是他安排中的一环，因为这是必须的，这样才能摆脱警察。他头脑清晰，丹格拉尔，头脑清晰而且讲求实效。"

"头脑清晰？没人强迫他画出那些该死的 4。没人强迫他分出那些受害者。这是他自己给自己张开的陷阱。"

"他想要人们明白这事跟鼠疫有关。"

"此后他只需打个红十字叉。"

"没错。但他投放的是一场有所选择的鼠疫，而不是普遍性的。他选择他的受害人，并果断对其附近的那些人实施针对感染的保护。这一点同样是，讲求实效、讲究道理的。"

"在他精神错乱的宇宙里才讲究道理。他想杀人，可以不把这场超越时空的该死鼠疫搅进来啊。"

"他不想杀了自己。他只想那些人被杀。他想要把他们引向不幸的中间人。这对他来说有很大不同。他不觉得自己对此负有责任。"

"老天，但那可是鼠疫啊！太荒诞了。这家伙到底是打哪儿爬出来的啊？从哪门子的世界？从哪门子的坟墓里啊？"

"当我们理解到这些的时候，丹格拉尔，我们就抓到他了，我对您说过了。至于说到荒诞，倒的确是。但可别低估了这个古老的鼠疫。它仍旧精力旺盛，并且已对它不该期待的更多人有了很大胃口。它衣衫褴褛的旧貌或许荒诞，但它可不会逗笑任何人。荒诞，但却恐怖。"

在车子驶向叙弗朗大道的途中，阿当斯贝格联系了昆虫学家，让他往圣殿街的新受害者公寓里送一只豚鼠。他们已经从让·维亚尔和弗朗索瓦·克莱尔的公寓中收集到了一些鼠蚤，第一家十四只，第二家九只，再加上散布者丢在他们身边的一堆衣服里还有几只。所有都是未染病的。它们全都出自于被一刀启封的象牙色大信封。第二通电话他打给法新社。要求任何收到这种信封的人要第一时间联络警察。这种信封已于正午时在电视新闻中亮相。

阿当斯贝格悲痛地注视着这具年轻女人的裸尸，她因扼颈而面容扭曲，因木炭和卡车上的污垢而几乎通体肮脏，她的衣服在身侧触目惊心地形成了一个小堆。为了避免好事者，已经封锁了大道，但成百上千的人已经从她身边经过。没有任何办法能够阻止信息的扩散。阿当斯贝格悲伤地把拳头插进口袋。他失去了所有洞察力，不再能理解、感受，或抓住凶手，而同时散布者却反而展现出一种完美的效率，大肆宣扬他的公告，掌控媒体并在他喜欢的时间和地点随意攻击他的受害人，穿梭于警方铺撒的意图将其团团围住的罗网之中。四起他没能阻止的死亡，已经前所未有地唤醒他的警觉。说起来，是什么时候？在他第二次见到玛丽斯，这个精神濒临崩溃的一家之母时。他能够清晰定位到第一缕不安产生的瞬间。但他却反而再也找不到他是在何时丢失了线索，在哪一时刻坠入了迷雾中，淹没在这些已有信息里面，变得无能为力。

他注视着年轻的玛丽安娜·巴杜，直到人们把她的尸体装上停尸间的卡车，他下达了一些简短的命令，心不在焉地听取着他从圣殿街赶来的警官们对他所做的报告。年轻女人昨晚没有出门，她下班后根本就没回来。他打发两名中尉去她的雇主那里，却又对此不抱什么希望，然后他步行前往重案科。他走得很慢很慢，超过了一个小时，然后又改道去了蒙帕纳斯。仿佛只有这样，他才能想起，是在什么时候走错了路。

他缓慢地爬上欢乐街，再次来到维京人。他点了一个三明治，坐到面朝广场上的那张桌子前，这张桌子没人愿意坐，因为顾客必须长得十分瘦小，这样才不会撞到头顶挂在墙上的那只古诺曼人龙头船的假船首。当他吃了一小半三明治的时候，贝尔坦忽然站起身来，猛击吧台上方的一块铜牌，使它发出雷鸣般的隆隆声。阿当斯贝格惊讶不已地目睹了广场上所有鸽子拍打翅膀扑啦啦地起飞，而与此同时，一大堆顾客涌了进来，他向夹在其中的勒盖恩递了个眼色。唱报人一言不发地坐到了他的对面。

"您打破黑暗了吗，警长？"若斯问。

"我打破的是虚空，勒盖恩，这话该怎么说？"

"嗯。在海中迷失了？"

"我不知道还有什么更好的说法。"

"我遇到过三次，我们鬼使神差地驶进迷雾，逃过一劫的时候又险些撞上另一个。有两次，是机械自身出了故障。但第三次，是我熬了一夜之后，在用六分仪时犯了个错误。一个疲劳，就出闪失，就出纰漏。一次不可原谅的过错。"

阿当斯贝格坐直起来，若斯看到他水藻般的眼睛里燃起了他第一次在办公室见到他时的那同样一种光辉。

"再跟我说说，勒盖恩。再详细地跟我说说。"

"说六分仪上的差错？"

"对。"

"那就是个六分仪上的差错嘛。当我们用错时，就出了大娄子，不可原谅的错误。"

阿当斯贝格盯着桌上的一点，陷入沉思，一动不动，他的一只手悬在半空，好像在请唱报人不要出声。若斯不敢再说下去，他看到三明治在警长的手指中垂下了一角。

"我知道了，勒盖恩。"阿当斯贝格重新抬起头来说，"我知道我是在什么时候停止理解，停止看到他的了。"

"看到谁？"

"鼠疫散布者。我停止看到他，我迷失了航向。但现在，我知道这是在何时发生的了。"

"这很重要吗？"

"和您想要修正在六分仪上犯的错误，以及在迷路时确定航点同样重要。"

"那样的话"，若斯肯定道，"的确是很重要。"

"我得走了"，阿当斯贝格说着，在桌上留下一张钞票。

"小心那船"，若斯提醒着。"它容易撞头。"

"我个子很小。今天早上有一封特殊公告吧？"

"有人告诉过您了吧。"

"您要去找您的航点了吗？"当阿当斯贝格打开门时，若斯说。

"正是如此，船长。"

"您真的知道在哪里吗？"

阿当斯贝格用手指指了指前额，然后便走了出去。

那就是出错的时刻。当时马克·旺多斯莱向他提到了那个错误。就是在那一时刻他丢失了航向。阿当斯贝格边走边试图回忆起旺多斯莱当时所用的句子。他让那些图像浮起，全都是最近发生的，同时配以声音。旺多斯莱站在门口，他的腰带闪闪发亮，他的手在空中挥舞，它们瘦削，上面戴着银戒指，三只银戒指。对了，那是关于木炭的故事，当时他们正在讲这个。**当您的犯人用木炭涂黑尸体的时候，他就犯了一个错误。甚至是一个极大的错误。**

阿当斯贝格吐出一口气，如释重负。他在遇到的第一条长凳上坐了下来，在他的小本上记下了马克·旺多斯莱的评论，并吃完了他的三明治。他不再知道该往哪儿走，但是至少，他又找回了航点——他的六分仪失控的那个点。而且他知道，只要从这里出发，迷雾就有一个机会重新散去。他感到一种强烈的感动，想要感谢水手若斯·勒盖恩。

他平静地返回重案科，每当他路过一个报亭，总能在上面扫到报纸的头版头条。今晚，明天，假如散布者把他的新消息发往法新社，发出他那拙劣的鼠疫小常识，以及一旦第四名死者的死讯被公布，那时任何记者招待会都将控制不了流言的蔓延。散布者实施散布，并且他会大获全胜。

今晚，明天。

二十三

"是你吗？"

"是我，玛内。开门"，男子迫不及待地说。

几乎刚一进门，他就扑到老妇人怀里，抱着她轻轻地转了一个圈。

"成了，玛内，成了！"他说。

"就像苍蝇，他们像苍蝇一样坠落。"

"他们扭曲，然后坠落，玛内。你还记得那个时候，那些虫子，它们像疯了一样，不顾一切地冲到河里把自己淹死？或是冲向墙壁撞个粉碎吗？"

"过来，阿诺"，老妇人拉着他的手说。"我们别在一团漆黑里面待着了。"

玛内借着手电筒的光线，带路一直来到了客厅。

"你坐吧，我给你做了一些烘饼。你知道由于找不到奶皮，我不得已才用奶油来代替，我是不得已啊，阿诺。喝点儿葡萄酒吧。"

"那个时候，那些虫子实在太多，人们从窗户把它们丢出去，它们全都落到街上，象被抛弃的旧床垫。多悲哀，是不是，玛内？那是些父母、兄弟，和姐妹。"

"那不是你的兄弟姐妹。那是些残忍的野兽，不配行走于地面上。之后，只有在这之后，你才能恢复你的力量。要么是他们，要么是你。而现在，是你。"

阿诺微笑起来。

"你可知道，几天以来，他们一直都原地打转，并且意志消沉吗？"

"上帝的灾祸击中在他们的路上。他们总要逃窜。我相信这一回，他们是明白了。"

"他们当然明白，而且他们要发抖，玛内。这次轮到他们了"，阿诺说着，喝干了杯子里的酒。

"别干蠢事，你是来拿材料的吗？"

"我需要很多很多。是出动的时候了，玛内，你知道，我要扩散开来了。"

"那些材料，它们不赖，是不是？"

阁楼上，老妇人在一片吱吱叫和抓挠声中向笼子走去。

"行了行了"，她嘟囔着，"刚才不是不叫了吗？难道玛内我没有好好地喂饱你们吗？"

她提起一只系好封口的小口袋，把它递给阿诺。

"拿着"，她说，"来给我讲讲新消息吧。"

在先于玛内走下梯子，并彻夜陪伴老妇人说话的过程中，阿诺的手上始终感受着那些死老鼠的重量，他心情激动。这是一件特殊的圣物，玛内，最最好的。如果没有她，他绝对走不到这一步。他当然是主宰，他边想边转动着戒指，他已然证实了，但假如没有她，他还将再失去人生中的十年。而对于他的人生，他现在就要，马上要。

阿诺在深夜离开老房子，在衣兜里揣着五个装满鼠蚤的信封，好像内脏中填满了鱼雷。他在黑暗中走上那条石板小径，低声与自己自言自语。内脏、口腔中的螫刺、口器、吻管、注射。阿诺喜欢这些跳蚤，除了玛内，他没有任何人可以如此从容地谈论它们内部庞大的解剖学器官，它们宽广如天空。但这些不是猫身上的跳蚤，当然不是。他绝不会关注那些无能力的东西，玛内也同样。

二十四

这个周六，重案科内除了三名不得不回家的男警员外，所有可以加班的人都被请求辛勤地工作，阿当斯贝格的队伍整整壮大了十二名增援。阿当斯贝格七点钟一到警局，就结结实实地收到了来自实验室方面的最新结果，接着他就与人们放在他桌上的那一大堆报纸进行斗争。如果可能的话，他希望"办公桌"这个词能被"桌子"这个词替换掉，因为它不会对他施法，能让他感到背上的压力小一些。在"办公桌"一词中，他只能听到围栏、窗格和绞刑架。而从"桌子"一词中，他就能隐约听出沙子、曲线和隐喻①。桌子浮起来，而办公桌沉下去。

在这张桌子上，堆放着没有任何突破口的技术部门的最新报告。玛丽安娜·巴杜没有被强奸，她的雇主确认她在店铺后间换好了衣服外出，但是她没有提及具体要去哪里，雇主拥有完美的不在场证明，玛丽安娜的两个情人也是。她在大约晚上十点时被勒死，有人对她喷过催泪性气体，就像维亚尔和克莱尔那样。杆菌检测呈阴性。尸体上没有被跳蚤叮咬过的痕迹，弗朗索瓦·克莱尔的尸体上也没有。但是在她的家中找到了九只鼠蚤，杆菌检测同样呈阴性。使用的木炭确认是苹果树。每一扇门上都没有任何油膏、油脂或是其他类似的东西。

七点过半，重案科四十三部电话开始从各个角落响了起来。阿

---

① 在法语中，"围栏、窗格和绞刑架"与"办公桌"同韵，而"沙子、曲线和隐喻"则与"桌子"同韵。

当斯贝格掐断他的线路，只保留了手机。他把一大摞报纸拽到面前，第一张的头版上没有一丁点儿有用的消息。他前一天晚上提醒过布雷齐永少将，就在二十点新闻节目播报了那则"黑死病"的新公告之后。假如散布者看到他"预防和治疗"的好建议登上媒体，人们就再也别想保护那些潜在的受害人了。

"那些信封呢？"布雷齐永这么回答。"大家聚焦在这上面。"

"他可以更换信封。何况那些捣乱者和报复者会把它塞到一堆人的门缝下面。"

"那跳蚤呢？"少将提出。"所有被咬的人都在警方的保护之下吗？"

"它们不是总会叮咬的"，阿当斯贝格回答。"克莱尔和巴杜就没有被咬。我们同样有风险被成千上万人所迷惑，他们仅仅因为被人、猫或狗身上的跳蚤叮咬就反应过度，而这会使我们错失真正的目标。"

"这还会引发一场普遍的恐慌"，布雷齐永沮丧地加了一句。

"媒体还被利用"，阿当斯贝格说。"我们阻止不了。"

"就到这儿吧"，布雷齐永切断了通话。

阿当斯贝格挂上电话，意识到在这个鼠疫散布者专业的手法之下，他在重案科的新近任命正在艰难地维持着平衡。看来，丢官罢职，滚到别处去，对他来说也不远了。但说到丢失线索，现在他已经找回了纷乱伊始的那一点，他正从至高点向下观察着这一切。

他摊开报纸，并关上门，把大厅里的刺耳电话铃声挡在门外，那些电话声纵横交错此起彼伏，把重案科的所有警员都弄得手忙脚乱。

散布者的小常识出现在头版头条，和最近一名受害者的照片刊登在一起，周围环绕着加剧恐慌、特别强调出黑死病字眼的标题文字：黑鼠疫还是连环杀手？上帝的灾祸又回来了？谋杀还是感染？巴黎的第四例可疑死亡。

不仅如此。

比前一天更加不谨慎的是，一些文章开始抨击已然声明的"官方得出的勒死结论"。几乎所有报刊都引用了他昨天在记者招待会上提到的几点论据，但仅仅是为了把它立刻置于怀疑和淹没声中。那些尸体上的黑色揭示出，政府喉舌绝对是在鬼扯，这当然是古老威胁的苏醒，就像是沉睡了几近三个世纪以后的睡美人的苏醒一样。然而，这黑色只是一种**极大的错误**。要把这座城市推入疯狂深渊中的极大的错误。

阿当斯贝格找到一把剪刀，动手把一篇比其余所有都更加令他担忧的文章剪下来。这时，一名警员，大概是朱斯坦吧，敲响并打开了他的门。

"警长"，他气喘吁吁地说，"我们再次统计了埃德加－基内广场周边那些个 4 的数量。它们从蒙帕纳斯一直延伸到缅因大道，还蔓延到了拉斯帕伊林荫大道上。差不多已经牵扯到二至三百栋大楼、大约一千扇门了。法夫尔和埃斯塔莱勒已经确认。埃斯塔莱勒不想再和法夫尔搭档了，他说他叫他蛋疼，我们该怎么办？"

"换人，您和法夫尔搭档。"

"他也叫我蛋疼。"

"下士……"阿当斯贝格刚开口。

"我是瓦瑟内中尉"，警官更正他说。

"瓦瑟内，我们没有时间去操心法夫尔的蛋，又或者是埃斯塔莱勒的和您的。"

"我明白了，警长。先走着瞧吧。"

"这样才对。"

"那我们还巡逻吗？"

"这就像用小勺舀干海水。大浪来了。您看"，阿当斯贝格说着把报纸递给他。"散布者的建议被刊登在所有头版头条：亲自动手画下您的 4 来避免感染。"

"我懂了，警长。这是场大灾难。我们谁都逃不出去。除了一开始的那二十九栋大楼之外，我们就不再知道该保护谁好。"

"要保护的再也不止那二十五扇门了，瓦瑟内。有电话报告信封的事吗？"

"超过一百个，但仅止于此。我们还没有去跟进。"

阿当斯贝格叹了口气。

"告诉人们把它们带来重案科。并核查这些该死的信封。一堆当中或许会有一封真的。"

"我们继续巡逻吗？"

"继续。尽量从现象中推算出规模。从样本中推算。"

"至少，昨天夜里没发生谋杀，警长。那二十五个人在今天早上还是毫发无伤的。"

"我知道，瓦瑟内。"

阿当斯贝格快速地裁剪下这篇文章，在鱼龙混杂中，这篇文章凭借其扎实而丰富的内容脱颖而出。它是引燃火药之前所缺少的那最后一种成分，是掉落到新生炉火中的一根劈柴。它有着谜一般的题目：9 号疾病。

9 号疾病

从市警察局皮埃尔·布雷齐永少将的口中，我们已经确认，本

周以来在巴黎接连发生的四起神秘死亡，都是同一个连环杀手所为。受害者被发现死于勒颈，负责调查的警长负责人让－巴蒂斯特·阿当斯贝格向媒体提供了最有说服力的勒痕照片。但事到如今，任何证据都无法让我们忽视，这些死亡也可能同时来自于，就像一位匿名消息来源人所指出的那样，来自于黑鼠疫的一种初步爆发，而这可怕的灾祸曾一度毁灭世界。

当我们正视这种可能性之后，请允许我们向前追溯八十年，对我们警方勤勤恳恳的模范工作抱以怀疑的态度。巴黎已经抹去了它历史上的最近一次关于鼠疫的记忆。然而，最后一次袭击首都的时疫只需上溯到1920年。第三次鼠疫流行病席卷了印度，引起一千二百万人的死亡，并通过所有港口登陆西欧，到达里斯本、伦敦、波尔图、汉堡、巴塞罗那……以及巴黎，它是由一只来自勒阿弗尔的船，通过卸货到勒瓦卢瓦岸边所传进来的。好在同欧洲各地的情况一样，这次疾病波及不旺，并在几年内有所衰落。尽管如此，还是有九十六个人感染了这种疾病，主要分布在城市的北部和东部郊区，集中于生活最悲惨的人群之中，他们过着捡拾垃圾的拾荒生活，住在卫生条件很差的木板房中。感染同样传入了城门内城区，在城市中心造成了二十来名受害者。

然而，在整个此次时疫期间，法国政府却封锁消息。他们在为暴露人口接种疫苗的同时，却不通过媒体公布这一严重事态的实情。市警察局防疫部门，在一份内部文件中，坚称对人民隐瞒此次疾病的必要性，他们将它谨慎地命名为"9号疾病"。我们在这里念一段秘书长于1920年写下的文字："各地出现了很多9号疾病的病例，分布于圣旺、克利希、勒瓦卢瓦－佩雷，以及19区和20区。……我在此提醒你们注意，记录此事必须严格谨慎，并有必要不将恐慌散布到人群中去。"以下是《人道报》上的一段报道，它于1920年12月3日中揭露出真相："参议院承认其在昨日的会议里讨论了9号疾病。何为9号疾病？三点半时，我们通过戈丹·德维莱纳先生了解到，它指的是鼠疫……"

我们并非指控警方代表捏造了事实，在今天如昨日重现般地向我们掩盖真相，这份小小的历史文件有效地提醒市民，当局永远有自己的真相，而真相总是不为人知，在所有时期，他们都熟知掩饰的伎俩。

阿当斯贝格若有所思地垂下胳膊，那篇唯恐天下不乱的文章夹在他的指间。巴黎1920年的鼠疫。这是他头一次听说这回事。他拨通了旺多斯莱的电话号码。

"我刚刚看过报纸"，他还没来得及开口，马克·旺多斯莱就抢先说道。"我们正置身于一场大灾难中。"

"我们的确是"，阿当斯贝格承认。"有关这个1920年的鼠疫，这到底是真实的，还是只是个谎言？"

"当然是真的。九十六个病例，其中三十四例死亡。是些城市边缘的拾荒者以及个别的城里人。在克利希尤其严重，有些是全家染病。孩子们在垃圾场找到成堆的死老鼠。"

"为什么没有蔓延开来？"

"归功于接种和预防。但似乎尤其是因为老鼠具有了免疫力。这是欧洲最后一次鼠疫的苟延残喘。它在阿雅克肖一直拖延到1945年。"

"警方的沉默，是真的吗？那个'9号疾病'是真的吗？"

"是真的，警长，我很抱歉。我不能向您否认这一点。"

阿当斯贝格挂上电话，在屋里走来走去。这个1920年的时疫在他脑子里响个不停，就像一种秘密机械松开了一道暗门。他不光找回了他的航点，似乎还意外地发现了这道虚掩着的门，它通向一段有些发霉的阴暗阶梯，关乎历史的阶梯。手机在他的上衣里响了起来，他听到刚刚阅读完早报的布雷齐永的声音从里面冲了出来。

"关于警方秘而不宣的那些鬼话到底是什么东西？"少将嚷着。"1920年的鼠疫到底是什么鬼东西？西班牙流感，倒是有！您快去给我否认这件事。"

"不可能，少将先生。因为这是真的。"

"您在糊弄我吗，阿当斯贝格？还是您想回您山里的牧场中去？"

"这不是重点，少将先生。这是鼠疫，在1920年的鼠疫中，有九十六个病例，其中三十四例死亡，而警方和政府则努力向人民掩盖真相。"

"您竟敢站在他们的立场上，阿当斯贝格！"

"我正是这么做的，少将先生。"

一阵沉默之后，布雷齐永狠狠地挂断了电话。

朱斯坦，或者是瓦瑟内，反正不是这个就是那个，推开了办公室的门，是瓦瑟内。

"事件升级了，警长。哪儿哪儿全是电话。整座城市全乱了，人们恐慌，一道道的门上都画满了4。我们彻底不知道该盯谁了。"

"那就别再试图去盯了。让他们画去吧。"

"啊，好啊，警长。"

手机又一次响了起来，阿当斯贝格靠在墙上原地接听了电话。会是部长吗？还是法官呢？其他人的压力越是攀升，懒散就越是向他袭来。自从他找回那一点以来，一切都轻松多了。

来电者是德康布雷。这是第一个没跟他说今早刚读过报纸，并说我们走进了大灾难的人。德康布雷的关注点永远在他的"特殊"公告，他拿到早于首播、早于法新社的第一手材料。散布者坚决给唱报人提前留出一些缓冲的时间，好像他在试图为他保留一种特权，让他可以稍稍自由支配播报的时间，或是为了感激他长期以来任劳任怨地甘做跳板一样。

"今天早上的特殊公告"，德康布雷说。"值得深思。很长，您找个东西记一下。"

"我准备好了。"

"'即便已经过去七十年，'"德康布雷开始念道，"'也无法抹杀那场恐怖灾祸的严苛，贸易是完全自由的，当时，省略号，我们看到，省略号，来了一条满载着棉花和其他货物的船。省略号。'我为您念出这些标点，警长，因为它们在文本里特意标出了。"

"我明白。请继续，念得慢一点儿。"

"'我们允许来客携带他们的行李进入这座城市，让他们与当地住户间密切往来，但这种自由很快催生出致命的结果：因为自从，省略号，那些先生们，省略号，医生，来到市政厅告知议员，他们早上刚刚得知，省略号，去看望一位叫作埃萨勒纳的年轻患病海员，他看来被感染了。'"

"这就完了吗?"

"没有，还有一段颇有意思的收尾，讲的是市政府的态度，似乎是针对像您这样的长官们说的。"

"我听听。"

"'这样一番话吓得议员们发抖；因为他们已经被预告过他们打

算掩盖的这些不幸和危险，他们立即陷入一种打击之中，这打击轻而易举便使他们感到极度痛苦。事实上，如果说对鼠疫的担忧和迫近给他们的精神带来如此的恐惧，我们的确不该特别惊奇，因为圣经早已对我们讲过。上帝要对他的子民降下三次灾祸，鼠疫就是其中最严厉、同时也是最残酷的……'"

"我是不知道我那位少将是否置身于一种极度的打击当中"，阿当斯贝格评论道。"我看他还更可能去打击其他人。"

"我能想象。我曾经见识过这种事。总要有人去做替罪羊。您担心您地位不保吗？"

"走着瞧吧。您怎么看待今天这个公告？"

"它很长。它长是因为它有两个目的：通过为当政者自身的恐惧辩白而使公众的恐惧得到合理化，同时宣告其他的死亡迫近。精心地宣告。我对此有一种模糊的想法，阿当斯贝格，但是我对自己不够确信，我还得去证实一下。我不是专家。"

"勒盖恩周围的人群呢？"

"比昨天晚上还多。唱报时段几乎挤得水泄不通。"

"勒盖恩应该收座立费。至少，好歹有人能从中获益。"

"请注意，警长。我提醒您在面对布列塔尼人时，开玩笑要谨慎。因为勒盖恩家的人或许野蛮，但他们不是强盗。"

"真的吗？"

"千真万确，他已故的曾曾祖父是这样说的。他时不时会回来看望他。不是家庭对家庭那种，不过还挺有规律的。"

"德康布雷，您今天早上在您家房门上画上 4 了吗？"

"您在试图侮辱我吗？假如说面对迷信的死亡巨浪，仍有一个人屹立不倒的话，那就是我，迪库埃迪克，以布列塔尼人的名义起誓。我和勒盖恩，还有莉兹贝丝。如果您想要加入的话，我们这个小团体欢迎您。"

"我会考虑。"

"迷信就会轻信"，德康布雷还在那边滔滔不绝地说。"轻信就易被操纵，被操纵就导致不幸。这是人性的弱点，它比所有的鼠疫加起来都更能杀人。希望您设法抓住这名散布者，别被他耍得团团转，警长。我不知道他是否清楚自己的行为，但他把巴黎市民置于他以下的水准，那他就是犯了一个不小的错误。"

阿当斯贝格挂断电话，若有所思地微笑着。"清楚自己的行为。"德康布雷的手指已经触在了那条线索之上，而那正是他从昨天起就在忧心的，他已开始小心翼翼地沿着它追寻。他看着眼前"特殊"公告的文本，再次给旺多斯莱打去电话，这时正好朱斯坦或瓦瑟内打开他的门，无声地用手指比划着，向他报告牵扯上4的大楼数量刚刚已上升到七百栋。阿当斯贝格眨了眨眼睛，表示他知道了，照这个节奏估计，今晚之前这数字就能上千。

"旺多斯莱吗？还是我阿当斯贝格。我想给您念念今早的特殊公告，您现在有时间吗？这得占用一小会儿。"

"请吧。"

马克非常认真地听着阿当斯贝格用温柔的嗓音描绘出向城市袭来的迫在眉睫的灾难，以及年轻的埃萨勒纳这个人物。

"怎么样？"阿当斯贝格一结束他的朗读就赶紧问道，好像他是在查一部字典。他觉得马克·旺多斯莱的油罐车不可能解不开这新消息中的谜题。

"是马赛"，马克用一种坚定的语气说。"鼠疫到达马赛。"

阿当斯贝格等着散布者的提示，既然他的文本描绘了一个新的爆发，但他没想到这次会出了巴黎。

"您能肯定马，旺多莱斯？"

"非常肯定。这次到达随**大圣安托万号**而来，1720 年 5 月 25 日，来自叙利亚和塞浦路斯的船登陆伊夫堡岛，船上载有一些已被污染的丝绸制品，而且在它靠岸时，有一批船员已经因这种疾病而死亡了。没有被提到名字的医生是佩索内尔父子，他们报了警。这段文本非常著名，疫情也是，这是几乎横扫了半座城市的大灾难。"

"那个男孩，就是医生们去看的这个埃萨勒纳，您知道他们是在哪儿见面的吗？"

"在兰舍广场，就是今天的朗舍广场，在老港的北码头后面。疫情的最初爆发地点在中途停靠站街。那条街现如今已经没有了。"

"不会有错吗？"

"绝对没有。就是马赛。如果您想要个确认的话，我可以给您传一份原始文本的复印件。"

"不用了，旺多斯莱。谢谢您。"

阿当斯贝格忐忑不安地离开了他的办公室。他找到丹格拉尔时，后者正和其他三十来名警员一起，努力掌控不断响起的电话，努力压制迷信者引发的龙卷风不断上升的趋势。大厅里弥漫着一股啤酒味，而尤其是掺杂于其中的一股汗味。

"等一下"，丹格拉尔对他说着，一边放下听筒，一边记下一串数字，整座城里再也不是只有一名画手了。

他重新向阿当斯贝格抬起头来，额头上汗津津的。

"马赛"，阿当斯贝格说着，把特殊公告的文本放到他眼前。"散布者起锚了。我们得出动，丹格拉尔。"

"老天"，丹格拉尔一边快速浏览着文本，一边说。"随大圣安托万号来的。"

"您知道这段文字?"

"是您跟我这么说的时候，我才想起来。否则我不知道我能不能马上解读出来。"

"它比其他几次都有名吗?"

"那是当然。这是法国的最后一次疫情，但却异常惨烈。"

"不是最后一次"，阿当斯贝格说着，把"9号疾病"的那篇文章递给他。"读读这个，您就会明白，为什么从昨晚以后，这里再也找不出一个巴黎人愿意听信从一个警察嘴里说出来的话了。"

丹格拉尔读完之后，点了点头。

"这是场大灾难"，他说。

"别再用这个词了，丹格拉尔，我求求您了。帮我接通马赛同行的电话，老港区的。"

"老港区那边，是马塞纳"，丹格拉尔小声说着，他记得全国各警察局局长和主要负责人，还有各分区警长的所有人事信息，"这是个讲道理有分寸的家伙，不像他的那个人渣前任，最后因意图殴打和伤害阿拉伯人而降职。马塞纳取代了他，他行事正确。"

"这样最好"，阿当斯贝格说，"因为我们不得不合作。"

六点五分，阿当斯贝格来到埃德加－基内广场，来听晚上的唱报，不会有什么新消息的。自从散布者被迫使用邮政来投递他的消息以来，他时间表上的自由就受到了限制。阿当斯贝格知道这一点，他只是来观察聚拢在勒盖恩周围的那些人的面孔的。人群比几天前要稠密得多，大家都使劲伸着脖子，想要一睹这位宣布瘟疫降临的"唱报人"的真身。两名始终监视广场的警员现在又多了一项额外任务，那就是确保若斯·勒盖恩的安全，以防有人在唱报期间对他采取不利行为。

阿当斯贝格靠在一棵树上，离讲台相当近，而德康布雷在一旁为他介绍着那些熟悉面孔。他已经列出了一份四十人左右的名单，并把他们分成三栏，风雨无阻的、相对忠诚的，以及朝三暮四的，用勒盖恩的话讲，上面还附加了体貌特征的有关事宜。他用红色标出那些利用"法国史摘"就菲尼斯泰尔海岸附近的船难结果来赌钱的人名，用蓝色标出那些唱报一结束就赶去上班的匆忙者，用黄色标出那些留在广场上或维京人中讨论的拖拉者，用紫色标出那些跟集市时间挂钩的常客。这是一份整洁清晰的工作。德康布雷悄悄用手指为警长指出那些他已熟记于心的面孔。

"卡梅拉号，三桅奥地利船，405吨位，从波尔多驶往加的夫，在加兹克阿尔维埃尔失事。全船十四人皆获救。"若斯结束了唱报，从讲台跳到地上。

"快看"，德康布雷说。"所有那些一脸震惊的人、皱起眉头的人，还有茫然不解的人，全是新来的。"

"和蓝色那些差不多"，阿当斯贝格说。

"对。所有那些彼此交谈、做出一些头部或肢体动作的人，都是常客。"

德康布雷丢下阿当斯贝格，去帮莉兹贝丝剥绿菜豆了，他们趁价格便宜进了好几整箱，而阿当斯贝格则走进维京人，他溜到假船的船首下面，占据了那张他早已认定为属于自己的桌子。用船难打赌的人们聚拢在吧台，钱在嘈杂声中从一只手传到另一只手。由贝尔坦掌握着那张下注的名单，这样就不会有任何人作弊。由于他神圣的出身，大家都认为贝尔坦是一个公正的人，不会受贿徇私。

阿当斯贝格点了一杯咖啡，打量起玛丽－贝勒的侧影来，她正在他旁边的那张桌子上专心致志地写一封信。这是一位娇小的姑娘，假如她的嘴唇能再清晰一些，那她就真可算是迷人之至了。和她哥哥一样，她有着垂到肩膀的浓密卷发，只不过干干净净，而且是金色的。她冲他微笑了一下，又继续埋头写下去。在她旁边，那个叫埃娃的年轻女人正试图尽力帮助她。她的美貌就要逊色一些，这或许是因为她不太放得开，她的脸平整又严肃，勾勒出她眼睛下面的黑眼圈来，这使阿当斯贝格联想到某位十九世纪隐居在外省钉有木头护墙板房屋中的女主角来。

"这样行吗？你觉得这样他会明白吗？"玛丽－贝勒问。

"挺好"，埃娃说，"不过就是有些短。"

"那我和他说说天气吗？"

"可以吧。"

玛丽－贝勒又埋下头去，手中紧紧地握着她那支笔。

"'患'这个词"，埃娃说，"只有一个 p。"

"你确定吗？"

"我觉得是。让我想想。"

埃娃在一张废纸上写了好几遍，然后她茫然地皱起眉头。

"我现在也不确定了，我糊涂了。"

玛丽－贝勒把头转向阿当斯贝格。

"警长"，她有些害羞地问，"'患'这个词，是有一个还是两个 p 呢？"

这还是生平第一次，有人向阿当斯贝格请教拼写方面的问题，而且他还回答不出来。

"在这句'但是达马斯没有患上感冒'里面?"玛丽－贝勒详细说着。

"句子改变不了什么",埃娃小声说,始终俯向她的草稿纸。

阿当斯贝格向玛丽－贝勒解释说,他对拼写一窍不通,这个新闻似乎使她大为吃惊。

"但您是警察啊',她反驳道。

"是这样的,玛丽－贝勒。"

"我要走了",埃娃碰了碰玛丽－贝勒的胳膊说。"我答应达马斯要去帮他盯柜台的。"

"谢谢",玛丽－贝勒说,"谢谢你替我。因为有这么一封信要写,我真是腾不出空来。"

"这没有什么",埃娃说,"我很乐意。"

她不声不响地离开了,玛丽－贝勒却一下子转向了阿当斯贝格。

"警长,我能跟对方讲这场……这场……灾祸吗?或者还是最好尽量不要说呢?"

阿当斯贝格慢慢地摇了摇头。

"并没有什么灾祸。"

"但那些4?还有那些黑色的尸体又怎么说?"

阿当斯贝格只是继续摇头。

"玛丽－贝勒,一个杀人犯就足以做到这些。没有什么灾祸,连个影儿都没有。"

"我能相信您吗?"

"确实很轻率。"

玛丽－贝勒又微笑了一下，这回她彻底放松了下来。

　　"我担心埃娃爱上了达马斯"，她皱着眉说，仿佛因为阿当斯贝格刚刚解决了她关于鼠疫的问题，他就能继续清扫她人生中的其他麻烦似的。"咨询师说这样很好，因为这是生活又回来了，要放手让它发生。但这是我第一次不赞同咨询师。"

　　"因为什么呢?"阿当斯贝格问。

　　"因为达马斯爱的是胖莉兹贝丝，这就是原因。"

　　"您不喜欢莉兹贝丝吗?"

　　玛丽－贝勒噘了一下嘴，然后又继续说下去。

　　"她挺勇敢"，她说，"但她总是声音太大。她还有点儿令我害怕。不管怎么说，莉兹贝丝在这里是碰不得的。咨询师说，这就像一棵大树，为成百上千的鸟提供了庇护。我也觉得不错，但这棵大树闹哄哄地吵死人了。再说莉兹贝丝，她有一点儿四处发号施令。所有男人都拜倒在她脚前。自然而然，因为她有经验嘛。"

　　"您嫉妒她吗?"阿当斯贝格微笑着问。

　　"咨询师也这么说，但我不这么认为。最使我烦心的，是达马斯每天晚上都要去看她。必须得承认，这是自然而然的，只要听过莉兹贝丝唱歌，人人都会被她的魅力所折服。达马斯是真的迷恋她，他看不到埃娃，因为她一声不响的。埃娃当然是更无趣一些，但这也是自然而然的，因为她人生的那些经验。"

　　玛丽－贝勒询问地看了阿当斯贝格一眼，以确认他是否对埃娃有所了解。显然他毫无了解。

　　"她丈夫多年来一直殴打她"，她解释说，"他控制不了这股冲动。她逃跑了，但他在寻找她，要杀掉她，您能想象吗? 为什么警察就不能先杀了他丈夫呢? 谁都不能知道埃娃的真名，这是咨询师的命令，要谨防有人在这事里面刺探。他本人是知道她的姓氏的，但他有这权利，因为他是咨询师嘛。"

阿当斯贝格任由这场对话带着自己四处乱走，时不时地瞥上一眼广场上愈渐冷清的动静。勒盖恩为了收集晚间信件，把他的信箱重新挂到梧桐树上。那些好像一路从重案科追着他到外面来的刺耳的电话铃声渐渐朦胧起来。对话越是没营养，就越能使他感到放松。激烈思考真是烦死了。

"好吧"，玛丽－贝勒直接转过身来面冲着他，"这对埃娃很好，因为那事之后她再也不愿看到男人。那使她清醒。跟达马斯在一起使她了解到，世上还有比一心只想痛打她的混蛋更好的男人。这很好，因为一个女人生命中没有男人，我会自然而然地说，那样毫无意义。莉兹贝丝不相信这一点，她说爱情只是耍弄伎俩的大笑话。她甚至说那都一钱不值，所以您看看。"

"她做过妓女吗？"阿当斯贝格问。

"当然没有"，玛丽－贝勒震惊地说，"为什么您要扯上这种东西？"

阿当斯贝格后悔提出了这样的问题。玛丽－贝勒的单纯程度超过了他的预期，这会使他更加放松。

"您的职业就是如此"，玛丽－贝勒一脸受挫地承认道，"这让您曲解一切。"

"我恐怕是这样。"

"那您呢，您相信爱情吗？我要把这件事问遍前后左右的人，因为在这里，莉兹贝丝的观点，那是碰不得的。"

鉴于阿当斯贝格一直保持沉默，玛丽－贝勒点了点头。

"自然而然是不信了"，她下了结论，"因为您目睹过的那些经验。但是咨询师相信爱情，不管它值不值钱。他说他宁愿多来点儿这一钱不值的东西，也不要愁死在他的椅子上。对埃娃来说，也是真的。自从她跟达马斯一起看柜台的那天晚上起，她就更有活力了。只是，达马斯爱的是莉兹贝丝。"

"是啊"，阿当斯贝格说，丝毫看不出他为对话兜了这么一圈又绕回原点而不开心。因为人们越是兜圈，他就越能少开口，就越能忘记那个散布者，还有那些此刻都被画上了4的成百上千扇门。

"而莉兹贝丝不爱达马斯。所以自然而然，埃娃就会失望，达马斯也会失望，而莉兹贝丝我就不知道了。"

玛丽－贝勒又开始谈论起另外一对，就差扯上所有人了。

"那您呢"，阿当斯贝格问，"您爱着什么人吗？"

"我"，玛丽－贝勒涨红了脸，手指捏着她的信说，"我的这两个兄弟，已经让我有足够多的男人要照顾了。"

"您是写给您的兄弟？"

"最小的那个。他住在罗莫朗坦，最喜欢听新消息。我每周都给他写信，也给他打电话。我希望他能到巴黎来，但是巴黎让他害怕。达马斯和他，他们都不是善于应对麻烦的人。小弟弟尤其如此。我得告诉他一切该怎么做，甚至是对待女人的事。虽然这是个漂亮的男孩，真正的金发。但不行啊，他总要等着我去推他，不然他就一动不动。所以自然而然，我就得费点儿心照顾，一直到他们都结婚为止。我有的是事情要忙，尤其是假如达马斯在莉兹贝丝身后等了多年却没结果的话。到头来，谁会哭干了眼泪呢？咨询师跟我说，不必这么勉强自己去照顾他们。"

"的确是。"

"他，他现在把自己照顾得挺好，有客户。人们整天络绎不绝地往他店里跑，他旳钱也不是偷来的。这些都不是一些没价值的建议。但不管怎么说，他们是我的兄弟，我不能放任他们不管。"

"这也不影响您去爱上什么人啊。"

"会的，这会影响的"，玛丽－贝勒坚决地说。"要工作，要看店铺，自然而然地，我就遇不到很多人。广场上的人我都不感兴趣。咨询师建议我走得更远一些去看一看。"

咖啡馆的挂钟敲响了七点半的报时，玛丽－贝勒跳了起来。她快速折起她的信，在信封上粘了一张邮票，把它塞进自己的包里。

"原谅我，警长，但我得走了。达马斯在等我。"

她拔腿就跑了出去，贝尔坦走过来收拾杯子。

"太爱说闲话了"，诺曼底人解释着，像是为了替玛丽－贝勒道歉似的，"她说的所有关于莉兹贝丝的那些话您可别信。玛丽－贝勒那是嫉妒，她忭她会抢走她哥哥。这也是人之常情。莉兹贝丝总是不介入纷争，大家都不理解。您在这儿吃晚饭吗？"

"不了"，阿当斯贝格说着站起身来。"我还有事。"

"您说，警长"，贝尔坦跟着他来到门口，"咱们到底该不该画上那个 4 呢？"

"听说您是雷神之子？"阿当斯贝格说着转过身来，"还是说我在广场上听来的话是些无稽之谈？"

"我是啊"，贝尔坦扬起下巴说。"我是从我母亲那边继承的图坦身份。"

"那就别画这个 4 了，贝尔坦，假如您不想因一时糊涂而背弃祖上的荣耀的话。"

贝尔坦关上门，始终高扬着下巴，仿佛下定了一种突然的决心。只要他活着，维京人的门上就别想出现哪怕一个 4。

半小时以后，莉兹贝丝把房客们聚集起来吃晚饭。德康布雷用他的餐刀敲着杯子，请求大家安静，这是个在他看来有些粗俗的举止，但有时却十分必要。卡斯蒂永很了解这个召唤秩序的信号，马上就回应起来。

"我一般不太向我的客人们强调行为准则，每个人都是他们自己房间的主人"，德康布雷这样开场道，他更喜欢使用客人一词，而不是称呼他们为房客，那样未免过于现实，"但考虑到此时的特殊形势，我迫切地恳求大家不要人云亦云，不要在你们的门上画上那些所谓的护符。一个简单的图案也会玷污我们这栋房子。不过，我尊重每个人的自由，假如你们中有谁希望置身于这个 4 的保护之下，我也不会反对。但我更愿意祝他在新居住得愉快，鼠疫散布者正巴不得这场疯狂愈演愈烈、有我们大家推波助澜呢。我希望你们当中谁也不要去同流合污。"

德康布雷的目光从桌边沉默不语的人身上一个个扫了过去。他注意到埃娃的颤抖和犹豫，卡斯蒂永脸上虽然挂着虚张声势的笑容，但其实并非那么平静，若斯在左右权衡，而莉兹贝丝，仅仅听说有人可能会在她的地盘上画一个 4，这想法就足以使她爆炸了。

"好吧"，若斯说，他已经饿了。"票算是已经投了吧。"

"没什么区别"，埃娃对他说，"要是您没有读过那些魔鬼的消息就好了。"

"魔鬼不会使我害怕，我的小埃娃"，若斯回答。"大浪嘛，倒是叫我有些担心。但这魔鬼、这些 4，和所有这些胡闹，您只需把它们揣进口袋，再把手绢盖在上面就行了。我以布列塔尼人的名义起誓。"

"同意了?"卡珥蒂永说,若斯的那番话奏效了。

"同意了",埃娃小声地跟着说。

莉兹贝丝什么也没说,开始卖力地为大家分起汤来。

二十五

阿当斯贝格寄希望于周日,寄希望于他适当减小的压力能缓和火势。前一天晚上的最新估计虽不令他满意,但并不使他惊奇:巴黎有四五千栋大楼被标记上了 4。从另一方面讲,周日的闲暇会使巴黎人有充分时间鼓捣他们的门,数字就可能戏剧性地增加。到头来,就全都指望天气了。假如 9 月 22 日天气好,人们就会走出住所,把这个故事暂时丢一丢。而如果天气不好,那些神经就会更加脆弱,门也就进一步遭殃。

阿当斯贝格刚一睡醒,还没有离开他的床,第一眼就先看向窗户。外面下雨了。他用手臂挡住眼睛,在心里暗暗决定今天绝不要踏进重案科一步。如果昨天夜里,散布者不顾监视力度,仍然入侵了原来那二十五栋大楼的话,那守备小组就会来找他。

他冲了个澡后,穿戴整齐地躺在床上等着,眼睛盯着天花板,思路飘忽不定。九点半时,他爬了起来,推断至少这一天是从前线上赢回来了。散布者昨夜没有杀人。

他如昨天约好的那样,找到了在圣路易岛滨河街等着他的精神科医生弗雷。阿当斯贝格不喜欢两人关在他小诊所里面的主意,他会被困在椅子上,因此他争取到能来外面谈话的机会,还能同时看看水。弗雷通常不会对他的患者有求必应,不过阿当斯贝格并不是患者，而且由画 4 的犯人所催生出的那种集体情绪自从引发他的战栗后，也使他惊讶不已。

阿当斯贝格从很远就认出了弗雷，一个稍稍有些驼背的高大男人打着一把巨大的灰色雨伞，他有一张四方脸，前额很高，被一圈白发围拢的圆脑袋在雨中闪闪发亮。他两年前在一次晚餐场合见过他，但他忘记了那次的主人是谁。此人修炼出了一种微妙的冷静、一种适度的幸运、一种对他人的审慎距离，但假如人们向他提出要求的话，他又能把它转化成一种真正的关注，这些都改变了阿当斯贝格对这一职业所形成的多少有些固化的看法。当阿当斯贝格对他人运转的直觉在他自身医学能力的局限下碰壁时，他总是去咨询弗雷。

由于阿当斯贝格没带雨伞，赴约时他已经被淋得浑身湿漉漉了。弗雷对杀人者以及其强迫性怪癖的了解仅仅来源于媒体报道，他听着警长为他完完整整地讲述细节，眼睛始终没有从他身上离开过。医生由于职业性而不由自主戴上的面无表情的面具被一种坚定而明确的眼神所撕开，那眼神自始至终都没有放开过面前对话者的嘴唇。

"我认为"，阿当斯贝格一口气整整讲了三刻钟，中途医生没有插一句嘴，"这种对鼠疫的运用应该被澄清。散布者不是随便选取了一个陈词滥调，依照现今在所有人脑中的一种次序，就比如……"

阿当斯贝格停了下来，思索着用词。

"就比如，一个根本不会使任何人感到吃惊的时髦主题……"

他再一次停了下来。用精确术语详细进行口头表达时常会让他觉得困难。弗雷丝毫也没有要帮他一把的意思。

"就比如两千年的末日，或是幻想中的英雄。"

"是啊"，弗雷肯定道。

"或者是用烂了的吸血鬼、基督、太阳。所有这些，弗雷，真应该把这些经典故事打好包，送给一名打算为自己的行为卸掉责任的杀人者。经典故事，我看也被当代的所有人都理解得好好的。有个人要是自称是沼泽之王、太阳的使者或者全能大主宰什么的，每个人肯定一早认为他是个昏了头的疯子，或是要兴起个什么教派的。我说的还算明白吗？"

"请继续，阿当斯贝格。您真的不到我伞下来躲一下吗？"

"谢谢不必了，反正雨快停了。但利用这个鼠疫，散布者就能置身于他的时代之外。他是超越时代的，就像我的助手所说，他是'荒诞'的。他荒诞是因为他在筹码的边上，因为这场鼠疫降临在我们这个时代就像一只恐龙光临了九柱戏现场。散布者不在池子里，他必须在轨道之外。我说的还能被听懂吗？"

"请继续"，弗雷只是重复。

"而且，尽管他的鼠疫早已过时，但它能够唤醒那种无所定式的史上的恐怖，人们更能相信它，不过这是另一个命题。我的命题是，这家伙与他时代的距离感，他选择的这个无人知晓的主题没有人、绝对没有人有一点儿概念。而他就是要牢牢抓住这种无人知晓的感觉。我并不是说就没有什么人在研究这个问题，精通这种历史视野。我就认识这么一个人。但是，弗雷，假如我说错的话，请您指出来，即便一个家伙对一个研究主题再怎么着迷，这个主题也不会真的能侵入他的内心，使这转化为一种要进行连环谋杀案的动机。"

"是的。研究对象是保持在人的本性之外的，尤其当它很晚才出现时。这是一个活动，而不是一个动因。"

"即便这个活动会采取一副疯狂姿态？"

"即便这样也是如此。"

"所以我排除了散布者完全出于学术原因的可能，我也排除了完全随机的可能。这不像是个男人在说，来吧，来接受上帝的灾祸，这能带来地动山摇的效果。这也不像个恶作剧或专好捣蛋的人。不可能。散布者不会置身那么远。他非常相信自己的那一套。他是怀着一种真正的爱画出那些4的，他跳到自己计划中，并且一直淹到眼睛那么深。他在完全缺乏相应文化语境的情况下，本能地利用鼠疫。他把自己弄得既可理解又不可理解。而他自己，是心里明白的。他利用鼠疫是因为他必须这么做。我暂时就想到这多。"

"好"，弗雷很有耐心地说。

"如果说出现了一个所谓鼠疫的散布者，那是因为鼠疫在他心中是一种基石。所以很可能这件事牵扯到了……"

"家庭"，弗雷帮他补充完整。

"正是。您同意吗？"

"毫无疑问，阿当斯贝格。因为没有其他的可能性。"

"好极了"，阿当斯贝格说，很高兴自己已经通过了最艰难的词汇一关。"一开始"，他继续说，"我推断这家伙或许小时候在一个偏远地区染上了这种疾病，很不幸地留下了精神创伤，我不知道具体情况。但我对这种推测不满意。"

"于是呢？"弗雷鼓励他说。

"于是我就想破了头啊，给自己寻找一个小孩为什么会被一件十八世纪初就结束了的悲剧影响至此的理由。我只能得出一个唯一符合逻辑的结论，就是散布者年龄高达二百六十岁。所以我才很不满意。"

"不差嘛。一个很有意思的患者。"

"后来我得知鼠疫曾在1920年入侵过巴黎。就在我们这个世纪，并且引发了动荡。这事您知道吗?"

"不知道"，弗霄承认道，"还真不知道。"

"九十六个病例，其中三十四例死亡，主要在郊外的穷人区。所以我在想，弗雷，这家伙的家庭或许遭受了这种打击，他部分地经历过此事，或许是曾祖父母辈。所以这个悲剧就凝固在了家族传奇中。"

"我们把这叫作一个家族幽灵"，医生插了一句嘴。

"好极了。它凝匠在了那里，而鼠疫就是这样通过亲近祖辈一遍遍夸张的讲述，渗透进了这个孩子的脑海中。我猜测，这是一个男孩。对他来说，这是他生命中的天然部分，是他的……"

"精神世界。"

"是这个。它是一个原生的元素，而并不像在我们眼中那样，是一个过去的历史形象。我会在1920年那三十四个鼠疫受害者中找到这名散布者的家族姓氏的。"

阿当斯贝格不再来回走动，他交叉起双臂，看着医生。

"您相当了不起，阿当斯贝格"，弗雷微笑着说。"你已经走上了正确的路。不过您还得在这个家族幽灵上加上一些强烈的动荡，这样它当时才能安顿得下来。幽灵总是在伤口处筑巢。"

"同意。"

"但我恐怕要打击您了。我不会在有鼠疫致死的家庭中寻找您那名散布者的。我会在幸免的家庭中寻找他。这可就有千万号可能的人，再不仅止于那三十四个了。"

"为什么是幸免家庭？"

"因为您的这位散布者把鼠疫当作有力的工具来使用。"

"怎么讲？"

"这绝不是鼠疫攻陷了他家庭后会产生的情况。那样的话他会憎恨它。"

"我就觉得我在哪里犯了错误"，阿当斯贝格说着，又开始走来走去，双臂交叉在背后。

"不是一个错误，阿当斯贝格，只不过仅仅是一根木钉没有钉在正确的方向上。因为如果说散布者把鼠疫用作有力工具的话，那么它一定在当时，向他的家庭给予了力量。那个家庭一定幸免了，身处一个其他人家全都死亡的街区中心，像个奇迹一般。这个家庭恐怕为这个奇迹付出了严重的代价。事态会很快发展，一开始人们会怨恨没事的他们，然后怀疑他们受益于某种秘密的力量，然后会指控他们散布了灾祸。您是知道那些没完没了的故事的。假如他的家庭被指责、被威胁、被羞辱，他们因惧怕被左邻右舍撕碎而不得不逃离了悲剧发生地点的话，我丝毫也不会感到惊奇。"

"天呐"，阿当斯贝格踢着一棵树下的一丛草说。"您说得对。"

"这是一种可能性。"

"最可能的那种。家族传奇，是他们存活下来的那个奇迹，然后是控诉和他们的孤立。传奇，正是逃过了鼠疫的事实，并且更好的是，他们成为它的主人。他们能从别人对他们的指责中收获自豪。"

"这是很正常的现象。如果您骂某个人是混蛋，他则会回答您说他为此骄傲不已。无论是什么样的指控，都会引起正当防卫的反应。"

"幽灵正是他们的与众不同，是他们针对上帝灾祸的能力，见证了他们的不灭。"

"关于您的散布者，阿当斯贝格，别忘记这几点：破碎的家庭，父亲或母亲一方角色缺失，对被遗弃极其敏感，因而特别脆弱。这是对这个男孩最可能的描述，他倚赖家族荣耀的强力，那是他能力的唯一源泉。这可能被他的某个祖父辈人物一再重复。与悲剧之间的契约就这么跨越了一代人。"

"我没法凭这个确定他的身份"，阿当斯贝格说着，持续虐待着那丛草。"好几十万人都逃过了那场鼠疫。"

"我很抱歉。"

"算了吧，弗雷。您帮了我很大忙。"

二十六

阿当斯贝格沿人行道重新走上圣米歇尔林荫大道时，天已经开始转晴了。他把上衣搭在小臂上，好让它快点儿干。他没有试图去反驳弗雷的观点，他知道医生找对了事实的真相。这使散布者脱离了他的原有预期，他曾经认为他几乎就在自己的手中了。埃德加－基内广场、留在原地，他会向这个方向追查下去。那个1920年拾荒者的曾孙就在广场上，他始终会回到这里。他要么在这里，要么不停地经过这里，无视危险。毕竟，他有什么可担忧的呢？他觉得自己是主宰，只要有其必要，他可以在生命的任一时刻证明这一点。区区二十八名警察又怎么能把他吓跑呢，他可是指挥上帝灾祸的人，他一个翻手就能把它喝止。二十八名警察嘛，还不如说是二十八坨鸟粪好了。

而且所有这些都给了散布者骄傲的理由。巴黎人对他俯首帖耳，在他们的门上认真画上护符。二十八名警察只能任由尸体堆积。已经死了四个人，而阿当斯贝格还没有一丁点儿主意可以阻止下一起受害案的发生。他只能杵在这个十字路口举目四望，至于看些什么，连他自己也不知道，他只能尽量把他的上衣和贴在腿上的裤子晾晾干。

他一只脚踏进广场时，正好赶上诺曼底人敲响雷声。他现在已经熟知这套体系，于是他加快脚步去抢一份热菜，他挤进了一桌，同桌的还有德康布雷、莉兹贝丝、勒盖恩、忧伤的埃娃，还有一些他不认识的人。似乎德康布雷下达了一个明显的指示，一桌人努力聊尽天南海北，就是不提散布者。

与之相反，阿当斯贝格听到邻座几桌都谈到了这个话题，一些人还非常激烈地提到记者控诉的观点：警方对他们说谎。勒颈的那些照片，想必都被做了手脚吧，他们想骗谁？傻瓜蛋吗？可不是，另一个女人答道，但假如死者是死于鼠疫，他们死前怎么还有时间脱光衣服，并把它们叠得整整齐齐和他们的其他衣物放在一起呢？或者说干嘛要钻到卡车底下去呢？这有什么意义，你能给我解释一下吗？这种情况，这到底是像一场鼠疫呢，还是像一桩谋杀呢？说得太对了，阿当斯贝格这么想着，转过身去检视那张十分睿智的面孔，它属于一位紧紧裹在一件花衬衫中的胖女人。我没这么说，她对面的人动摇地说，我没说这事很简单。不是这样的，他又被另一个人打断，这是一个嗓音悦耳的干瘦男人。一次死了两个人，都是死于鼠疫，但是为了让不明真相的人也知道这点，他就把他们从家里拖了出来，脱掉他们的衣服是为了更容易看出来，这样大家就全明白了。这人，他不是在耍手段作弊，他是想要帮忙。对，那个女人又说，那他为什么不交代得明确一些？遮遮掩掩的人从来不能获得我的信任。他遮掩是因为他不能现身，嗓音悦耳的人又说，努力地搭建着他那一套理论，斟酌着他的用词。这是某个实验室中的年轻人，他知道鼠疫是从一个破碎的玻璃试管或是别的什么东西里被放跑出来的。他不能说，是因为实验室命令他们闭嘴，因为人民大众。政府不喜欢人民大众，因为他们不能保持沉默。所以就压制了消息。这个小子，他努力让大家理解，但又不让人知道他是谁。为什么要这样？那个女人说。他怕失去自己的地位吗？如果这就是他不愿意明说的原因，那么我要说，安德烈，你的这位保护者，他是个可怜虫。

阿当斯贝格在喝咖啡的时候离开了一下，去接莫尔当中尉打来的电话。我们估算目前已有接近一万栋大楼被画上数字了。还没有接获出现新受害者的报告，没有，从这方面来讲，算是稍稍松口气。但是另一方面，却又被淹没了。我们现在到底能不能不去应答那些恐慌者打来的电话了啊？因为今天，重案科里只剩六个人了。当然当然，阿当斯贝格说。太好了，莫尔当说，这可太好了。至少让他感觉安慰的，是马赛同行即刻也联络了他。马塞纳来电要求加入通话。

阿当斯贝格把自己关在厕所里，坐在放下的马桶盖子上，接听马塞纳打来的电话。

"开始了啊，同行"，马塞纳说，"广播里竟是关于您搞砸大事的消息，记者也对此品头论足，这也不是，那也不是的。"

"不是我搞砸，马塞纳"，阿当斯贝格用一种颇为清晰的语调说。"而且现在这也是您的事了。我们共享。"

马塞纳那边沉默了一会儿，他在分析他这名同事。

"共享好"，他承认道。"咱们的疯子算是把他的手指触在了热点事件上，因为鼠疫在这里是一个古老的伤痕，不过再揭开来那也没什么大不了的。每年六月，大主教都要做弥撒来祈求驱除病魔。我们这儿还有丰碑和街道来纪念罗兹骑士和贝尔桑斯主教的事迹呢。这可不仅仅是些命名的名字，因为马赛人绝不是忘恩负义的混蛋。"

"这些家伙是谁？"阿当斯贝格用平静的声音问。

马塞纳是个易怒的家伙，很可能还是天生的反巴黎化主义者，这对阿当斯贝格来说倒没什么，反正他也不是巴黎人，就算他是巴黎人那也没什么所谓。对阿当斯贝格来说，身在何处也不是多要紧的事情。但马塞纳仅从外表来看便是个斗士，他不消一刻就能跟人打起来。

"这些家伙，同行啊，他们是在1720年的大传染病期间，不分白天黑夜救助人民的人，那时候官员政要、显贵人士、医生和神甫都躲得远远的。他们是些英雄，真的。"

"畏惧死亡是很正常的事，马塞纳。您也不必这样。"

"听着，我们也不是来重演历史的。我就和您来说说马赛的事，大圣安托万号的灾祸又加速重新打开了。"

"您可别跟我说所有马赛人都知道罗兹和贝尔桑是谁啊。"

"是贝尔桑斯，同行。"

"贝尔桑斯。"

"不是"，马塞纳承认道，"不是每人都知道。但鼠疫的那段历史、毁灭之城、普罗旺斯墙，这些他们都知道。鼠疫是人们脑中深层的记忆。"

"我相信在我们这里也是的，马塞纳。今天，画上数字的大楼已经达到一万栋了。现在只能祈求颜料断货了。"

"我们这儿，仅一个早上，老港街区我就差不多数出来两百栋。我看城里估计也差不多。但该死的，同行，您说他们这是疯了还是怎么的?"

"他们做这些是为了自保，马塞纳。假如您还发现有不少人携带着铜手镯、兔爪、圣克里斯多夫像、卢尔德圣水，或者去触摸圆木的话，那我也不会不信的，您就等着数字轻易上到四千万吧。"

马塞纳叹了口气。

"要是他们自己动手画的"，阿当斯贝格说，"那就不算多严重。您能分辨出真正的笔迹吗? 就是散布者亲自画出的4?"

"这并不容易，同行。人们是直接复制过来的。您知道，是有不少人粗心大意，没有把底部画得膨大，或者在回笔处用一条杠代替了两条杠。但，有一半的人，他们还是画得很用心的。这就该死地导致了复制品和原始版一样。您说叫我怎么区分?"

"有关于信封的报告吗?"

"没有。"

"您有没有记录到，在有些被画满4的大楼中，有一扇门幸免的那种情况?"

"是有些是这样，同行。但也有些头脑清醒的人拒绝在自家门上画这些没用的东西。还有些怕羞的人，在他们的门下方画一个特别小的4。这样，他们就能做得不留痕迹，神不知鬼不觉，做了就和没做一样，您看到没有。我没法拿着放大镜去检查每一扇门。难道您这样做了吗?"

"这是大浪，马塞纳，事态在周末时会扩大。我们再也控制不了了。"

"一点儿都控制不了了?"

"几乎控制不了。我在控制城里一亿零五百万平方米中的一百平方米。这是我寄希望于能看到散布者从中经过的一个空间,但就在我与您通话的这个时候,他说不定已经溜到老港区去了。"

"您有他的体貌特征吗?一个模糊的概念?"

"什么也没有。没一个人看到过他。我甚至不知道他是不是个男性。"

"那您在您那块地儿监视什么呐,同行?监视个魂啊?"

"我找一种感觉。我今晚再给您打电话,马塞纳。保重。"

好长一段时间以来,就一直有人疯狂地扭动着厕所的门把手,阿当斯贝格从里面平静地出来,从一个已经急到不行的家伙面前走过去,那人正急着去尿掉他的四杯啤酒。

他问贝尔坦,能不能在他去广场上转悠的时间里,把他的上衣搭在一只椅背上晾干。自从阿当斯贝格在最后关头重新激励了诺曼底人正趋于软化的勇气,或许也把他从周边客人一种普遍的嘲弄和一种神圣权威的彻底丢失中拯救了出来,贝尔坦就感觉在生命中亏欠于他。他十次而不是一次地请阿当斯贝格尽管把上衣放在这里,说他会以一种母亲的警惕来守护它,他还坚持要给他披上一件绿色的风雨衣,然后再出门去迎战那已在中午唱报时就被若斯预告了的大风和暴雨。这使得阿当斯贝格不能挫伤雷神托尔的那份自尊。

他整个下午都拴在十字路口上,不时走去维京人喝上几杯咖啡,或是接听几通电话,算是打断一下节奏。人们都在等着,到今晚为止,被牵涉的大楼数量在巴黎上升到一万四,在马赛上升到四千，事实上，这是一种闪电般的冲刺。阿当斯贝格已经腻烦了把他那无边的漫不经心能力耗费在与这上涨的潮汐做斗争上面。就算是人们通知他 4 已达到二百万，他也一点儿不吃惊。他体内的一切已经自我放逐、自我扒弃了。除了他的视觉，只有这一部分还在他身体中保持着活跃。

他软绵绵地靠在梧桐树上，等着晚上的唱报，他的手臂垂在身体两侧，迷失在诺曼戾人那件太过宽大的风雨衣中。勒盖恩更改了他周日的时间表，直到已经快七点了，他才把他的木箱搬到人行道上来。阿当斯贝格根本就不是在等唱报的内容，因为整个周日邮差都是不来送信的。他只是在开始重新辨认出那些一直围绕在讲台周围的人群中的面孔。他拿出德康布雷制作的那张名单，随着他们的到来，他也检查着他新近的认人课题。七点差两分，德康布雷出现在自家门口，莉兹贝丝用手肘扒拉着这一小撮人群，站到她一贯的位置上，达马斯出现在店铺前，穿着毛衣，靠在他降下的铁栅栏上。

若斯开始了坚定的唱报，他有力的声音从广场的一头传到另一头。阿当斯贝格在惨淡的阳光下，非常开心地听着这些没什么要紧的小公告被一一报出。这个午后什么事也没有，彻底放松他的身和心，从今早与弗雷那番沉重的谈话中释放出来。他达到一种像被海浪摇晃着的海绵一样的精神状态，这正是他寻找了好多次的那种状态。

在唱报的最后，当若斯报出海难的结局时，他突然跳起来，就好像有一颗尖锐的小石子狠狠打中了海绵。这冲击几乎刺痛了他，让他目瞪口呆地留在埋伏中。他无法说明来源。那是一幅直接向他撞来的图像，当时他几乎靠在梧桐树上睡着了。图像的残影，广场上的某个部分，在十分之一秒里向他飞来。

阿当斯贝格重新站好，从四面八方搜寻着那个未知的图像，想要修复刚才那个冲击。然后他靠上大树，重构冲击袭来那一刻时他所处的那个确切位置。从这里向外，他的视野可以从德康布雷的房子一直看到达马斯的店铺，中途跨越蒙帕纳斯街，并把正面的唱报人的公众区域包含进大约四分之一。阿当斯贝格抿紧嘴唇。这块空间不小，包含的人也不少，当然，人群已经在风中消散了。五分钟后，若斯搬走了他的木箱，广场上空空如也。一切都逃跑了。阿当斯贝格闭上眼睛，抬头朝向一片空白的天空，希望那幅图像可以像空气一样自己回来。但图像却沉入了深渊中，像一块不知由来又爱赌气的小石头，或许它在埋怨他不够更加用心，没有在它像一颗流星那样屈尊经过的简短瞬间内及时抓住它，要知道，它可能需要花费数月才能决定重新升起一次。

阿当斯贝格在懊恼中默默地离开广场，因刚刚放走了他唯一的一次机会而倍受打击。

只有当他回到家里、脱下衣服的时候，他才发现他还穿着诺曼底人的那件绿色风雨衣，而把他自己的黑色旧上衣留在了假船船首下面独自晾干。这信号说明他自己也同样信任贝尔坦的外衣。或者这信号更可能说明他让一切东西都付诸东流了。

二十七

卡米叶爬上狭窄的四层楼，去往阿当斯贝格的住处。在三层的时候，她注意到左侧的房客在自家门上涂了一个硕大无比的黑色数字 4。她和让－巴蒂斯特说好了一起共度夜晚，但是不能早于十点，因为那名散布者使重案科的日常生活变得无法预期。

她对她怀里抱着的一只小猫崽很是烦恼。几小时以来它一直在街上跟着她。卡米叶抚摸过它，然后又放手，放它走，但是小猫崽硬是粘在她的鞋跟上，它拼命地又跑又跳只为了追上她。卡米叶穿越广场以求截断它的尾随。她吃饭的时候把它关在门外，但是当她离开时，却又在楼梯平台上发现了它。小猫继续它的追踪，英勇地锁定它的目标。消耗战结束于阿当斯贝格家的大楼前，她由于不知道该拿这只认定了她的动物怎么办，只好把它抱了起来，抱在怀中。这完全就是一个灰白的毛球，轻柔得如同一团泡沫，一对蓝眼睛圆溜溜的。

十点五分，当卡米叶推开阿当斯贝格那扇几乎总是敞着的门时，她没有看到任何人，客厅里没有，厨房里也没有。餐具沥干在洗碗槽中，卡米叶推断让－巴蒂斯特应该是在睡着等她。她可以在不吵醒他的情况下去到他身旁，好让他睡完第一觉，这样她就可以省去很多陷入那些紧张调查的时刻，把脑袋贴在他肚子上过一夜。她放下她的背包和夹克衫，把小猫安置在长椅上，然后轻手轻脚地来到卧室。

在黑暗的房间中，让－巴蒂斯特并没有睡着。卡米叶花了一会儿工夫才理解出发生了什么事，她从后面看到他赤裸着身体，他褐色的皮肤突显在白色的床单上，他正在和一个姑娘做爱。

快如闪电的痛苦穿过她的前额，像一颗炮弹炸出的光芒一样弥漫进她的双眼，瞬间之下，她有一秒钟的时间想象，自己恐怕再也看不见人生了。她站立不稳，在昏暗中跌坐到一个收纳物品的木箱上，而它今晚说不定也暂时存放了那个年轻姑娘的衣物吧。在她面前，因为没有意识到她无声的在场，那两具躯体还在晃动。卡米叶傻愣愣地看着他们。她看到让－巴蒂斯特在动着，那姑娘在回应他，一下下，一个动作接一个动作。闪电好像发热发红的钻头，在她两眉之间拼命地钻，强迫她闭上眼睛。暴力的画面，普通的画面，伤痕累累，平淡无奇。卡米叶垂下了她的目光。

卡米叶，不要哭。

她盯住地上的一点，抛弃掉躺在床上的两具肢体。

跑，卡米叶，跑得快些，远些，久些。

Cito，Longe，Tarde。

卡米叶努力想要移动，但她发现自己的双腿根本站不起来。她把眼睛垂得更低，拼命地盯着自己的脚尖。她盯住她的黑皮靴，从中紧张地分辨出它的方底，侧面的环扣，粘着尘土变成灰色的褶皱，因行走而磨出斜面的鞋跟。

你的靴子，卡米叶，看你的靴子。

我正在盯着它们看呢。

她没有脱掉她的鞋，真是一种好运。要是双脚空空，卸掉了装备，她就再也不会想出该走到什么地方去。或许她会留在这里，杵在这个箱子上，前额插着一把钻。当然是一把水泥钻，可不是木钻。看着你的靴子，既然你穿着它。好好地看着它。然后跑吧，卡米叶。

但还是太早了。她的双腿就像旗帜一样又倒回了木箱。别抬头，别看。

她当然知道。事情始终都是这样的。永远有那些姑娘，很多其他的姑娘们，来使日常富于变化，这取决于那个姑娘的忍耐力，阿当斯贝格会让所有情况自己排列，直至枯竭。当然了，永远都是会有一些姑娘的，她们像海妖一样沿着河流游泳，聚集在堤岸旁。"是她们来碰我的"，让－巴蒂斯特只会这么简略地说道。没错，卡米叶一直都知道这些，月食的时候，天空被遮掩，一切都在那里冒泡，远远地冒泡。曾经有一次，她找回了道路，并且远离了。她忘掉了让－巴蒂斯特·阿当斯贝格和他那些人满为患的堤岸，吵嚷如戏的世界仅仅和她擦身而过。她远离了好多年，埋葬了阿当斯贝格，连同这样一个万人迷所拥有的荣誉。

直到去年夏天，他出现在一条路的拐角处，她死去的记忆重新恢复，以一种极其狡猾的招数，爬上她未经触动的河流上游。她用一只靴子尖再次试探，一脚在外，一脚在内，实施了一个巨大的实验性间距，并不时地摇摆在自由的臂膀和让－巴蒂斯特的怀抱之间。直到今晚，突如其来的撞击把这个玩意插进她的前额。带来一个简单的混乱日子。让－巴蒂斯特从来不会对日期的问题太过上心。

由于一直盯住靴子，她的双腿找回了一种力量。床上的动作停止了。卡米叶轻轻起身，绕过箱子。她从门口溜了出去，这时那个年轻姑娘爬起身来，爆发出一声尖叫。卡米叶听到失控的身体发出的动静，是让－巴蒂斯特一下跳到了地上，并喊着她的名字。

卡米叶，快跑。

我正在尽力。卡米叶抓起她的夹克衫、她的背包，她看到小猫在长椅上乱转，她一把抱起了它。她听到年轻姑娘的说话声、疑问声。跑，快跑。卡米叶奔下楼梯，在街上跑了好久好久。她一边喘气，一边在一座空旷的广场前停下来，她从围栏上面翻了过去，瘫坐在一条长凳上，屈起膝盖，用双手抱着她的靴子。插在额头上的那个玩意终于放开她了。

一个染了发的年轻男子在她旁边坐了下来。

"事情不太好"，他轻柔地肯定道。

他在她额角吻了一下，然后默默地走开了。

二十八

当有人在午夜过后悄悄敲响他的房门时，丹格拉尔并没有睡着。他穿着内衣喝着一瓶啤酒，面冲着电视却没有在看，而是来回来去地翻着他关于鼠疫散布者和受害者们的笔记。这不可能是一种偶然。这家伙选择了他的受害者，他们彼此之间在某些方面，一定有所关联。他已经查阅他们的家庭背景几小时之久，以求找到最微小的联系，他反复地查看着他的笔记，寻找相关点。

丹格拉尔在白天时外表有多讲究，他在夜晚时就有多随意地穿着他童年时期的工人服装，也就是他父亲的那种穿着，柔软的肥腿裤和小背心，胡子长出来也不刮。五个孩子都已睡着，他也同样蹑手蹑脚地溜到长长的走廊中，以便去开门。他本以为会看到阿当斯贝格，结果却发现玛蒂尔德女王的女儿站在他的楼梯平台上，慌里慌张，有点儿气喘吁吁，怀里还抱着一只小猫崽。

"我吵醒你了吗，阿德里安？"卡米叶问。

丹格拉尔摇了摇头，示意她别出声地跟着他来。卡米叶也没去想丹格拉尔家是否有个姑娘或者诸如此类的什么人，就这么疲倦地坐到了旧沙发上。借着灯光，丹格拉尔看到她在流泪。他一言不发地关上了电视，打开一瓶啤酒递了过去。卡米叶一口气就喝掉了半瓶。

"事情不好，阿德里安"，她放回瓶子，叹了口气说。

"是阿当斯贝桩吗？"

"是。大家都痛苦。"

卡米叶喝干了她剩下的那半瓶啤酒。丹格拉尔理解这一切。当人们哭泣时，就必须补充那些被他们大量挥发的液体。他弯腰到扶手椅下面，拉出一整箱几乎未开封的啤酒，时刻准备好把第二个瓶子在光滑的矮桌上推向卡米叶，就像人们满怀希望地推动象棋棋子那样。

"有各式各样的耕地，阿德里安"，卡米叶抬起一只手臂来说。"可以挥镐挖自己的，但别人家的，就只能参观一下。这里面真有好多东西可看，有苜蓿、油菜、亚麻、麦子，然后就休耕，也种些荨麻。我再也不靠近荨麻了，阿德里安，我承受不起。它们不是我的，你知道吗，除了剩下这些再也不要了。"

卡米叶让手臂重新垂了下去，微笑了一下。

"但有时突然之间，也许是个走神，也许是个失误。人就会毫不情愿地被刺那么一下。"

"你痛苦吗？"

"没什么，会过去的。"

她抓起第二瓶啤酒，又喝了几口，只是比刚才慢些。丹格拉尔看着她。卡米叶长得很像她的母亲，玛蒂尔德女王，她有着和她一样有些棱角的下巴，纤细的脖颈，有些上翘的鼻子。但卡米叶的肤色很浅，嘴唇还未脱稚气，这使她与玛蒂尔德的那种拥有巨大征服力的微笑不同。他们一时就这样保持着沉默，其间卡米叶喝干了她的第二瓶啤酒。

"你爱他么？"丹格拉尔问。

卡米叶把胳膊肘支在膝盖上，全神贯注地盯着矮桌上小小的绿色酒瓶。

"太危险了"，她摇着头，轻轻地说。

"你要知道，卡米叶，当上帝把阿当斯贝格创造出来的那天，他本人也经历了一个极度糟糕的夜晚。"

"啊，是吗"，卡米叶抬起目光来说，"这我不知道。"

"是啊。他不光是没有睡好，他还发现材料不够了。结果，就像晕头转向了似的，他敲响了他同僚家的门，去跟他借点儿东西。"

"你是在说……上帝在人间的同僚吗？"

"是啊是啊。后面这位很是意外，殷勤地为他提供了很多储备。然而上帝，因为熬夜造成的反应迟缓，把很多没有仔细考量的东西都搅和到了一块。结果他就用这个面团，造出了阿当斯贝格。这真是不同寻常的一天。"

"我从没听说过。"

"所有好书中都提到了这件事"，丹格拉尔微笑着说。

"那么？上帝都给了让－巴蒂斯特什么呢？"

"给了他直觉、温柔，美貌和柔顺。"

"那魔鬼又给了他什么呢？"

"给他了冷漠、温柔，美貌和柔顺。"

"可恶。"

"你说得没错。但我们永远不清楚上帝在昏头昏脑制作他的这团混合物时应用了什么样的比例。至今这都是神学上的最大谜题之一。"

"我不要和这些混在一起，阿德里安。"

"这很正常，卡米叶，因为当上帝把你创造出来以后，他就声名远扬了，上帝打了十七个小时的瞌睡，想出一个棒极了的形象。

他花了整整一天，终于煞费苦心用精湛的双手把你给心满意足地打造了出来。"

卡米叶微笑起来。

"那你呢，阿德里安，上帝创造你时又是怎么样的？"

"他那天整晚都在和伙伴们，也就是拉斐尔、米迦勒和加百列喝酒呢，某种挺烈性的玩意儿。这是个秘闻，很少有人知道。"

"这会带来一些著名的效果。"

"才不呢，这让上帝自己也哆哆嗦嗦的。所以你就能看出，为什么我的轮廓是凌乱、朦胧、模模糊糊的了。"

"都解释通了。"

"没错，你看，就是这么简单。"

"我要去远行了，阿德里安。"

"你确定要去吗？"

"你还有更好的建议吗？"

"顺从吧。"

"我不喜欢顺从别人，好像是他们赢了似的。"

"你说得不错。也终于有人使我顺从了一次。"

卡米叶点点头。

"你得帮帮我。明天他一到重案科，你就给我打电话。我要回家去，收拾我的包。"

卡米叶打开了第三瓶啤酒，又喝了一大口。

"你要去哪儿？"丹格拉尔问。

"我也不知道。那里还有空间呢？"

丹格拉尔指了指他的额头。

"对呀"，卡米叶微笑着说，"但你是个老哲人，我没有你那份睿智。阿德里安?"

"嗯?"

"我该拿这个怎么办?"

卡米叶举起手,给他看她手里的毛球。一只小猫崽。

"它今晚一直跟着我。我猜它是想帮我。它很小,但却聪明且特别骄傲。我没法带着它,它太脆弱了。"

"你希望我来照顾这只猫吗?"

丹格拉尔从后颈提起小猫,端详了它一番,又把它放回地上,一脸窘迫。

"最好还是你留下来吧",丹格拉尔说。"他会想你的。"

"小猫吗?"

"阿当斯贝格啊。"

卡米叶喝净了她的第三瓶啤酒,把空瓶无声地放在桌子上。

"不",她说。"他没那么脆弱。"

丹格拉尔没有去试图去说服卡米叶。一次意外之后,去游荡一下从来不是什么坏事。他要为她照顾这只猫,这对她来说是一份念想,它和卡米叶本人同样的柔软而美丽,只是速度明显慢了好多。

"你今晚要睡哪儿?"他问。

卡米叶耸了耸肩。

"睡这里吧",丹格拉尔决定道。"我可以把这张折叠长椅打开。"

"你别费心了,阿德里安。我就直接躺上去好了,因为我要穿着靴子睡觉。"

"为什么要这样呢?你会不舒服的。"

"这也没什么。从今往后,我都要穿着鞋睡觉。"

"这不太干净吧",丹格拉尔说。

"保持站立,比干净要重要。"

"你看,卡米叶,把问题复杂化是不是从来不能使任何人摆脱困境?"

"是,这,我也知道。是我的无能让我有时把问题复杂化。或者简单化。"

"复杂化、简单化,或是孤立化都无助于解决任何问题。"

"那怎样才能解决问题?"卡米叶脱掉靴子问。

"或许是反思一下吧。"

"没错",她说。"我听了。"

卡米叶平躺在长椅上,闭上了眼睛。丹格拉尔去了浴室,拿了一条毛巾和一些冷水回来。

"把这个敷在眼皮上吧,你得消肿才行。"

"阿德里安,当上帝完成了让-巴蒂斯特时,他还剩余了一些面团吗?"

"还剩了一点点。"

"他把它们怎么样了呢?"

"做一些复杂的小活,就如同制作皮鞋鞋底那样。穿起来是不错,但一旦踏上斜坡或者雨天就会打滑。人类最近才用贴橡胶的办法解决了千年的不便。"

"人们是没有办法给让-巴蒂斯特贴上橡胶的。"

"为了避免跌倒吗?不,没有办法。"

"那还有别的办法吗,阿德里安?"

"你知道,他没剩下多少面团。"

"那还有别的办法吗?"

"有垫块。"

"你知道，垫块真的很稳固啊。"

卡米叶睡着了，丹格拉尔又等了半个钟头才撤去冷敷的毛巾，关上了顶灯。他在昏暗中注视着这个年轻姑娘。他宁愿十个月不喝啤酒，只为了在阿当斯贝格忘记拥抱她的时候能够轻轻碰碰她。他抓起那只小猫，把它举到脸前，盯住它的眼睛。

"那些意外，真是蠢透了"，他说。"永远蠢透了。而我们两个，我们会一起走到路的终点。我们或许会等到她回来呢。是不是，毛球？"

上床睡觉以前，丹格拉尔在电话前停了下来，犹豫着要不要通知阿当斯贝格。是背叛卡米叶还是背叛阿当斯贝格。他站在这一选择的阴暗之门前面思考了很久，很久。

当阿当斯贝格匆匆穿上衣服，跑去追卡米叶的时候，作为当事人之一的那个年轻姑娘正在焦急地抛出一连串问题，他跟跑掉的那个姑娘早就认识吗，为什么他对此只字未提，他和她一起睡吗，他是不是爱着她，他怎么想的，为什么他跑去追她，他什么时候才能回来，为什么他不能留下来，她不想一个人孤零零地待着。阿当斯贝格急得头晕目眩，已经回答不了任何一个问题。他把那姑娘抛在了公寓，估计等他回来时她还在那里，带着众多悬而未解的问题。但卡米叶的情况是最棘手的，因为卡米叶不畏惧孤单。她真是一丁点儿都不畏惧，她可以径自投身漂泊的生活，连一丝一毫的困惑都没有。

阿当斯贝格在街道上快速地走着，诺曼底人巨大的风雨衣飘在身上让他感觉胳膊很冷。他了解卡米叶。她会撤离，而且很快。当卡米叶改变心意时，想留住她就像捉回一只充了氦气的鸟儿一样困难，这一点和她的母亲玛蒂尔德女王相同，当她纵身投入海洋时，想捉回她也是同样困难。卡米叶会去开拓她自己的自由，当一片空间内迂回曲折的轨迹愚蠢地纠缠在一起时，她会突然对其心灰意冷。一旦这样，她就会蹬上她的靴子，把她的合成器打包，关闭她的工具箱。卡米叶极其看重帮助她谋生的这个工具箱，坦白说，看得比她一直戒备的他还要重要。

阿当斯贝格在街角转了弯，抬头看了看窗玻璃。灯是熄灭的。他叹着气坐到一辆汽车的车盖上，双臂交叉在肚子上。卡米叶没有回她自己家，可能是不打算回转一下，就这么离开了。当卡米叶去远行时她是会这样的。谁知道这么一来，他什么时候才能再见到她，五年？十年？或者是永远不会再见，这都是有可能的。

他心情郁闷地慢慢走回了自己家。如果不是散布者一直占据着他的头脑和精力，事情就不会这样。他瘫倒在床上，疲倦而沉默不语。这个时候，那个年轻姑娘终于还是沮丧地用她介意的那一堆问题把他包围。

"我求求你，闭嘴别说了"，他说。

"这又不是我的错"，姑娘反驳道。

"都是我的错"，阿当斯贝格闭上眼睛说。"但闭嘴吧，不然，你走吧。"

"这对你来说全一样吗?"

"一切对我来说全一样。"

二十九

丹格拉尔于九点钟走进阿当斯贝格的办公室时，相当局促不安，他始终不知道该怎么办，基本上，他不可能依据手里掌握的可能性如此之小的现实，去改变警长散漫性情的一贯表现。的确，阿当斯贝格正在桌前翻着一叠标题极具毁灭性打击的报纸，没有表现出丝毫被触动的样子，他的脸就像以往一样平静，或许还有一点点更加冷漠了。

"被牵涉的大楼增加到一万八千栋了"，丹格拉尔对他说道，把一份记录放在他的桌子上。

"做得很好，丹格拉尔。"

丹格拉尔站在原地，没有说话。

"我差一点儿就抓到这个家伙了，昨天，在广场上"，阿当斯贝格用一种有些消沉的声音说。

"散布者吗？"丹格拉尔有点儿吃惊地问。

"散布者本人。但又被他给逃脱了。完完全全地逃脱了，丹格拉尔"，他加了一句，抬起头，与他助手的眼神快速交会了一下。

"您看到什么东西了吗？"

"不。坦白说，什么也没看见。"

"没有？那您怎么能说您差一点儿就抓到他了呢？"

"因为我感觉到他了。"

"感觉到什么？"

"我也不知道，丹格拉尔。"

丹格拉尔放弃继续对话下去了，他觉得当阿当斯贝格开始靠向那些混乱的区域，当他把脚插进海滩柔软的泥沙中，水与土彼此争执时，最好还是放他一个人待着。他悄悄溜走，跑到入口的门廊下面给卡米叶打电话，他感觉羞耻，因为在重案科中他却鬼鬼祟祟地像个密探。

"你可以过去了"，他压低声音说。"他在这儿呢，他的工作堆得像埃菲尔铁塔那么高。"

"谢谢你，阿德里安。再见。"

"再见，卡米叶。"

丹格拉尔伤心地挂上电话，回到他的桌子前，机械地打开电脑，听着它在自己心情阴郁的此时却发出一种过于欢快的声音。蠢死了，这台电脑，一点儿都不懂得变通。一个半小时后，丹格拉尔看到阿当斯贝格从他前面脚步匆匆地走过。丹格拉尔早就提醒过卡米叶要提防突然拜访的可能性。不过卡米叶这会儿已然出发了。

阿当斯贝格又吃了闭门羹，然而这一次，他不再犹豫。他掏出钥匙打开门锁。只消向工作室里望上一眼，他就明白卡米叶已经离去了。合成器不在了，连同铅皮箱子和背包都没有了。床整理得好好的，冰箱空了，电源也都切断了。阿当斯贝格在一把椅子上坐下，凝视着这间荒芜的房子，努力想要思考。他久久地凝视，但是却没有思考。大约三刻钟以后，他的手机把他从这种状态中拉了回来。

"马塞纳刚刚打来电话"，丹格拉尔说。"马赛也出现了一具尸体。"

"做得很好"，阿当斯贝格像早上一样评价道，"我这就来。您帮我订一张最早的机票吧。"

大约两点前后，当阿当斯贝格要离开已然沸腾的重案科时，他抓着他的包来到丹格拉尔的办公桌旁。

"我去了"，他说。

"好"，丹格拉尔说。

"我把重案科托付给您了。"

"好。"

阿当斯贝格思索着他的用词，这时他的目光停在了丹格拉尔的脚边，他的脚刚好把一个圆圆的篮子挡住了一半，篮子里正睡着一只非常小的、同样圆圆的小猫崽。

"这是什么东西，丹格拉尔？"

"是一只猫。"

"您把猫带到重案科来？您难道没发现这里已经够乱的了吗？"

"我不能把它留在家里。它太幼小了，到处尿尿，有时还不能自己吃东西。"

"丹格拉尔，您自己说过，您不想养小动物。"

"说是一回事，做又是另外一回事。"

丹格拉尔说话的方式很简短，有一丝对抗的意味在里面，他的目光纹丝不动地粘在屏幕上，阿当斯贝格很清楚他助手这种无声的非难，他时常累其所苦。他的目光又转回到那个篮子上，一幅图像相当清晰地浮现出来。卡米叶的背影在前面奔跑，她一只手上抓着夹克衫，另一只手里抱着一只灰白相间的小猫崽，只是当时他自己也在奔跑，因此没有过多地注意到。

"她把它托付给您了，是不是，丹格拉尔？"他问。

"是"，丹格拉尔回答，眼睛始终盯着屏幕。

"它叫什么名字？"

"毛球。"

阿当斯贝格拉过一把椅子坐下，手肘支在大腿上。

"她去远行了"，他说。

"是"，丹格拉尔重复道，但这一次他转过头来，盯在了阿当斯贝格那洗去了疲惫的目光上。

"她跟您说去哪儿了吗?"

"没有。"

出现了一阵短暂的沉默。

"我们闹了点儿小冲突",阿当斯贝格说。

"我知道。"

阿当斯贝格用双手的手指撸着头发,很多很多次,动作慢慢的,好像他要用它们支撑起自己的脑袋,然后他站起身,一言不发地离开了重案科。

三十

马塞纳到马里尼亚讷机场来接他的同行,然后直接把人带往尸体已转移安放的停尸间。阿当斯贝格想要看看尸体,而马塞纳还不能确定这是否是一起模仿犯罪。

"我们发现死者赤身裸体地躺在自己家里",马塞纳解释着。"门锁被用精湛的手法强行打开。干净利落。尽管有两道崭新的大锁。"

"首先有技术",阿当斯贝格评论道。"楼梯平台有人执勤吗?"

"我手里可是同时有四千栋大楼呢,同行。"

"是啊。这就是他厉害的地方。他几天之内就摧毁了警方的监视能力。受害者叫什么名字,是什么身份?"

"西尔万·朱尔·马尔莫,三十三岁。在港口工作,负责修理船只。"

"修船",阿当斯贝格重复着。"他是从布列塔尼过去的吗?"

"您怎么知道?"

"我不知道，我只是推测。"

"他十七岁时曾在孔卡诺干活。他就是在那儿学的手艺。后来他突然离开那里去了巴黎，并在那边靠做些细木工的活儿维持生计。"

"他在这儿是独居吗？"

"是的。他的女伴是一个已婚的女人。"

"所以散布者才在他的家中杀死他。他早就打探好了。这里面没有任何偶然因素，马塞纳。"

"也许吧，但是这个马尔莫与您那四名受害者之间没有一丝共同点。除去在他二十到二十七岁时曾在巴黎生活的那一段期间。别绞尽脑汁提问了，同行，我已经把全部资料都寄到您的重案科去了。"

"就是在巴黎发生的那件事。"

"什么事？"

"他们的相遇。这五个人一定以这样或那样的方式相互认识，彼此交错。"

"不，同行，我认为这个散布者在迷惑我们。他让我们相信这些谋杀都指向同一方向，为了把我们搞晕。想要知道马尔莫独居是非常容易的。这整条街区的人之间都经常走动。在这里，人们的生活反映在明面上。"

"这次有使用催泪气体吗？"

"结结实实地喷在了脸上。人们将会把它和巴黎的样本进行比对，这样我们就能知道，这是他一路带来的，还是在马赛当地购买的。这就能作为一个起头的线索。"

"别幻想了，马塞纳。这个家伙极其聪明，在这一点上我很肯定。事件的所有关节点、链条上的一切反应，他全都预见到了，就像个化学家那样。他明确地知道他要生成什么产物。如果有谁告诉我说这家伙是一名科学家的话，那我也不会吃惊的。"

"科学家？我还以为您会说他是个文人。"

"这两者之间也不是不相容的。"

"科学家和疯子吗？"

"他脑子里有个幽灵，起始于1920年的幽灵。"

"见鬼，同行，您是说这老家伙八十岁了吗？"

阿当斯贝格微笑起来。马塞纳实际接触起来比在电话里面还要热情洋溢。而且有点儿太过了，他每说一句话时几乎都要配上肢体语言，抓住这位同行的胳膊，拍他的肩、他的背，坐在车里的时候，就拍大腿。

"我看他不过是在二十到四十岁之间。"

"这可不是一个小间隔了，我的同行，这是一个大差距啊。"

"但他也有可能是八十岁，为什么不呢。他谋杀的技术并不要求他有多少力气。想要造成数分钟的窒息只需滑动绳圈，很可能这个用于绞紧的有活扣的套环就是电工们用来绑扎粗捆电缆的那种绳子。不需要费多大的事，小孩子都可以操作。"

马塞纳把车停在距离停尸间稍远一点儿的地方，好寻找一片阴凉。这里的太阳仍旧火辣，人们都是敞着衬衫溜达，或是在阴影里享受凉爽，坐在房子的台阶上面，膝头放着一只大盆，里面盛着待择的蔬菜。而在巴黎，贝尔坦肯定要寻找他的风雨衣来抵挡暴雨了吧。

他们掀开盖在尸体上的被单，阿当斯贝格仔细地查看起来。木炭斑块分布的范围和在巴黎那些尸体上所发现的一样，几乎覆盖了整个腹部、手臂和大腿，舌头上也被涂黑。阿当斯贝格伸出手指在上面摸了摸，然后又把它蹭在裤子上。

"已经开始做分析了。"马塞纳说。

"他被叮咬了吗？"

"这里有两处"，马塞纳说着，指向大腿内侧的皱褶。

"他家里的情况呢？"

"抓到了七只跳蚤，就是用您教给我的那个办法，同行。实用又聪明。那些小动物也已经被送去分析了。"

"有发现一只象牙色的信封吗？"

"有，在垃圾桶里。我不明白他为什么不来联系我们。"

"他害怕，马塞纳。"

"只能这样解释了。"

"害怕警察。比起杀人犯来，更害怕警察。他相信自己能够自保，他又额外装了两道锁。他的衣物是怎样的？"

"乱七八糟地散落在房间里。这个马尔莫相当邋遢。当人们一个人生活时，又能怎么办呢？"

"很奇怪。散布者都是干净利落地脱掉他受害者的衣服的。"

"他不需要剥他的衣服，同行。受害者是自己光着身子睡在床上的。在这里，我们一般都这么干。因为天气太热。"

"我能去他住的楼里看看吗？"

阿当斯贝格穿过一座有些破损的红砖建筑的门廊，这里距离老港不远。

"密码门禁没什么问题，是吗？"

"破解这个应该花了他一小会儿工夫吧"，马塞纳说。

马塞纳拿着一只强光手电，因为楼梯井里的声控灯坏掉了。阿当斯贝格在光束的照射下沿一个个楼梯平台仔细地检查那些房门。

"有什么发现吗？"马塞纳踏上最后一层楼时说。

"他已经来到您的地盘了。毫无疑问，这就是他的笔体。纤细、迅速、自如，带有垂直的短杠，就是他。我们甚至可以说他悠闲自得。住在这些大楼里的居民没怎么被惊扰吗？"

"该说在我们这里"，马塞纳解释着，"无论是白天还是晚上，假如您遇到有个家伙正在一扇门上面画画，所有人都会无动于衷，尤其是在大楼里的话，情况还要更甚。再说有所有这些人和他在同一时间画画，他还有什么风险可冒的吗？咱们去逛一下怎么样，同行？"

阿当斯贝格吃惊地看着他。这还是他第一次听说有个警察像他一样，想要逛逛的。

"我在一个海湾里面有条小船。我们去海上兜一圈怎么样？这会带来点儿思路的，是不是？我就经常这么干。"

半小时之后，阿当斯贝格登上了*爱德蒙·邓蒂斯号*，这是一艘能在海中大显身手的小汽艇。阿当斯贝格袒露着前胸，在温热的风中闭着双眼。马塞纳同样赤裸着上身，在他身后操舵。但无论是他们中的哪一个人，都没有力图去找到什么思路。

"您今天晚上就走吗？"马塞纳喊着。

"明天黎明时走"，阿当斯贝格说。"我还想到港口那边转转。"

"啊对。在老港那边，也会有些思路的。"

阿当斯贝格在闲逛期间关掉了手机，上岸后他查了一下留言。布雷齐永少将来电表达对席卷首都的龙卷风极其担心，要求他多加注意自己的职责，丹格拉尔打来一个，向他报告数字 4 的最新进展，另一个是德康布雷打来的，为他念了一下周一早上出现的"特殊"公告。

它选中住宅，在最初的日子里，它去往那些低矮、潮湿和肮脏的街区。一段时间以来，它取得的进展微乎其微。它甚至似乎已经消失。但时间刚刚过去短短数月，它就鼓起勇气，慢慢地向前推进，进入那些人口稠密和富裕的街道，而最终，它大胆地现身于所有街区，它在那里挥洒它致命的毒药。它无处不在。

阿当斯贝格把文本记录到他的小本上，然后把它读给马克·旺多斯莱的录音电话。他再一次查看他的手机，毫无道理地寻找着掩埋在其他留言下的另一通留言，但是什么也没有。卡米叶，求求你。

晚上，由同行请客作陪吃了一顿晚饭之后，阿当斯贝格和马塞纳用力拥抱，并郑重约定再次见面，然后他便离开了他，沿着南堤，在被灯光映照得格外耀眼的守护圣母院下面行走。他对一条接一条的船只凝神细看，它们在身下黑水中所形成的倒影清晰得一直显现到桅杆尖。他跪了下来，向水中投入一颗砂砾，搅得所有的倒影像打了一个长长的哆嗦一样颤抖起来。月光把它微弱的闪亮挂在荡开的波纹上。阿当斯贝格一动不动，五指按在地上。那名散布者，他在这里。

他审慎地重新抬起头，检视着夜幕中众多的漫步者，他们迈着缓慢的脚步，在这股残留的温热中尽情享受。有成双成对，也有三五成群的青少年。没有单身男子。阿当斯贝格始终保持着跪姿，用目光一米接一米地扫过堤岸。不，他不在堤岸上。他在这里，但却在别处。为了节省动作，阿当斯贝格又捡了一颗跟之前那枚同样小巧的小砾石，再一次把它投入平静而阴暗的水中。倒影又颤动起来，月亮再次快速堆为一层层褶皱滚上亮闪闪的花边。他就在那里，在水中，在这闪烁的水中。在这敲击他的眼睛、而后又消失的微弱的闪光中。阿当斯贝格更紧地趴在堤岸上，双手抓住地面，目光投向白色的船体以下。散布者就在那闪光中。他一动不动等待着。然后，好像一个小气泡离开了岩石底部，懒洋洋地向着天空浮起一样，前一天在广场上丢失的那幅图像，开始了它缓慢的上升。阿当斯贝格屏住呼吸，闭上双眼。在闪光中，那幅图像在闪光中。

突然之间，它完完整整地出现在了那里。那道闪光发生在若斯的唱报期间，临近结尾的部分。有某个人动了一下，有某个东西鲜活而迅速地放出光芒。闪光灯？打火机？不，肯定都不是。那是要小很多的闪光，微弱而苍白，就像今晚的这些波纹，更加转瞬即逝。它晃动着，从下至上，它来自一只手，像一颗一闪而过的流星。

阿当斯贝格站起身　深呼吸了一口气。他找到了。那是一颗钻石的闪光，它在唱报期间被保护在了一只手的动作里。那是来自散布者的闪光，他被保护在护符的至尊王当中。他就在那里，在广场的某处，手指上戴着钻石。

清晨，他在马里尼亚讷机场大厅里收到了旺多斯莱的回复。

"我花了整整一夜查找这该死的摘录"，马克说。"您给我读的这个版本是已被现代化了的东西，是十九世纪时回炉的。"

"然后呢？"阿当斯贝格问，始终对来自旺多斯莱油罐车的情报抱有信心。

"特鲁瓦。最初的文本是 1517 年的。"

"特什么？"

"我是说发生于特鲁瓦市的鼠疫，警长。他在带着您四处转呢。"

阿当斯贝格立刻给马塞纳打了电话。

"好消息，马塞纳，您可以松口气了。散布者放过您了。"

"发生了什么事，同行？"

"他往特鲁瓦去了，特鲁瓦市。"

"可怜的家伙。"

"您说散布者吗？"

"我是指那里的警长啊。"

"我要走了，马塞纳，广播已经在报我的航班了。"

"后会有期，同行，咱们后会有期。"

阿当斯贝格又打电话给丹格拉尔，通知他同样的消息，并叫他紧急联络受威胁的城市。

"他要带着我们周游整个法国吗？"

"丹格拉尔，散布者手指上戴着一枚钻石。"

"是个女的？"

"有可能，或许吧，我不知道。"

阿当斯贝格在飞行期间关闭了手机，他刚一在达奥利机场落地便马上重新开机。他查看了留言箱，空的，然后他把手机重新揣回兜里，抿紧嘴唇。

三十一

正当特鲁瓦市那边做好准备应战时，阿当斯贝格则一下飞机就去了重案科，然后又再次出发来到广场。德康布雷径直向他走来，手里拿着一个大大的信封。

"您的那位专家破解昨天的特殊公告了吗？"他问。

"特鲁瓦，1517 年的瘟疫。"

德康布雷用一只手摸着一边的脸颊，就像在刮胡子一样。

"散布者很喜欢到处旅行啊"，他说。"如果他要把鼠疫触及过的地方全都走个遍的话，那会花去三十年来穿越欧洲呢，除去匈牙利和佛兰德斯的个别地方。他把事情变复杂了。"

"他把它们变简单了。他把这些人重新组合到了一起。"

德康布雷向他投去一道疑问的目光。

"我不认为他穿越国家仅仅是为了娱乐"，阿当斯贝格解释着。"他名单上的那群人分散了，他在把他们重新找回。"

"他的名单？"

"假如他们分散了的话"，阿当斯贝格没有回答，继续说了下去，"那就说明事情是很久以前发生的。一个团体，一支队伍，一伙同谋。散布者把他们一个接一个地逮住，向他们降下上帝的灾祸。这不是偶然的选择——我很肯定这一点。他知道他该瞄准哪里，而那些受害者们已经被他锁定了很久。他们现在很可能已经知道自己身处威胁当中。他们也可能知道散布者是谁。"

"可是不对呀，警长，那他们就会来寻求您的保护啊。"

"不，德康布雷。因为是同谋。来就相当于招认了。马赛那个家伙就明白这个道理，他刚刚在自家门上加了两道锁。"

"但是老天，那会是什么事的同谋啊?"

"为什么您会认为我知道呢? 曾经有一件肮脏的勾当。现在当事人的结果反了过来。谁散布恶毒，谁就收获跳蚤。"

"如果是这样的话，那您早该发现交叉印证了呀?"

"是有两点。他们千变万化，或男或女，都属于同一代人。并且他们都曾生活在巴黎。所以我才说这是支队伍，是个团体。"

他伸出手，德康布雷把那个象牙色的信封递过去。阿当斯贝格从里面抽出了今早的信:

这场瘟疫于 1630 年 8 月戛然而止，所有……都欣喜若狂; 不幸的是，这次停歇极其短暂。这只不过是又一场异常惨烈的疫情复发的不祥征兆，新的瘟疫从 1631 年 10 月一直持续到 1632 年底……

"现在大楼的数量是多少了?"阿当斯贝格正在给旺多斯莱拨电话的时候，德康布雷问道。"报纸上公布的数字是巴黎一万八，马赛四千。"

"这是昨天的数据。今天保守估计也会有两万二。"

"真可怕。"

"旺多斯莱吗? 我是阿当斯贝格。我这就向您口述今天早上的公告，您准备好了吗?"

德康布雷看着警长对着电话那边朗读"特殊"公告，脸上现出一种怀疑和一丝嫉妒的神情。

"他会去查查，然后再给我打回来"，阿当斯贝格挂上电话说。

"这家伙有天赋，是不是?"

"极有天赋"，阿当斯贝格露出一丝微笑，肯定道。

"如果他是帮您从这段摘录中找出所指的城市，那是很好。他会比仅仅有天赋还更加出色，他会无所不知，或者是利用其去犯罪。那样的话，您将不得不自己放狗去追他。"

"我和他合作很久了，德康布雷。这小伙子与此事无关。他不仅在第一起凶杀案时就因为被单而拥有完美的不在场证明，而且自那以后我就派人每晚监视他。这家伙睡在自己家里，早上才出门去干家务。"

"干家务？"德康布雷困惑地重复着。

"他是个清扫工。"

"同时还是个鼠疫专家？"

"您的花边也做得很好啊。"

"他不会找到的，这一次的出处"，一阵紧绷的沉默后，德康布雷说。

"他会找到的。"

老人重新拢了拢他的白头发，调整好他的海蓝色领带，并返回到他书房的阴影中去，在那里他不会碰到任何竞争对手。

诺曼底人发出的隆隆雷声腾空了广场，人们在细雨中赶向维京人，把鸽子驱赶得四下乱飞。

"对不起，贝尔坦"，阿当斯贝格说。"我把您的风雨衣给穿到马赛去了。"

"您的上衣干了。我妻子为您熨烫好了。"

贝尔坦从柜台下面取出个叠得方方正正的小包裹，把它塞到警长手里。这件衣服自从被买回来以后还从未享受过这副尊容。

"怎么回事，贝尔坦，你现在讨好警察了吗？他们骗你，而你却还摇尾乞怜？"

高个子诺曼底人转过头去，看向刚才说话的那个家伙，后者露出不怀好意的笑容，他把纸餐巾垫在衬衫和粗壮的脖子之间，正准备吃饭。

雷神之子离开柜台，径直向那张桌子走了过去，一路上把不少椅子碰得摇摇晃晃，他一直来到那个男人面前，一把抓住他的衬衣，把他狠狠向后拉去。由于那家伙大叫着抗议，贝尔坦就抽了他两耳光，并用胳膊大力拽着他把他一直拖到门口，扔到广场上。

"你别再回来，**维京人**没你这号混蛋的位子。"

"你没那个权利，贝尔坦！"这家伙叫嚷着，费力地爬起来。"你开的店是公共场所！你没权利挑选客人！"

"我选警察，我选的是人"，贝尔坦答道，砰的一声关上了门。然后他用一只大手插进他浅色的头发，把它们向后撸去，接着他站回他柜台中的位置，模样既神气又威武。

阿当斯贝格自顾自地走到右边，坐到了船首底下。

"您在这儿吃饭吗？"贝尔坦问。

"我吃饭，而且要坐一会儿，一直等到唱报。"

贝尔坦点点头。他并非喜欢警察超过其他任何人，但这张桌子却是**永永远远**①留给阿当斯贝格的。

"我看不出您能在这座广场上找到什么"，诺曼底人边说边用一块巨大的海绵帮他把位子抹干净。"假如没有了若斯，那我们都会感到别扭的。"

"的确"，阿当斯贝格说。"我只是在等唱报。"

"那好吧"，贝尔坦说。"那您还有五个钟头要等，不过各人都

---

① 原文为拉丁语："ad vitam aeternam"。

有自己的等法嘛。"

阿当斯贝格把他的手机放在盘子旁边,目光迷茫地观看着它。卡米叶,老天,快打电话来。他把手机拿了起来,把它转向一个方向,接着又转向另一个方向。然后他轻轻弹了它一下。手机就自己旋转起来,好像带上了轮子。而就算那种情况发生的话,对他来说也全一样。但既然全一样。那就快打来啊。

马克·旺多斯莱下午的时候来电话了。

"不太容易",他说道,声音听起来就好像一个家伙花费了一整天时间在一大车干草里面找一根针那样。

阿当斯贝格满怀信心地等着答案。

"沙泰勒罗",旺多斯莱继续说。"对种种事件一次迟来的描述。"

阿当斯贝格把信息通知给丹格拉尔。

"沙泰勒罗",丹格拉尔记录着。"勒韦莱和布尔洛分局警长。我这就去给他们发警报。"

"特鲁瓦出现4了吗?"

"还没有。那里的记者就和马赛一样破解不出消息的含义。我得挂了,警长。毛球开始破坏新的石膏墙了。"

阿当斯贝格挂上电话,过了一会儿才明白过来丹格拉尔刚才是在说那只猫。一天之中他第五次看向他的手机,和它面面相觑。

"响吧",他对它轻柔地说。"动一下。那是一次冲突,以后还会有其他的。你不该对它那么在意,它又能把你怎么样呢?这些是我的冲突、我的故事。把它们丢给我吧。响一下。"

"这是个会识别声音的玩意吗?"端来热菜的贝尔坦问,"它自己能回应您?"

"不"，阿当斯贝格说，"它不能回应。"

"那这种玩意可带不来什么乐趣。"

"的确是。"

阿当斯贝格在维京人度过了整个下午，其间只被卡斯蒂永和玛丽－贝勒打扰过，后者跑来说了半个钟头的闲话，给他减压了好多。他在唱报开始前的五分钟占好位置，与此同时，德康布雷、莉兹贝丝、达马斯、贝尔坦、卡斯蒂永也都各就各位了，忧伤的埃娃站在莫里斯海报柱①的阴影里。一如往常般稠密的人群挤向讲台。

阿当斯贝格离开他的梧桐树，为了离唱报人更近一些。他的目光从一个个常客身上扫过，一双接一双地检查他们的手，监视着向他泄露出一丁点儿微弱闪光的最微小动作。若斯已经念过了十八条公告，阿当斯贝格还什么都没有发现。当海上天气预报开始时，有一只手抬了起来，碰上了一个额头，阿当斯贝格在空中捕捉到了它。那道闪光。

他吃惊地退回到梧桐树旁。他一动不动地靠在那里待了很长一段时间，犹豫着，不能确定。

然后他从烫平的上衣中非常缓慢地掏出手机。

"丹格拉尔"，他小声说，"马上带两个人到广场来。展开行动，上尉。我发现散布者了。"

"是谁？"丹格拉尔立即站起身问，同时打着手势叫诺埃尔和瓦瑟内跟着他走。

---

① "莫里斯海报柱"，原文为"colonne morris"，是巴黎街头常见的一种带洋葱头顶的圆柱式柱子，立在广场或马路边上，用来张贴海报。

"达马斯。"

几分钟以后，警局的车停到了广场上，三个男人迅速从车上下来，朝正在梧桐树旁等着他们的阿当斯贝格走去。这件事引起了聊天之余在此四处闲逛的一些人的某种好奇，因为个头最高的那位警察手里抱着一只灰白相间的小猫崽。

"他还在"，阿当斯贝格压低声音说，"他在跟埃娃和玛丽－贝勒站柜台。别碰女士们，只抓那个家伙。注意，他可能很危险，他有运动员体格，确认一下你们的枪。如果使用武力，好心一点儿，别伤人。诺埃尔，您跟我来。店铺还有另一扇门开向侧街，唱报人平时就是走这扇门。牙格拉尔和朱斯坦，你们守前门。"

"我是瓦瑟内"，瓦瑟内纠正他。

"你们守前门"，阿当斯贝格重复了一遍，同时离开他靠着的树干。"我们走。"

达马斯被四个警察押着走出店铺，手上戴着手铐，并被迅速带上警车，这一幕把广场上的居民全都惊得呆若木鸡。埃娃追到车前时，车子刚好开动，她只能用双手捂住自己的脸。玛丽－贝勒在德康布雷的怀里流着泪。

"疯了"，德康布雷抱着年轻姑娘说。"他这完全是疯了。"

即便是贝尔坦，当他透过窗户目睹了全程之后，也对阿当斯贝格警长的敬仰有所动摇。

"达马斯"，他喃喃也说。"这些人真是昏了头。"

五分钟以后，广场上的所有人全都重新聚集在维京人，在一种悲剧和半暴动的气氛下开始尖锐的争论。

三十二

达马斯本人一直保持着平静，他的脸上没有一丝担忧或是疑问的影子。他被捕时并未抗议，在坐进车里一直驶到重案科的过程中，他始终一言不发，甚至脸色未变。阿当斯贝格从来没有面对过这么安静的嫌犯。

丹格拉尔坐在桌边，阿当斯贝格背靠墙壁，环抱着双手，诺埃尔和瓦瑟内分别站在房间的一角。法夫尔在角落里的一张桌子旁，准备好记录问询。达马斯以一种相当放松的方式坐在他的椅子上，把他的长发甩回脑后，等待着，他放在膝盖上的双手被手铐铐在一起。

丹格拉尔悄悄地出去，把毛球放回篮子，并叫莫尔当和梅卡代去给大家买一点儿喝的和吃的回来，如果可以的话，再另带半升牛奶。

"给那个嫌犯吗？"莫尔当问。

"给猫的"，丹格拉尔悄悄说。"如果您能再帮它倒到盆子里，那就太好了。我整个晚上都要在里面忙，说不定得熬一夜。"

莫尔当向他保证说可以信赖他，丹格拉尔便又返回到他桌角的位置上。

阿当斯贝格正在为达马斯打开手铐，而丹格拉尔觉得这样做未免操之过急了，因为他们还有一个窗户没装上栏杆，谁都不知道这个男人会做出什么反应来。不过尽管如此，他却不太担心这件事。真正令他不安的是刚好相反的事情，那就是他看不出被捕的这家伙身上有一点儿能显示出他是鼠疫散布者的有效证据。此外达马斯平和的外表也更令他心虚。他们要找的是一个博学多才、头脑过人的人。而达马斯只是个普通人，与其说他是镇静，倒不如说他是有些迟钝了。他根本就不可能是那个家伙，尤其看他这一身肌肉，他怎么能为晚报人写出那么复杂的消息呢。丹格拉尔焦虑地想，阿当斯贝格在一头冲进这不靠谱的拘捕以前，到底有没有过一下脑子呢。他只能咬着腮帮，让自己被忧虑填满。在他看来，阿当斯贝格这次是直接撞在墙上了。

警长已经联络了代理检察长，取得了达马斯的店铺、以及他在国民公会街住所的搜查令。六名警员已经在一刻钟前出发去往这些地方了。

"达马斯·维吉耶"，阿当斯贝格查看着他已经用旧了的身份证，开口说道，"您被指控谋杀了五个人。"

"为什么？"达马斯说。

"因为您被指控"，阿当斯贝格重复着。

"啊，是吗。您是说我杀了人？"

"五个"，阿当斯贝格一边说一边把受害者的照片摆到他眼前，一个接一个地报出他们的名字。

"我没杀人"，达马斯看着照片说。"我能离开吗？"他说着就站起身来。

"不行。您被拘留了。您可以打电话。"

达马斯用一种惊讶的神情看着警长。

"但，我想打电话的时候，才会去打"，他说。

"这五个人"，阿当斯贝格边说边向他一一展示着照片，"在一周以内全部被勒死。四个在巴黎，最后一个在马赛。"

"好吧"，达马斯说着，又坐了下来。

"您认识他们吗，达马斯？"

"当然。"

"您在什么地方见过他们？"

"在报纸上。"

丹格拉尔站起身来走了出去，他让门保持开着，以便听到这开头甚是乏味的问询的后续。

"给我看看您的手，达马斯"，阿当斯贝格收起照片说。"不，不是这样，给我看看反面。"

达马斯好脾气地照做了，他把他修长的手伸出来给警长看，掌心朝向天花板。阿当斯贝格一把抓住他的左手。

"这是一颗钻石吗，达马斯？"

"是。"

"您为什么把它转在手心里戴？"

"为了以免在我修滑板时把它划坏。"

"它很贵吗？"

"六万两千法郎。"

"您是从哪儿得到它的？这是家传的吗？"

"这是我卖一辆自行车的回报，一辆几乎全新的 1000 RI。买主用它跟我抵了车价。"

"对于男人来说，佩戴一颗钻石可不太常见。"

"而我，既然我有一颗的话。我就戴了。"

丹格拉尔出现在门口，向阿当斯贝格打着手势，叫他跟他到边上来。

"去搜查的人刚刚打来电话"，丹格拉尔低声说。"什么也没找到。没有装木炭的袋子，没有饲养的跳蚤，老鼠无论死活都没有，而尤其是，无论店铺还是他家里，连一本书都没有，除去个别的口袋版小说。"

阿当斯贝格摩挲着他的脖子。

"放手吧"，丹格拉尔用一种紧张的语调说。"您会惨败的。这家伙不是散布者。"

"他是，丹格拉尔。"

"您不能把您自己押在这么一颗钻石上。这太荒谬了。"

"男人不戴钻石，丹格拉尔。但这个人在左手无名指上戴了一颗，而且还把宝石藏在手掌心里。"

"为了不把它划坏。"

"胡说，怎么会有东西能划得坏钻石。钻石是对鼠疫的极好的防护宝石。他是从家族继承来的，源自 1920 年。他在撒谎，丹格拉尔。您别忘了，他一天三次掌握着唱报人的信箱。"

"见鬼，这家伙一生中还没读过一本书呢"，丹格拉尔近乎是在低吼着说。

"我们怎么知道他没读过呢？"

"您看这家伙像拉丁语学家吗？您在跟我开玩笑？"

"我不认识拉丁语学家，丹格拉尔。所以我没有您的偏见。"

"那马赛呢？他是怎么到马赛去的？他一直都守在店铺里。"

"周日不在，周一早上也不在。晚上的唱报结束以后，他完全有时间跳上一列 20 点 20 分的火车。并且在早上十点钟返回这里。"

丹格拉尔耸耸肩膀，差不多是怒气冲冲地走开，坐到他的屏幕前。如果阿当斯贝格真要埋了自己的话，他才不要跟着陪葬。

中尉们拿来一些吃的东西作为晚饭，阿当斯贝格衬着纸盒把披萨放在他的办公桌上。达马斯吃得津津有味，一副很享受的样子。阿当斯贝格静静地等着每个人都吃完，把纸盒摆在垃圾桶旁边之后，又关上门继续开始问询。

丹格拉尔于半小时之后过来敲门。他的不悦好像部分消散了。他以一个眼神示意阿当斯贝格到他这边来。

"根本没有达马斯·维吉耶这么个人"，他压低声音说。"这个身份是不存在的。他的证件是假的。"

"这回您看到了，丹格拉尔。他是在说谎吧。上传他的指纹，我敢说他一定蹲过监狱。让我们把他从头重新查起。这个打开了洛里翁和马赛那家伙公寓房门的男人当然知道自己进去过。"

"指纹系统出故障了。我八天前就跟您说过，这个傻帽的系统快把我逼疯了。"

"那就亲自去一趟总局，老兄，您快点儿。从那边给我打电话过来。"

"可恶，这个广场上所有人都用假名。"

"德康布雷说有些地方能让人的精神得到喘息。"

"您不叫维吉耶吗?"阿当斯贝格一边说，一边回到他背靠墙壁的位置上。

"这个名字是开店用的。"

"以及您的身份证上用的"，阿当斯贝格说着把他的身份证拿给他看。"这是伪造的假证件。"

"这是一个朋友按照我的意愿帮我做的。"

"为了什么呢?"

"因为我不喜欢我父亲的姓氏。它太刺眼了。"

"说说吧。"

破天荒第一次，达马斯保持了沉默，他抿紧嘴唇。

"我不喜欢它"，他最终说。"大家都叫我达马斯。"

"那好吧，我们会等您讲这个名字的故事"，阿当斯贝格说。

阿当斯贝格出门去走走，把达马斯留给那几个中尉看守。有时候，判断一个家伙是在说谎话还是真话非常容易。而当达马斯一口咬定他没杀人时，他是在讲真话。阿当斯贝格从他的嗓音和他的眼睛中能分辨得出来，也从他的嘴唇和他的额头上读出了这层信息。但他仍旧相信，在他百前的人正是散布者。他第一次感到面对一名嫌犯时，自己被分割成了不能相容的两部分。他打电话给仍在搜查店铺和公寓的人。搜查行动完全一无所获。阿当斯贝格一小时以后返回重案科，查看着丹格拉尔发给他的传真并把它们记录到他的小本上。当他看到达马斯在椅子上睡着了时，他还是稍稍有些惊讶的，因为这家伙彻底睡死到人事不知。

"他已经睡了三刻钟了"，诺埃尔说。

阿当斯贝格把一只手放在他的肩膀上。

"醒醒，阿诺·达马斯·埃莱尔－德维尔。我要跟你讲讲你的故事。"

达马斯睁开眼睛，接着又再度合了起来。

"我已经了解它了。"

"航空工业家埃莱尔－德维尔是你父亲吗？"

"曾经是"，达马斯说。"感谢上帝，两年前他已随他的私人飞机消逝在天际了。愿他的灵魂不得平静。"

"为什么？"

"没什么"，达马斯说，他的嘴唇在微微发抖。"您没有权利问我这些。问我点儿别的吧。什么都好。"

阿当斯贝格想起弗雷的那些话，于是先把这件事放在一边。

"你在弗勒里坐了五年牢，两年半前出狱"，阿当斯贝格读着他的记录。"你被控故意杀人罪。你的女朋友从窗口跌了出去。"

"是她自己跳下去的。"

"这也是诉讼时你如机器一般一再重复的。但是有邻居们作证。他们听见你们俩像疯狗一样连续互骂了几星期。有好几次他们差一点儿就报了警。是吵架引起的动机吗，达马斯？"

"她精神失常了。她永远在大吵大嚷。她自己跳下去的。"

"你现在不是在法庭，达马斯，也没人会向上呈报诉讼。你可以改改口供。"

"不。"

"你推了她吗？"

"没有。"

"埃莱尔－德维尔，你于上周谋杀了这四个男人以及这个女人，对不对？你勒死了他们，对吗？"

"没有。"

"你很懂得开锁？"

"我学过。"

"那些家伙和那个姑娘有负于你吧？于是你把他们杀掉？就像你对你女朋友所做的那样？"

"没有。"

"你父亲，他做些什么？"

"赚钱。"

"对你母亲，他做了些什么？"

达马斯又一次闭上了嘴唇。

这时电话铃响了，阿当斯贝格接听起来，发现是预审法官打来的。

"他招供了吗？"法官问。

"没有。他什么也不说"，阿当斯贝格说。

"您看他有松口的迹象吗？"

"一点儿也没。"

"搜查有收获吗？"

"完全没有。"

"您要抓紧啊，阿当斯贝格。"

"不。我想要公开审讯，法官先生。"

"不可能。您连一丁点儿证据都没有。要么让他开口，要么就得释放他。"

"维吉耶不是他的姓，他的证件是伪造的。他本名叫阿诺·达马斯·埃莱尔－德维尔，因杀人而蹲了五年牢。这些难道不足以让您做出推定吗？"

"还不够。我很清楚地记得埃莱尔－德维尔的案件。最终定了他的罪是因为邻居的证词影响了陪审团。但他的说法和指责本身同样合理。不能因为他坐过牢，就把鼠疫安在他身上。"

"那些门锁都是被高手打开的。"

"您有哪个犯人不是精通这个领域的，我说得不对吗？换作是迪库埃迪克和勒盖恩，也能很好地胜任埃莱尔－德维尔这个位置吧。他出狱后的跟踪报告全部很完美。"

阿尔代法官是一个严肃的男人，同时还兼具敏锐和审慎，如此稀有的品质在今晚对阿当斯贝格都不合适。

"如果我们放了这家伙"，阿当斯贝格说，"我就什么都保证不了了。他又会重新杀人，或者从我们的手心逃脱。"

"不能公开审讯"，法官坚定地下了结论。"或者您可以在明日十九点三十分以前掌握到一些证据，来摆脱这种现状。我说的是证据，阿当斯贝格，不是那些含糊不清的直觉。证据。比如供词。晚安了，警长。"

阿当斯贝格挂上电话，保持了很长一段时间的沉默，没一个人敢去打扰他。他或是背靠墙壁，或是在屋里来回踱步，低着头，手臂交叉。丹格拉尔看到，从他面颊的皮肤下面和他褐色的额头上，升起一种他在思考时才会有的奇特微光。不管他怎么集中精神，也找不到一丝能够打破阿诺·达马斯·埃莱尔－德维尔的缝隙。这是因为，达马斯或许杀了他的女友并伪造了他的证件，但达马斯却不是散布者。假如这个眼神空洞的家伙懂得拉丁文，那他就吃掉自己的衬衫。阿当斯贝格出去打电话，然后又回到了房间中。

"达马斯"，他拉过一张椅子紧挨着他坐下，再次开口道。"达马斯，你散布了鼠疫。一个多月以来，你把那些公告投入若斯·勒盖恩的信箱。你饲养鼠蚤，并把它们从门缝下面释放到受害者家中。这些跳蚤都携带有鼠疫，它们全都被感染了，并且它们还会咬人。尸体上带有被它们叮咬过的致命伤口的痕迹，尸体呈现黑色。所有这五个人，全都死于鼠疫。"

"是啊"，达马斯说。"那些记者们也是这么解释的。"

"是你画了那些黑色的4。是你寄送了那些跳蚤。是你杀了他们。"

"我没有。"

"你必须要了解一件事，达马斯。你运送的那些跳蚤，正如它们会爬到其他人身上那样，也会爬到你的身上。你不常换衣裳，也不常洗澡。"

"我上周洗过头发了"，达马斯抗议道。

阿当斯贝格又一次在这个年轻男子天真的眼神面前犹豫了。这和玛丽－贝勒眼中的是同样一种天真，有一丝单纯。

"感染了鼠疫的跳蚤也在你的身上。但你被保护了，因为你戴着钻石。所以它们根本伤不了你。但假如你没有了这颗宝石会怎么样，达马斯?"

达马斯把手指护在了戒指上。

"如果你与此事无关的话"，阿当斯贝格继续说，"那么你就没什么危险。因为既然如此的话，你身上就不会有跳蚤。你明白了吗?"

阿当斯贝格让过一阵沉默，他观察着这男人脸上细微的变化。

"把你的戒指给我，达马斯。"

达马斯没有动。

"只用十分钟"，阿当斯贝格坚持着。"我会还给你的，我向你保证。"

阿当斯贝格伸出手去，等待着。

"你的戒指，达马斯，摘掉它。"

达马斯一动也不动，就像这间屋里的所有其他人一样。丹格拉尔看到他的脸在抽动。有什么东西开始动摇了。

"把它给我"，阿当斯贝格说，伸出的手始终举着，"你在担心什么呢?"

"我不能取下它。这是个誓言。是那个跳楼的年轻姑娘。这是她的戒指。"

"我会还给你的。摘下来，给我。"

"不"，达马斯边说，边把他的左手压在大腿下面。

阿当斯贝格站起身来走过去。

"你害怕了，达马斯。一旦这只戒指离开你的手指，你知道那些跳蚤就会叮咬你，而这一次，它们也会感染你。而你也会死去，就像其他那些人一样。"

"不。这是个誓言。"

将了一军，丹格拉尔心里想着，又垮下了肩膀。虽然纯属诈术，但是却将得漂亮。这个关于钻石的故事简直太脆弱了，真是不幸。

"好了，脱掉吧"，阿当斯贝格说。

"什么？"

"脱掉你所有的衣物。丹格拉尔，拿个袋子过来。"

这时，一个阿当斯贝格不认识的男人，从门口探进头来。

"我是马丁"，他自我介绍道。"来做昆虫学方面的支持。您打电话让人叫我来的。"

"马上就好，马丁，给我一分钟。达马斯，快脱下来。"

"在这么多人面前？"

"我们又能对你做什么呢？你们先出去一下"，他对诺埃尔、瓦瑟内和法夫尔说。"你们让他有些难为情。"

"我为什么非得脱衣服不可？"达马斯戒备地问。

"我需要你的衣物，而且我需要看看你的身体。所以快脱下来，可恶。"

达马斯皱着眉头，动作缓慢地服从了。

"把它们放到袋子里"，阿当斯贝格说。

当达马斯脱得一丝不挂，只剩下他戴在手指上的戒指时，阿当斯贝格合上口袋，叫来了马丁。

"紧急任务。拿云检查一下……"

"鼠蚤。"

"正是。"

"今晚就要吗？"

"今晚就要，请您全力以赴。"

阿当斯贝格回到屋里，达马斯还保持着站立的姿势，低垂着头。

阿当斯贝格抬起他的一只手臂，接着又抬起另一只。

"分开双腿，打开三十公分。"

阿当斯贝格检查着他胯部的皮肤，先是一边，然后是另一边。

"请坐，没事了。我去给你找一条毛巾来。"

阿当斯贝格从更衣室拿来了一条绿色的浴巾，被达马斯一把抢了过去。

"你冷吗？"

达马斯用摇头表示了不。

"你被咬了，达马斯，被那些跳蚤。你右侧的胳膊下面有两个小包，左边腹股沟处有一个，右边有三个。但你并不担心，你有你的戒指呢。"

达马斯始终低着头，紧紧地裹在他巨大的浴巾中。

"这个你要怎么给我解释？"

"店里有跳蚤。"

"你是想说人身上的跳蚤喽？"

“对。店铺的后间不太干净。”

“但这些是老鼠身上的跳蚤，这你比我更清楚。我们就再等等，只需短短一个钟头，我们就全清楚了。马丁会打电话来。你知道吗，这个马丁，他可是权威专家啊。是不是一只鼠蚤，他一眼就能给你看出来。如果你想睡觉的话，可以尽管睡。我去给你拿些毯子来。”

他拉着达马斯的胳膊，一直把他带到单人牢房。这个男人始终是那么平静，但他已经失掉了他那副惊人的无动于衷。他现在又担心又紧张。

“单人牢房是全新的”，阿当斯贝格说着递给他两条毯子。“床铺很干净。”

达马斯一言不发地躺下了，阿当斯贝格锁上栅栏门。他回到自己的办公室，心情很别扭。他抓住了散布者，他有理有据，而且他很不容易。然而，这家伙八天之内残杀了五个人。阿当斯贝格迫使自己回想起他们，重现那些受害者的面孔，被塞在卡车下面的那个年轻女人。

大家在沉默中等待了一个多小时，丹格拉尔也不敢表态。完全没有提起达马斯的衣服里究竟有没有藏着鼠疫跳蚤的这个话题。阿当斯贝格把一张纸铺在膝盖上写写画画，他的面容有些紧绷。现在是凌晨一点三十分。马丁于两点十分时打来电话。

“发现了两只鼠蚤”，他措辞谨慎地说，“确认她们①是活着的。”

---

① 法语中的名词有阴阳性之分，跳蚤这个词是阴性的，在这里马丁用阴性的形容词来修饰，所以才有后文中警长使用“她们”而被马丁纠正的情况出现。“他们”和“她们”在法语读音中有所不同。后文针对的是跳蚤本身的性别。

"谢谢您，马丁。这真是极其珍贵的情报。别放跑了她们，否则我们的首要任务可就变成了防范她们了。"

"是防范他们"，昆虫学家订正道。"他们都是雄性的鼠蚤。"

"对不起，马丁。我无意冒犯任何人。请把衣服送回重案科，这样我们的嫌犯就可以重新穿起来了。"

五分钟以后，法官从他的第一觉中醒来，同意了公开审讯。

"叫您说对了"，丹格拉尔费力地站起来说，他的眼皮打着架，身体疲惫不堪。"但它真是细得就像一根头发啊。"

"这一根头发，可比我们想象得更为结实。它能承受住温柔和常规的拉扯。"

"我得向您指出，达马斯还未开口。"

"他会开口的。他知道情况很糟。他极度狡猾。"

"不太可能。"

"会的，丹格拉尔。他在扮演一个傻瓜。而因为他极度狡猾，所以他扮演得非常好。"

"如果这家伙能说拉丁文，我就吃掉我的衬衫"，丹格拉尔边走边说。

"祝您好胃口，丹格拉尔。"

丹格拉尔关上他的电脑，拿起睡着小猫崽的那只篮子，跟夜班警员们打了招呼，就把篮子夹在胳膊下面离开了。他在大厅里遇到了正从更衣室拖来一张行军床的阿当斯贝格，上面还带了一条毯子。

"见鬼"，他说，"您要睡这儿吗？"

"万一他说了呢"，阿当斯贝格说。

丹格拉尔未加评论地继续走他的路。他又能评论些什么呢？他知道阿当斯贝格不太想返回他的公寓，那里还弥漫着那次意外的硝烟。明天，就会好一点儿。阿当斯贝格是一个能以罕见的速度迅速恢复的家伙。

阿当斯贝格支好行军床，把毯子在床上揉成一团。那个散布者，就在离他十步远的地方。描画4的男人，撰写恐慌的"特殊"公告的男人，饲养鼠蚤的男人，散布鼠疫的男人，勒死并用木炭涂黑他的受害者们的男人。木炭的这一步，最后的这个动作，是他极大的错误。

他脱掉上衣和裤子，把手机放在椅子上。快打电话来吧，上帝保佑。

三十三

有人按响了夜间警报铃，一连着急地按了好几下，预示着是紧急事件。埃斯塔莱勒下士打开车马大门，接待了一位满头大汗的男人，他的西服上衣是匆忙间扣好的，从敞开的衬衣里还露出一撮浓密的黑色胸毛。

"快，我的老兄"，男人边说边飞快地冲进了重案科这片庇护所。"我要报案。关于凶手的，关于那个鼠疫男的。"

埃斯塔莱勒不敢去通知警长负责人，于是就叫醒了丹格拉尔上尉。

"该死，埃斯塔莱勒"，丹格拉尔躺在床上说，"您为什么打电话给我？去找阿当斯贝格，他就睡在他的办公室里。"

"坦白说，上尉。万一不是什么要紧的事，我怕会被警长责怪。"

"您的意思就是不太怕我吗，埃斯塔莱勒？"

"是啊，上尉。"

"您搞错了。您跟他接触有六个星期了，您可曾见过阿当斯贝格厉声讲话的吗？"

"没有，上尉。"

"那我告诉您，三十年以内，您都看不到的。但是我不一样，我马上就会对您大喊大叫了，下士。去叫醒他，可恶。不管怎么说，他都不需要睡太多觉。但是我需要。"

"好吧，上尉。"

"等一下，埃斯塔莱勒。来的那个家伙，他想干嘛？"

"是个恐慌群众，他害怕凶手要谋杀他。"

"恐慌群众，我们早就说了不要去管他们了。现在全城有上万个这样的人。让他走吧，让警长好好睡他的觉。"

"他坚称他的案情特殊"，埃斯塔莱勒解释说。

"所有恐慌人士都自以为特殊。不然他们也不会恐慌了。"

"不是，他坚称自己被跳蚤叮了。"

"什么时候？"丹格拉尔从床上坐起来问。

"就是今夜。"

"好啊，埃斯塔莱勒，您去叫醒他吧。我这就来。"

阿当斯贝格把脸和上身都在冷水下面淋了淋，跟埃斯塔莱勒要了一杯咖啡——一部新的咖啡机昨天刚刚装好——然后用脚把行军床推到他办公室的一运。

"带那个人来见我，下士"，他说。

"我是埃斯塔莱勒"，年轻男人自我介绍道。

阿当斯贝格点点头，掏出他的记事本。现在散布者在单人牢房，他或许能趁此机会把他重案科内为数众多的这帮陌生人搞搞清楚。他记录道：圆脸、绿眼睛、慌张，等于埃斯塔莱勒。然后他又在下面补充道：昆虫学家、跳蚤、喉结很大，等于马丁。

"来的人叫什么名字?"他问。

"鲁博·凯万"，下士说。

"多大年纪?"

"三十来岁"，埃斯塔莱勒描述着。

"他今天夜里被咬了，他是这么说的吗?"

"是的，他很恐慌。"

"不错。"

埃斯塔莱勒引着鲁博·凯万一直来到警长的办公室，左手上端着一杯咖啡，没加糖。警长喝咖啡不放糖。与阿当斯贝格正相反，埃斯塔莱勒喜爱生活中的细节，他喜欢记住它们，并且他喜欢展示他记住了它们。

"我没给您加糖，警长"，他说着把杯子放在桌上，同时鲁博·凯万也坐到了椅子上。

"谢谢您，埃斯塔莱勒。"

男人把手指伸到胸前浓密的体毛中，忐忑不安，很不自在。他的身上散发出一股汗味，而汗中散发出一股酒味。

"以前从没被跳蚤叮过吗?"阿当斯贝格问他。

"从来没有。"

"您敢肯定是在今夜被咬的吗?"

"我被这玩意弄醒还不到两个钟头。然后我就立刻来通知你们。"

"您住的大楼里面有被画上 4 吗，鲁博先生？"

"有两家。女门房用毡笔在她的窗户上画了一个，五楼左手边的那个家伙也画了。"

"那这个就不是他。这些也不是他的跳蚤。您可以安心地回去了。"

"您在跟我开玩笑吗？"男人提高了嗓门说。"我要求接受保护。"

"散布者在释放跳蚤之前，会在所有的门上作画，只留出一扇"，阿当斯贝格一字一句地说。"那是些其他的跳蚤。您最近几天接待什么人了吗？比如某个带着动物的人？"

"有"，鲁博皱起眉说。"一个朋友两天前带他的狗来过。"

"那就是这个了。回家去吧，鲁博先生，好好睡觉。我们所有人都能继续去睡上小小的一个钟头，这对大家都有好处。"

"不。我不想这样。"

"如果您担心到这个份上"，阿当斯贝格说着站起来，"打电话叫人来消毒，然后爱怎样怎样。"

"这不会有用的。凶手选择了我，他一定会杀我，不管有没有跳蚤。我要求接受保护。"

阿当斯贝格回到桌前，向他的墙壁后退过去，更加仔细地观察起凯万·鲁博来。三十来岁，暴躁、担忧，在他那瞪得有些突出的深色眼睛中有一些鬼鬼祟祟的东西。

"好吧"，阿当斯贝格说。"他选择了您。尽管您的大楼里一个名副其实的 4 都没有，但是您却知道他选择了您。"

"那些跳蚤"，鲁博低吼着。"报纸里写了。所有受害者都遇到了跳蚤。"

"还有您朋友的狗?"

"不,不是这样的。"

"您怎么这么确定?"

探长更改了他的语气,鲁博注意到了,他在他的椅子上缩成一团。

"报纸里写了",他重复着。

"不,鲁博,是另一回事。"

丹格拉尔刚刚赶到,这会儿是清晨六点五分,阿当斯贝格示意他就位。上尉默默地走过来,在键盘前坐好。

"怎么回事",鲁博恢复镇定说,"有人威胁我,一个疯子要杀我,我倒还烦人了吗?"

"您是做什么工作的?"阿当斯贝格问,缓和了他的语气。

"我在火车东站后面一个大家俱商场的油毡柜台上班。"

"您结婚了吗?"

"我离婚两年了。"

"有孩子吗?"

"有两个。"

"孩子跟您一起住吗?"

"跟他们的母亲一起。我有权在周末探视。"

"您平时在外面吃饭吗?还是在家呢?您自己会做饭吗?"

"看情况",鲁博有些困惑地说。"有时我做一个汤和一份速冻现成菜。有时我就下楼去咖啡馆吃。餐厅实在是太贵了。"

"您喜欢音乐吗?"

"是的",鲁博有些迷茫地说。

"您家里能收看节目吗,有电视吗?"

"有。"

"您看足球吗？"

"看，当然看。"

"固定吗？"

"相当固定。"

"南特对波尔多的那场比赛，您看了吗？"

"看了。"

"打得还不错，是不是？"阿当斯贝格说，其实他没看过。

"要我说的话"，鲁博说着做了个鬼脸，"打得太逊了，最后还不分胜负。本来上半场可以下注的。"

"您一直关注着信息吗，中场休息时呢？"

"是啊"，鲁博随口说道。

"那么"，阿当斯贝格说着坐到了他的面前，"您想必知道我们昨天晚上捉到了散布者吧。"

"他们是这么说的"，鲁博局促不安地小声嘀咕着。

"既然这样的话，您还在怕谁呢？"

男人咬着自己的嘴唇。

"您在怕谁？"阿当斯贝格重复着。

"我不能肯定你们抓到的是不是他"，男人用一种犹豫的声音坦白道。

"哦？您和那个凶手，你们认识喽？"

鲁博快把他的下嘴唇吞下去了，他的手指插在胸前的毛中。

"受威胁的是我，我倒还烦人了吗？"他重复道。"我早该知道。警察嘛，当人们报案时，他们就只会把人当球推，这就是他们唯一会做的事。我就该自己解决。人们想来协助正义，而这就是结果。"

"但您会协助的，鲁博，还会更多。"

"是吗？我猜您要深入插手喽，警长。"

"不要自作聪明，鲁博，因为你还不够狡猾。"

"是吗？"

"是。但假如你不想协助，那就乖乖回家去。回你自己的家去，鲁博。如果你试图逃走，我们就会捉你回住处。直到这个死亡到来。"

"从什么时候起轮到由警察决定我该去哪儿待着了？"

"从你烦到我时。不过走吧，鲁博，你自由了。请吧。"

男人没有动。

"你怕了，是不是？你是不是害怕他会像勒死那五个人一样也用绳套把你勒死？你知道你无法自保。你知道无论你在哪里，无论是在里昂、在尼斯还是柏林，他最终都会抓到你。你是他的目标。而且你知道为什么。"

阿当斯贝格打开抽屉，把五名受害者的照片一一摆在男人面前。

"你知道自己最终会像他们一样，对不对？你认识他们，认识他们所有人，所以你才害怕。"

"别烦我，让我静静"，鲁博说着转过身去。

"那你就走吧。离开吧。"

过了长长的两分钟。

"好吧"，男人下定了决心。

"你认识他们吗？"

"认识，也不认识。"

"解释一下。"

"应该说我是在很久以前的一个晚上见到的他们，至少也有七八年了。我们一起喝了一杯。"

"啊，是吗。你们一起喝了一杯，然后就被人给一个接一个地给标记出来了。"

男人冒着汗，他的汗味充满了整间屋子。

"想来一杯咖啡吗？"阿当斯贝格问。

"非常想。"

"再来点儿吃的？"

"非常想。"

"丹格拉尔，叫埃斯塔莱勒把这些东西都拿来。"

"再带些香烟来"，鲁博补了一句。

"说说吧"，当鲁博因加了奶和太多糖的咖啡而重新恢复过来时，阿当斯贝格重复道。"你们有几个人？"

"七个"，鲁博嘟囔着说。"我们在一个酒吧见面，说真的。"

阿当斯贝格立即盯住他大大的黑眼睛，当说到"说真的"一词时，他从中看到了一丝坦诚。

"你们做了什么？"

"什么也没做。"

"鲁博，散布者现在就在我的单人牢房。如果你想，我可以把你和他关在一块儿，我闭上眼睛，咱们谁都不必再说话。半小时以后，你就是个死人了。"

"我们一起教训了一个小子。"

"为了什么？"

"说来话长。有人付钱让这个家伙出点儿血，就这么回事。他偷了个市场，而他得把它给吐出来。我们教训了他，交易就是这样。"

"交易？"

"对，有人雇佣我们。算是干点儿小活。"

"你们在哪儿'教训'的他？"

"在一个体育馆里。有人把地址、这家伙的名字，以及我们要碰头的酒吧名字交给我们。因为在此之前我们彼此并不认识。"

"你们所有人都彼此不认识？"

"不认识。我们一共七个人，谁都不认识谁。有人把我们所有人分别挖了来。这是个狡猾的家伙。"

"在哪儿能挖到你们？"

鲁博耸了耸肩。

"在一些能找到为钱卖命者的地方。这也不是什么难事。他们是通过圣德尼街一个地下夜总会联络我的。说真的，我早就不干这种生意了。我说真的，警长。"

"谁联络你的？"

"我什么也不知道，一切都是靠书信来往。一个姑娘为我传递信件。那是一些昂贵而整洁的纸。我记得很清楚。"

"对方是谁？"

"说真的，我从来都不知道是谁雇佣了我们。这个老板太狡猾了。有时还会要求更多。"

"于是你们七个人就这么凑齐了，然后你们就去找了你们的受害人。"

"对。"

"那是什么时候的事？"

"那天是 3 月 17 号，是个周四。"

"你们把他带到那个体育馆。然后呢？"

"我已经说过了，见鬼"，鲁博在椅子上坐立不安地说。"我们教训了他。"

"成功了吗？他把也该吐的都吐出来了吗？"

"是的。他最终打了电话。他交出了所有的信息。"

"他牵涉的是什么？钱？毒品？"

"说实话，我也不明白。但老板一定很满意，因为我们再没听到过后续。"

"报酬很丰厚？"

"是。"

"教训，是吗？而那家伙什么都吐出来了？你要不要索性说是残忍地折磨？"

"是教训。"

"而你们的受害人在八年以后要你们偿还。"

"我是这么相信的。"

"就为了一次教训？你在愚弄我吗，鲁博。你还是回家去吧。"

"我说的都是真话"，鲁博说着，死死地趴在椅子上不动。"该死，我们有什么可折磨他们的啊？在我们看来，他们不但一无所有，而且一无是处。"

"'他们'？"

鲁博又一次吞掉了下嘴唇。

"他们不止一个人吗？快说，鲁博，我急着呢。"

"还有一个姑娘"，鲁博小声嘟囔着。"我们没的选择。当我们抓住那个男的时，他正跟他女朋友在一起，能怎么办呢？我们就把他们两个全都带来了。"

"也教训那姑娘了吗?"

"一点点。不是我,我发誓。"

"你在说谎。离开我的办公室,我不想再看到你。迎接你的命运去吧,凯万·鲁博,我不管了。"

"不是我",鲁博嘀嘀咕咕地说,"我发誓。我不是个野蛮人。如果人们要我做,我也就稍稍干一点点,不像其他人。我只是起起哄,只是把风。"

"我相信你",阿当斯贝格说,其实他根本不信,"你对什么事起哄?"

"嗯,他们干的那些事。"

"快点儿交代,鲁博,你只剩下五分钟,然后我就哄你出去。"

鲁博大大地吸了一口气。

"他们脱掉他的衣服",他小声继续说道,"把汽油倒在他的……他的……"

"性器官上",阿当斯贝格替他说完。

鲁博点了点头。一滴滴汗珠从他的脸上滚落,消失在他的胸口。

"他们点燃打火机,把他团团围住,向他的……那玩意逼近。那家伙大叫着,他吓死了,怕他的那东西就这么付之一炬。"

"教训",阿当斯贝格喃喃地说。"然后呢?"

"然后,他们把他在体育馆的桌子上翻了过来,然后他们钉住了他。"

"钉住?"

"是的。这叫做打扮。他们用图钉扎入他的身体,然后又把一根大棒插进他的，他的，他的屁股里。"

"闻所未闻"，阿当斯贝格从牙缝里挤出这句话。"那么那个年轻姑娘怎么样？别跟我说你们连碰也没碰她吧。"

"不是我"，鲁博喊着，"我只是把风。只是笑了笑。"

"事到如今呢，你还笑吗？"

鲁博低垂着头，双手始终抠在椅子上。

"那个姑娘怎么样？"阿当斯贝格重复道。

"被那五个家伙强奸了，她流了好多血。到最后，她已经了无生气。我差点儿就以为他们错手杀了她。事实上，她是变疯了，她再也认不出来任何人。"

"五个？我以为你们是七个人。"

"我没碰她。"

"但第六个人呢？他也什么都没做？"

"剩下的是个姑娘。是她"，鲁博说着用手指指着玛丽安娜·巴杜的照片。"她是其中一个人的相好。我们本来不想要女人，但她非要黏着，于是就跟来了。"

"她做了什么？"

"就是她浇的汽油。她笑得很欢。"

"显而易见。"

"是啊"，鲁博说。

"接下来呢？"

"那小子在他的呕吐物中打完电话之后，我们就把他们两个丢了出去，赤身裸体连同他们那乱七八糟的一堆东西，然后我们所有人去大喝了一顿。"

"夜晚愉快"，阿当斯贝格评论道。"喝得一醉方休吧。"

"说真的，这事令我心寒。从此我再也没有碰过此事，再也没有见过那帮家伙。按照约定，我通过邮政收到钱款，再没听到过后续。"

"直到这周。"

"对。"

"你何时认出的这些受害者？"

"我只认出了他、他，和这个女人"，鲁博指着维亚尔、克莱尔和巴杜的照片说。"毕竟我就只见过他们那么一夜。"

"然后你立刻就明白了？"

"直到那个女人被杀后我才明白的。我之所以能认出她，是因为她的脸上长了好多雀斑。我看了其他几个人的照片，然后我就明白了。"

"他回来了。"

"是的。"

"你知道他为什么会等了这么长的时间才反击吗？"

"不，我不懂。"

"因为自此以后他坐了五年的牢。他的女朋友，就是被你们弄疯的那个姑娘，一个月以后从房间的窗户跳了出去。好好消化吧，鲁博，假如你还没被这些事击倒的话。"

阿当斯贝格站起身，把窗户大大地敞开来透气，来驱散那股可怕的汗味。有一小会儿他就这么靠在栏杆上向下看去，看着那些行走在街上、没有听到刚才那一番故事的人们。七点十五分。散布者始终还在睡着。

"你为什么害怕，既然他都被抓了？"他转过身来说。

"因为那不是他"，鲁博喘着气说。"你们完全搞错了。被我们折磨的那个小子，是一个又高又弱的家伙，轻轻一弹就能把他弹飞，他是个懦弱的可怜虫，脑力顶我两个但却抬不起一只晾衣夹。而他们在电视上报导的那个人，是个强壮的肌肉男，完全不对，您可以相信我。"

"你确定?"

"没错。那家伙一副小云雀的样子，我记得很清楚。他始终还在外面游荡，监视着我。我现在全都对您说了，我请求接受保护。但说真的，我什么也没做，只是……"

"只是把风，我听到了，你不用费力再说一遍。不过你不认为一个坐了五年牢的男人是可以改变的吗? 尤其在他一心决定要复仇的时候? 你难道不认为肌肉与头脑不同，是可以练出来的吗? 虽然你仍保持着愚蠢，但他难道就不能自愿转型?"

"为了什么呢?"

"为了一雪前耻，为了活下去，以及为了对你们进行审判。"

阿当斯贝格走到柜子旁，从中取出了一个小塑料袋，里面装着一个大大的象牙色信封，他把它在鲁博的眼前轻轻摇了摇。

"你见过这个吗?"

"是的"，鲁博擦着额头说。"就在刚才出门的时候，我看到地上有这么个东西。里面什么也没有，已经打开并且是空的。"

"那就是他，是敦布者。这是他用来投放跳蚤导弹的信封。"

鲁博把双臂紧紧压在肚子上。

"你害怕鼠疫?"

"不是很怕"，鲁博说。"我不是真的相信这些蠢事，这是骗人的把戏。我相信他是勒死他们的。"

"那你算说对了。这个信封，你确定它昨天的时候不在吗?"

"确定。"

阿当斯贝格把手抚上脸颊，思考着。

"来见见他吧"，他说着向门口走去。

鲁博犹豫着。

"你现在笑得比以前少了吧？过去春风得意吗？来吧，你又没什么危险，野兽关在笼子里呢。"

阿当斯贝格带着鲁博一直来到达马斯的单人牢房。后者还在熟睡当中，他的脸在毯子上方一览无余。

"你看仔细了"，阿当斯贝格说。"好好地看。别忘了你几乎有八年没见过他了，何况那小伙子当时并非处于最佳状态。"

鲁博透过栏杆检视着达马斯，几乎看出了神。

"怎么样？"阿当斯贝格问。

"有可能是他"，鲁博说。"那张嘴，是有可能。我需要看看他的眼睛。"

阿当斯贝格在鲁博近乎恐慌的眼神下打开了单人牢房。

"你需要我再关上吗？"阿当斯贝格问。"或者你想让我把你和他关在一起，这样你们就能像年轻时那样彼此增进一下感情，共同追思一下那些美好的回忆？"

"别胡闹了"，鲁博阴郁地说。"他可能很危险啊。"

"对他来说，你也曾经同样很危险啊。"

阿当斯贝格把自己和达马斯关在一起，鲁博瞧着他，如同人们观看进入竞技场的驯兽师那样。警长摇着达马斯的肩膀。

"醒醒，达马斯，有人来看你了。"

达马斯低声抱怨着坐了起来，呆呆地看着单人牢房的墙壁。然后他才回想起来，并把他的头发甩到后面。

"出了什么事?"他问。"我可以走了吗?"

"站起来。有个人想要看看你，一个老相识了。"

达马斯听从了，裹在他的毯子中，始终那么顺从，阿当斯贝格交替观察着这两个男人。达马斯的脸似乎轻微地僵了一下。鲁博睁大双眼，然后退远了些。

"怎么样?"阿当斯贝格一踏进办公室就问道，"你认出来了吗?"

"有可能是他"，鲁博不太自信地说。"但假如是他的话，块头倒是壮了两倍。"

"那他的脸呢?"

"脸看着也有可能。他过去不留长发。"

"你不会失误吧? 因为你很害怕不是吗?"

鲁博点点头。

"不过你也有可能没弄错"，阿当斯贝格说。"你的寻仇者很可能不是一个人行动的。我会把你留在这里，直至案情更为清晰些。"

"谢谢"，鲁博说。

"把下一个受害者的名字给我。"

"就是我呀。"

"我知道，但还有一个人呢? 你们总共七个人，减去已死的五个还有两个，再减去你还剩一个。这个人是谁?"

"是一个又瘦又丑长得像鼹鼠一样的家伙，据我看，他是队伍里最坏的一个。就是他拿的那根大棒。"

"他叫什么?"

"我们彼此不通姓氏，也不报名字。干这一行的，人人都不冒
风险。"

"那年龄呢？"

"跟我们所有人一样。当时在二十到二十五上下吧。"

"也住在巴黎？"

"我猜是。"

阿当斯贝格把鲁博也安置在一个单人牢房中，只是没有锁门，
然后他透过达马斯那间牢房的栏杆，把他的衣服递给他。

"法官已决定公开审讯你。"

"好吧"，达马斯坐在他的长凳上，心平气和地说。

"你会说拉丁语吗，达马斯？"

"不会。"

"你还是没有什么话要和我说吗？有关这些跳蚤的事呢？"

"没有。"

"那有关某个 5 月 17 日的周四，六个与你扯上关系的男人的事
呢？你也没什么话要和我说吗？再加上一个发笑的姑娘呢？"

达马斯保持着沉默，他把掌心朝向自己，用拇指摩挲着钻石。

"他们从你那儿拿走了什么，达马斯？除去你的女友、你的身
体，和你的名誉以外？他们想要什么？"

达马斯一动不动。

"好吧"，阿当斯贝格说。"我给你送些早饭来。穿上衣服吧。"

阿当斯贝格把丹格拉尔拉到一边。

"这个混蛋鲁博相当于什么也没确认"，丹格拉尔说。"您很烦

心吧。"

"达马斯还有一个共犯在外面，丹格拉尔。那些跳蚤被释放到鲁博家里的时候，达马斯人已经在我们这儿了。他被捕的消息一经公布，就有人接手了后续工作。这个人做得很快，没花时间去画上那些用于预防的 4。"

"假如有个共犯的话，就能解释他的平静了。有人帮他完成后续，他还是能控制一切。"

"派人去询问他的妹妹、埃娃，以及广场上的所有常客，了解一下他有没有见过什么朋友。尤其是，我要他近两个月内的所有通话记录清单。店里的电话和家中的电话。"

"您不和我们一起去吗？"

"我在广场上不再是个受欢迎的人了。我是个变节者，丹格拉尔。人们面对他们不认识的警官会更容易开口些。"

"好吧"，丹格拉尔说。"我们本来还要花费更久来寻找这个共同点。一次碰头，一间酒吧，一个夜晚，这些人甚至根本不认识。幸好这个鲁博恐慌了，这真是突如其来的运气。"

"这是有原因的，丹格拉尔。"

阿当斯贝格拿出他的手机，深深地凝视着它。由于一直无声地恳求它响一下，动一下，发生一些可喜的事情，他最终把这部机器和卡米叶的投影混淆起来。他对着它说话，对着它讲述生活，好像这样卡米叶就能轻易听到他似的。但正如贝尔坦所直言的那样，这种玩意可带不来什么乐趣，而卡米叶也不会像神灯中的精灵一样，从手机里跳出来。而就算那种情况发生的话，对他来说也全一样。他把手机小心翼翼地放到地上，为了不把它弄坏，然后他再次舒展身体，又睡了一个半小时。

丹格拉尔成功地用达马斯通话记录的清单把他叫了起来。对广场的询问没有什么大的收效。埃娃如牡蛎一样闭口不言，玛丽－贝勒无时无刻不在抽泣，德康布雷摆着一张臭脸，莉兹贝丝直接开骂，而贝尔坦每句话只蹦一个字，俨然回归了一副诺曼底人的戒备状态。但尽管如此，他还是得出了一些结论，达马斯既不出门，也不跟广场上的人说话，几乎每天晚上都去小酒馆听莉兹贝丝唱歌，在那里也和任何人都没有交情。人们从不知道他有任何朋友，他的周日都是和他妹妹一起度过的。

阿当斯贝格仔细研究着通话记录清单，寻找着某个重复出现的号码。假如存在一个共犯的话，达马斯必然要与之频繁联络，毕竟，包含了数字4、跳蚤和谋杀的这份复杂时间表十分紧凑。但达马斯的通话异乎寻常的少。从家中呼出去的，能记录到几个打给店铺的电话，这估计是玛丽－贝勒打给达马斯的，而从店里呼出去的，名单也是极其有限，而且甚少重复。阿当斯贝格核对了仅有的四个还算重复得稍有规律的号码，但它们全都是一些滑板、滚轴和体育护具帽的供货商。阿当斯贝格把这堆清单推到他的桌角。

达马斯不是一个蠢货。达马斯是一个可以把自己空洞的眼神装得惟妙惟肖的超智商者。这项技能，也是他在坐牢和以后的日子中练就并准备的。整整准备了七年。假如他有一个共犯的话，他绝不会冒着被发现的危险从自己的家中联络他。阿当斯贝格打给14区分局，向他们索要从欢乐街公共电话亭打出的通话记录清单。二十分钟以后，传真从机器中落了出来。自从手机普及以来，电话亭的使用就直线下降，阿当斯贝格拣出了一份相当稀疏的名单。他最终锁定了十一个重复出现的号码。

"如果您需要的话，我可以帮您查询一下这些号码"，丹格拉尔提议。

"先查这个"，阿当斯贝格用手指指着一个电话号码说。"这一个，92 省，上塞纳省。"

"我能知道是为什么吗？"丹格拉尔边问边在他的屏幕上查询着。

"北部郊区，这是我们的地盘。运气好的话，我们能落在克利希。"

"先核对其他那些不会更稳妥些吗？"

"它们毕竟飞不走。"

丹格拉尔默默地敲击了一会儿键盘。

"克利希"，他宣布。

"正中靶心。这是 1920 年那次鼠疫的爆发中心。这正是他家，是他的幽灵。他很可能曾经生活在那里。快，丹格拉尔，姓名、地址。"

"奥普图尔街 22 号的克莱门汀·库尔贝。"

"查一下住户身份。"

丹格拉尔敲键盘的时候，阿当斯贝格在大厅走来走去，想办法躲避着拿他裤子下面垂着的一根线头当玩具玩的小猫崽。

"克莱门汀·库尔贝，本姓茹尔诺，现居克利希，配偶让·库尔贝。"

"其他信息？"

"别管她了，警长。她八十六岁了。这是一个老太太，别管她了。"

阿当斯贝格噘着嘴。

"其他信息？"阿当斯贝格坚持着。

"她有一个女儿，42 年生于克利希"，丹格拉尔机械地念着，"罗斯莉娜·库尔贝。"

"好好查查这个罗斯莉娜。"

阿当斯贝格抓住毛球把它放回篮子里。它立刻又跑了出来。

"罗斯莉娜，本姓库尔贝，配偶姓埃莱尔－德维尔，名安托万。"

丹格拉尔看着阿当斯贝格不说话。

"他们有一个儿子？叫阿诺？"

"阿诺·达马斯"，丹格拉尔肯定道。

"他的外祖母"，阿当斯贝格说。"他小心翼翼地用公用电话打给他的外祖母。这位外祖母的双亲呢，丹格拉尔？"

"过世了。我们不能就这样一直追溯到中世纪去。"

"他们的姓名？"

手指在键盘上噼里啪啦地飞快敲击着。

"埃米尔·茹尔诺和塞莱斯蒂纳·达韦勒，生于克利希的奥普图尔城。"

"就是他们了"，阿当斯贝格小声嘀咕着，"他们就是鼠疫的战胜者。时疫爆发时达马斯的外祖母六岁。"

他摘下丹格拉尔位子上的电话机，拨打了旺多斯莱的号码。

"马克·旺多斯莱吗？我是阿当斯贝格。"

"等一下，警长"，马克说，"让我放一下熨斗。"

"克利希的奥普图尔城，这地方对您来说具有什么含义吗？"

"奥普图尔，那里是疫病的中心，拾荒者的棚屋区。是您那儿有一份特殊公告提到它了吗？"

"不是，是一个地址。"

"那个城很久以前就被拆毁了，被一些小街巷和廉价房屋取代了。"

"多谢您，旺多斯莱。"

阿当斯贝格缓慢地挂上电话。

"带两个人，丹毶拉尔。我们立刻杀过去。"

"四个人？对付一个老太太？"

"四个人。咱们先去法官那里取得许可令。"

"那我们什么时候吃饭？"

"路上。"

三十四

他们沿着一条两侧堆满垃圾的古老小径向上爬，小径通向一座破旧的小房子，其一侧建有分出的侧翼楼板。雨水轻轻地落在瓦片屋顶上。夏天已然霉烂，而九月还是如此。

"烟囱"，阿当斯贝格指着屋顶说，"木头。苹果树。"

他敲了敲门，来开门的是一个高大而健壮的老妇人，她阴沉的面孔布满皱纹，头发包在一条花头巾中。她用颜色很深的眼睛无声地打量着门口的四个人。然后，她摘掉叼在嘴里的香烟。

"警察"，她说。

这不是一个询问，而是一句确诊。

"警察"，阿当斯贝格肯定着走了进去。"克莱门汀·库尔贝吗？"

"正是本人"，克莱门汀回答。

老妇人把他们让进客厅，先拍了拍软垫长凳，然后请他们坐下。

"现在警察里也有女人吗？"她用一种蔑视的眼神看着埃莱娜·弗鲁瓦西中尉说。"这我可不主张。您难道不知道现在有很多配枪者根本无意如此吗？您偶尔，就没有点儿其他的主意吗？"

克莱门汀像农妇那样对"偶尔"这个词拖出长长的尾音。

她叹着气走进厨房，回来时端着一个托盘，上面放着几只杯子和一碟烘饼。

"想象力才是永远都缺乏的"，她下了结论，把托盘放在带花长凳前一张铺着桌布的小桌子上。"煮葡萄酒和奶皮烘饼，尝尝吗？"

阿当斯贝格吃惊地看着她，差点儿就要被她那张阴沉的丑脸俘获了。凯尔诺基安试图让警长理解他很想要那些烘饼，在车里吞下的三明治根本没能让他吃饱。

"你们赶巧了"，克莱门汀说。"只可惜再也找不到奶皮。奶都跟清水一样。我只好用奶油来代替，我是不得已啊。"

克莱门汀斟满五只杯子，喝了一小口煮葡萄酒后，瞧着他们。

"别干蠢事"，她点燃了一支香烟说，"你们来这儿有什么事？"

"阿诺·达马斯·埃莱尔－德维尔"，阿当斯贝格拿起一块小烘饼，开口说道。

"很抱歉，是阿诺·达马斯·维吉耶。"克莱门汀说。"他更喜欢人们这么称呼他。在这个屋檐下，我们不提埃莱尔－德维尔这个姓氏。如果您觉得不便的话，就到外面去说吧。"

"他是您的外孙吗？"

"是说那个阴郁的漂亮小伙子吧"，克莱门汀朝阿当斯贝格抬起下巴说，"不要把我当成一个蠢货了。如果您不确定的话，您就不会出现在这里了，不对吗？说说这些烘饼，它们味道怎么样？好吃还是不好吃？"

"好吃"，阿当斯贝格承认。

"好吃极了"，丹格拉尔保证道，而他也是真心这么想的。说实话，他已经至少四十年没有品尝过这么好吃的烘饼了，而这种感觉使他充满了一种无缘无故的喜悦之情。

"别干蠢事"，老妇人说道，始终保持着站立姿势，打量着这四位警察。"你们给我时间，让我脱掉围裙，关闭燃气，并知会一下邻居，然后我就跟你们走。"

"克莱门汀·库尔贝"，阿当斯贝格说，"我有搜查令。我们要先看一下房子。"

"您叫什么名字？"

"我是让－巴蒂斯特·阿当斯贝格，警长负责人。"

"让－巴蒂斯特·阿当斯贝格，如果不是揭了我的短，我通常不会向人展示我的生活，不管他们是不是警察。老鼠在阁楼上"，她说着用手指了指天花板，"三百二十二只老鼠，外加十一具布满了饥渴跳蚤的尸体，因此我建议你们不要靠近，否则我保证不了你们的人身安全。如果你们非要去看看不可的话，那就先消毒。别弄破老鼠的身体：饲养就是在那上面进行的，达马斯用来打消息的机器在那个小间里。和那些信封在一起。你们还对什么有兴趣？"

"藏书"，丹格拉尔说。

"也在阁楼上。但要先通过老鼠。四百卷，这对你们有什么意义吗？"

"关于鼠疫的吗？"

"还能是关于别的什么吗？"

"克莱门汀"，阿当斯贝格又拿了一块烘饼，温柔地说，"您真的不坐下来吗？"

克莱门汀把她胖大的身体坐进一把带花的扶手椅中，交叉起双臂。

"您为什么要对我们说出这些？"阿当斯贝格问。"为什么不否认？"

"否认什么，鼠疫的事吗？"

"对，那五名受害者。"

"去他的受害者"，克莱门汀说。"刽子手。"

"是些刽子手"，阿当斯贝格肯定道。"施暴者。"

"他们该死。他们越是死得干净，阿诺就越会重生。他们对他干尽坏事，把他打入万劫不复的地狱。阿诺必须重生。而这件事，只要那些人渣还活在世上，就万万不可能实现。"

"这些人渣不会自行死去。"

"活得可棒了。人渣比蓟草的生命力还顽强。"

"需要添把力，是吧，克莱门汀？"

"只需一点点。"

"为什么选择鼠疫？"

"茹尔诺家族是鼠疫的主人"，克莱门汀突然说道。"别惹茹尔诺家的人，就这么简单。"

"否则的话？"

"否则的话，茹尔诺就会给他带去鼠疫。他们是大灾祸的主人。"

"克莱门汀，您为什么要对我们说出这些？"阿当斯贝格重复着。

"不然呢？"

"不然您也可以保持沉默。"

"你们已经找到我了，不是吗？那孩子昨天也被拘捕了。所以就别干蠢事，让我们走吧，就这么简单。这有什么区别呢？"

"大有区别。"

"毫无区别"，克莱门汀说着，露出强硬的微笑。"活干完了。您懂吗，警长？完了。敌人已然就位。一星期之内，剩下的三个人都要死，无论我在这里还是在别处都一样。对他们来说已经太迟了。活干完了。他们八个全都会死。"

"八个？"

"六名施暴者，那个残忍的姑娘，还有委托人。所以在我来讲是八个人。您到底有没有搞清楚？"

"达马斯不说。"

"正常。在没有确定活干完前他是不会开口的。我们是这么约定的，假如其中一人被抓的话。您是怎么发现他的？"

"他戴着钻石。"

"他把它藏起来了。"

"但我看到了。"

"啊"，克莱门汀说。"您有了解，您对上帝的灾祸有了解。我们没料到这一点。"

"我尽力加紧学习。"

"但终究太晚了。活已经干完了。敌人就位了。"

"您是指跳蚤？"

"对。它们已经在他们的身上了。他们已经被感染了。"

"他们叫什么，克莱门汀？"

"您可以加快速度。但您以为能救得了他们吗？这是他们的命，而且已经完成了。不要妄图毁灭一个茹尔诺家的人。他们毁了他，警长，毁了他和他所爱的那个姑娘，她从窗口跳了出去，可怜的小姑娘。"

"是您劝说他复仇的吗，克莱门汀？"

"在监狱的时候，我们几乎天天讨论这件事。他是他外曾祖父的继承人，同时也继承了那枚戒指。阿诺必须重新抬起头来，就像埃米尔在疫病时期一样。"

"你们不怕入狱吗？您不怕？达马斯不怕？"

"入狱？"克莱门汀用她的手拍着大腿说。"您在开玩笑吗，警长？阿诺和我，我们没杀任何人。再想想吧。"

"那是谁杀的？"

"那些跳蚤。"

"释放这些被感染的跳蚤，就相当于判了一个人死刑。"

"它们不是必然会咬人的，再想想吧。这是上帝的灾祸，他想让它落在哪里，就会落在哪里。如果说有谁杀了人的话，那就是上帝。你们偶尔，不会把上帝也算上吗？"

阿当斯贝格观察着克莱门汀·库尔贝的脸，她的脸和她外孙的一样风平浪静。他终于明白达马斯那种近乎不为一切所动的平静是出自何处了。这两个人全都一样，对于他们已经犯下的五起谋杀，以及他们计划继续执行的剩下三起，都感到一种深切的免责。

"别干蠢事"，克莱门汀说。"既然现在都已戳穿，我到底是要跟着你们走还是留下来？"

"我会请您跟我们走，克莱门汀·库尔贝"，阿当斯贝格站起身来说。"为您自己做证词。您被拘留了。"

"正好帮了我的忙"，克莱门汀也站起身来说。"这样的话，我还能去看看我的外孙。"

当克莱门汀收拾桌子，关闭炉子和切断燃气的时候，凯尔诺基安试图让阿当斯贝洛明白他不太想到阁楼上面去搜查。

"它们没有被感染，下士"，阿当斯贝格说。"老天，您以为这女人到哪儿去找些染上鼠疫的老鼠来啊？她那是在幻想呢，凯尔诺基安，是她的脑子臆想出来的。"

"她可不是这么说的"，凯尔诺基安一脸消沉地反驳着。

"她天天摆弄它们。她都没有染上鼠疫。"

"茹尔诺家的人被保护了，警长。"

"茹尔诺家只有一个幽灵，而且他不会对您怎么样的，您就听我的话吧。他只会攻击那些想要毁灭一个茹尔诺家庭成员的人。"

"某种意义上的家族复仇者？"

"正是。您别忘了同时提取一下木炭的样本，送到实验室去，标注上紧急。"

老妇人到达重案科的事引发了一场不大不小的轰动。她带去满满一大盒烘饼，停在达马斯面前，开心地把它拿给他看。达马斯微笑了。

"别担心，阿诺。"她丝毫不试图降低声调地说。"活干完了。所有人，他们全都落网了。"

达马斯笑得更开心了，他透过栏杆接过她递过去的盒子，平静地回到他的长凳上坐好。

"给她在达马斯的旁边准备一间牢房"，阿当斯贝格吩咐着。"从更衣室拿一个床垫下来，尽你们所能地把它安置得舒服一些。她八十六岁了。克莱门汀"，他又转向老妇人说，"别干蠢事，我们是现在就开始来录那份证词，还是您累了，想先休息一下？"

"让我们开始吧"，克莱门汀坚决地说。

晚上六点钟左右，阿当斯贝格出发去散步，库尔贝的配偶克莱门汀·茹尔诺的证词装满了他的脑袋。他足足听了有两小时，然后他让祖孙二人对质。他们对于最后三名施暴者必将死亡的信心不曾有过一丝动摇。即便阿当斯贝格向他们指出，从释放跳蚤到受害者死亡之间的这段时间太短，短到无法把那些死亡归咎于携带鼠疫的跳蚤。

灾祸是时刻准备好的，并且随上帝的意志，只要他愿意，他就让它降临发生。克莱门汀这么回答，一字不差地背诵出 9 月 19 日的特殊公告。即便阿当斯贝格向他们出示了证明他们所有跳蚤都是无害的阴性化验结果。即便他把受害者死于勒颈的照片摆到他们眼前。但他们对于他们那些小虫的信任是不可动摇的，尤其是，他们坚信剩下的那三个男人在不久之后便会死去，一个死于巴黎，另一个死于特鲁瓦，最后一个死于沙泰勒罗。

他在街上闲逛了一个多小时，然后停在桑岱监狱前面。上面有一个囚犯把他的一只脚从栏杆之间伸了出来。总有一个家伙要伸出他的脚，把它在阿喇戈林荫大道的空气中晃动。不是一只手，而是一只脚。赤脚，没有穿鞋。一个像他一样的家伙，想要在外面走动。他打量着这只脚，想象它是克莱门汀的，或是达马斯的，它在天空之下摆动。他不相信他们是这样疯狂，除非是他们的幽灵把他们带到通道中。当那只脚突然缩回牢房时，阿当斯贝格明白到第三个因素仍然处于高墙之外，并准备好要用那个可以滑动的套索，在巴黎、特鲁瓦和沙泰勒罗完成那个已经开始了的作品。

294

三十五

阿当斯贝格转向蒙帕纳斯，来到了埃德加－基内广场。还有一刻钟，贝尔坦就会敲响他晚餐的雷声。

他推开维京人的门时心想，诺曼底人会不会敢像昨天他对他那名顾客所做的那样，也揪起他的脖领子。不过直到阿当斯贝格来到龙头船的假船首下面，并占好他的桌子时，贝尔坦都没动过。他虽然没动，但是也没打招呼，阿当斯贝格刚一坐下，他就出去了。阿当斯贝格明白，用不了两分钟，整座广场都会得知抓走达马斯的那个警察来咖啡馆了，他马上就要面对这一大群人。这就是他来此的目的。或许今天晚上，德康布雷家的晚饭就要破例在维京人吃了。他把他的手机放在桌上，等待着。

五分钟以后，一群气势汹汹的人推开咖啡馆的门，德康布雷领头，后面跟着莉兹贝丝、卡斯蒂永、勒盖恩、埃娃和其他好几个人。只有勒盖恩看起来对这种情况相当无所谓。他好久以前就不再会被令人震惊的消息所震惊到了。

"请坐"，阿当斯贝格几乎是命令道，他抬起头来直面着将他团团围住的这一张张不善的面孔。"那位小妹妹在哪儿？"他一边寻找着玛丽－贝勒一边说。

"她病了"，埃娃低沉地说。"她病倒了。都是因为您。"

"您也请坐，埃娃"，阿当斯贝格说。

年轻女人一天之内就换了脸色，阿当斯贝格从中读出了毋容置疑的满满恨意，这使她失掉了那份过时的优雅和悲伤。昨天，她还楚楚动人，而今晚，她就变得极具危险。

"把达马斯从那儿放出来，警长"，德康布雷说道，率先打破了这阵沉默。"您搞错了，您会把您自己绕在里边的。达马斯是一个平和温柔的人。他绝不会杀任何人，绝不会。"

阿当斯贝格没有回答，而是往洗手间的方向走去，去给丹格拉尔打电话。叫他派两个人去盯住玛丽－贝勒在国民公会街的住所。然后他又回到桌前坐好，面对年老的学问人，后者正用一种高傲的眼神看着他。

"给我五分钟，德康布雷"，他举起手，分开五指说。"让我讲个故事。我不管我是不是会烦到所有人，我都要讲。而当我讲的时候，我会用我自己的节奏和词语来讲。有时候，我会这样把我的助手给讲睡着。"

德康布雷又抬了抬下巴，没说话。

"在 1918 年时"，阿当斯贝格说道，"埃米尔·茹尔诺，以他拾荒者的身份，从一战战场上平安而健全地返回。"

"我们还没同意要听呢"，莉兹贝丝说。

"别说了，莉兹贝丝，他正在讲呢。给他次机会。"

"身处前线四年，却没留下一处伤痕"，阿当斯贝格继续讲下去，"怎么说都是一项奇迹。在 1915 年时，这位拾荒者深入无人之境，找到他受伤的上尉并把他救了回来。上尉在撤到后方以前，为表达他的感激，把他的戒指送给了无军阶的茹尔诺。"

"警长"，莉兹贝丝说，"我们来这儿不是要听谁讲些老旧时代的什么故事的。别考验我们的耐力。我们来这儿是要说达马斯的事的。"

阿当斯贝格看着莉兹贝丝。她看上去很苍白，而这还是他第一次看到一个黑皮肤的姑娘很苍白。她的脸变成了灰色。

"但达马斯的故事就是个老旧时代的老故事，莉兹贝丝"，阿当斯贝格说。"我继续讲。无军阶的茹尔诺没有白白卖命。上尉的戒指上镶了一颗钻石，比一颗小扁豆还要大。整个战争期间，埃米尔·茹尔诺都把它戴在手指上，他把宝石转向手掌内侧，并用泥巴盖住，以防被人夺走。18年复员以后，他回到了他在克利希的穷困生活中，但是他没有卖掉戒指。对埃米尔·茹尔诺来说，这只戒指是一个护身符，是一件圣物。两年以后，一场鼠疫在他的城市中爆发，并扫荡了整条小巷。但是茹尔诺一家，埃米尔本人、他的妻子和他们六岁的女儿克莱门汀，却未受影响。人们风言风语，对他们指指点点。埃米尔从一位到这座受灾城市来走访的医生那里得知，是钻石阻挡了灾祸。"

"这是真的吗，这种无稽之谈？"贝尔坦从他的吧台那边说。

"书中是有这种真事的"，德康布雷说。"快一点儿讲，阿当斯贝格。这也太拖拉了。"

"我预先说过了。如果你们想要知道一些达马斯的消息，那就得听我一直拖拖拉拉地讲完。"

"消息，反正始终是些消息嘛"，若斯说，"无非或老或新，或长或短而已。"

"谢谢，勒盖恩"，阿当斯贝格说。"埃米尔·茹尔诺立刻被指责操纵了这场鼠疫，或许是指责他散布了它。"

"但从这个埃米尔身上，我们还是什么都没搞懂。"莉兹贝丝说。

"他就是达马斯的外曾祖父，莉兹贝丝"，阿当斯贝格有一点儿严肃地说着。"因为被威胁要挨揍，茹尔诺一家连夜逃离了奥普图尔城，小女儿趴在父亲的背上，穿越满是奄奄一息的感染鼠疫老鼠的垃圾堆。钻石保护着他们，他们平安而健全地逃到了蒙特勒伊的一个表亲家，再也没有回到他们原先的街区，直到这场悲剧落幕。他们的名声传开了。从前被排挤的茹尔诺家，摇身一变成为了英雄、主宰、鼠疫的主人。他们传奇的事迹成了拾荒者的荣耀，成了他们的座右铭。埃米尔最终彻底醉心于他的戒指，以及所有关于鼠疫的故事。他的女儿克莱门汀在他死后继承了戒指、荣耀，和这些故事。她结了婚，并在一种对茹尔诺神圣能力的崇拜中，骄傲地抚养着她的女儿罗斯莉娜。这个姑娘嫁给了埃莱尔－德维尔。"

"越扯越远了，越扯越远了"，莉兹贝丝小声嘟囔着说。

"我们越来越接近了"，阿当斯贝格说。

"埃莱尔－德维尔？那个航空工业家吗？"德康布雷有些难以置信地问道。

"他是后来才成为的。那时他只是个二十三岁的小伙子，野心勃勃、聪明、暴力，想要吞掉整个世界。而他就是达马斯的父亲。"

"达马斯姓维吉耶"，贝尔坦说。

"那不是他的本姓。达马斯姓埃莱尔－德维尔。他夹在一个粗暴的父亲和一个流泪的母亲之间长大。埃莱尔－德维尔痛打他的妻子，也打他的儿子，在这个男孩出生七年以后，他多多少少就不再管这个家了。"

阿当斯贝格瞥了一眼埃娃，她赶紧低下头。

"那小妹妹的事呢？"莉兹贝丝问，她终于开始跟上剧情了。

"他们从来不提玛丽－贝勒。她在达马斯之后出生。只要可以，达马斯每次都会躲到他在克利希的外祖母克莱门汀家。为安慰他、鼓励他和给他信心，外祖母对他一再重复她茹尔诺家族那一支的最高荣耀。在父亲的耳光和抛弃之后，茹尔诺家的显赫成为了达马斯唯一的力量源泉。当他长到十岁时，外祖母郑重其事地把那枚钻石戒指传到了他手里，当然也连同驱使上帝灾祸的能力一起。对于小男孩来说，这已像一种作战游戏一样固化在他的精神中，并成为一种复仇以及象征的绝妙工具。在把圣旺和克利尼昂库尔的旧货市场扫荡一遍之后，外祖母收集到了数量可观的记录鼠疫的作品，包括1920年那次，她自己经历的那次，以及所有其他那些，这又充实了家族史诗。在这里我就放你们自行去想象。后来，达马斯已经成长到足够大，能够独自从那些关于黑鼠疫的凶残描述中获得慰藉了。这些描述并不会使他害怕，正好相反。他拥有伟大埃米尔的钻石呢，14到18年的一战英雄，鼠疫的英雄。这些描述使他宽慰，它们是他对一个苦难童年的天然复仇。他的救生浮标。你们听明白了吗？"

"我们没看出这其中的联系"，贝尔坦说。"这什么也证明不了。"

"达马斯十八岁了。他好歹长成了一个瘦弱的年轻小伙子。他成为了一个物理学家，可能是想要超越他的父亲。他还是学者、拉丁语学家、鼠疫权威专家、智商和学识双高的科学家，而且他脑中还有一个幽灵。他热衷并投身于航空业。二十四岁的时候，他发明了一种制造工艺，将轻质钢分成像海绵一样的百个断层，我对此也不是太明白。我没法告诉你们为什么，但航空工程方面对这种钢材表现出了极大的兴趣。"

"达马斯发明出了一个什么玩意"，若斯傻愣愣地问。"在二十四岁的时候？"

"千真万确。他希望借此大赚一笔。但有一个家伙决定不让他赚钱，而要把这种钢从达马斯手里直接夺走，让他名利双无。他派去六个男人，那是六条疯狗，去侮辱他，折磨他，还强奸了他的女友。达马斯锐气大挫，一夜之间就失了他的尊严、他的爱情和他的发明，以及他的荣耀。一个月后，他女朋友从窗口跳了出去。这是差不多八年以前的事，阿诺·埃莱尔－德维尔因此被判刑。罪名是推那年轻姑娘坠楼，他服刑五年，大约两年多前出狱。"

"那为什么达马斯在法庭上对这段经历什么都不说？他为什么要乖乖坐牢呢？"

"因为一旦警方确认了这些施暴者的身份，达马斯就会失掉先机。达马斯要自己复仇，全力复仇。那个时候，他的身材难以战胜他们。但五年之后，就完全是另外一回事了。瘦小子达马斯出狱时身上带着十五公斤的肌肉，决心此生都不要再听到那个有关钢的故事，一心执着于复仇。在监牢里时，人们是很容易执着于某个念头的。这几乎是人们所剩下的唯一依托：执着于信念。他出狱了，并且他有八个人要杀：六名施暴者，一个作为帮凶的姑娘，还有委托人。这五年来，老克莱门汀根据达马斯的指示，一直在耐心追踪他们的行迹。这一次，他们准备好了。为了制裁，达马斯自然而然转向了他们家族的能力。还能是别的什么呢？一周里已经结果了五个。还剩下三个。"

"这不可能"，德康布雷说。

"达马斯和他外祖母已经都承认了"，阿当斯贝格直视着他的眼睛说。"七年的准备工作。那些老鼠、跳蚤和古书都在克利希的外祖母家。象牙色的信封也在那里。还有打字机。所有的用具都在。"

德康布雷摇着头。

"达马斯不会杀人的"，他重复着。"否则我这个咨询人生诸事的招牌就不要了。"

300

"您请便，我会乐于收集它的。丹格拉尔已经吞掉他的衬衫了。达马斯招了，德康布雷。所有的事。除了那三名未来受害者的名字，他此刻正在兴致勃勃地等待他们迫近的死亡呢。"

"他承认他杀了他们？亲自下手？"

"不"，阿当斯贝格坦白道。"他说，是那些感染鼠疫的跳蚤杀死了他们。"

"假如这个故事是真的"，莉兹贝丝说，"我不会责怪他。"

"去看看他，德康布雷，如果您愿意的话，去看看他和他的'玛内'，他是这么称呼他外祖母的。他会向您证实我刚才所讲的一切。走吧，德康布雷。去听他怎么说。"

一种沉重的寂静在臬子周围四散开来。贝尔坦都忘记敲响他的开饭雷声了。他在八点二十五分时用拳头疯狂击打着厚重的铜牌。不祥的声音隆隆响起，仿佛是为了配合阿诺·达马斯·埃莱尔－德维尔老旧时代那些凶残历史所下的一个结论。

一小时以后，信息算是随着杂乱无章的只言片语传开了，阿当斯贝格走在广场上，身边跟着在平静中努力消化的德康布雷。

"事情就是这样，德康布雷"，阿当斯贝格说。"我们什么也做不了。我也很遗憾。"

"这里面有些东西不大对"，德康布雷说。

"的确。有些东西不大对。那些木炭。"

"啊，您已经发觉了吗？"

"对一位鼠疫权威专家来说是一个**极大的错误**"，阿当斯贝格小声说。"这三个死亡名单上的家伙究竟能不能脱险，德康布雷，我现在也不敢确定了。"

301

"达马斯和克莱门汀已经被关押了。"

"即便这样还是不敢确定。"

三十六

十点钟，阿当斯贝格带着缺少一块拼图的感觉离开了广场，而他知道那个缺失是什么。他原本希望能在人群中见到玛丽－贝勒的。

一件牵扯到家庭的事情，弗雷曾这样断定。

玛丽－贝勒的缺席打破了维京人餐桌阵营的平衡。他必须和她谈谈。她是达马斯－玛内这一组合中显现出的唯一不和谐因素。当阿当斯贝格提到这个年轻姑娘的名字时，达马斯原本想要回答，但老克莱门汀怒气冲冲地转过身去，命令他忘掉那个"婊子养的姑娘"。在老妇人接下去从牙缝中恨恨挤出的话语中，他感觉听到了类似"罗莫朗坦的胖女人"这样的字眼。达马斯的脸色相当难看，一边使劲儿想要转换话题，一边向阿当斯贝格投去紧张的目光，似乎在求他不要再去关注他的妹妹。而阿当斯贝格当然就是这样关注起来的。

不到十一点时，他进入国民公会街。他看到大楼不远处一辆没有警标的汽车里坐着他的两个萎靡不振的手下。楼上四层的灯点亮着。所以他能不必冒吵醒玛丽－贝勒的风险而前去按铃。但莉兹贝丝说她病了。他犹豫着。他发现当面对玛丽－贝勒时，他也像在面对达马斯和克莱门汀时那样被分割成了两半，一半弱小的自己相信他们的无辜，而另一半则坚信抓住了散布者的外衣，哪怕它再宽再广。

他抬头看向大楼的正面。这是一座奥斯曼风格的石砌高层建筑，拥有雕刻阳台。公寓在每层开出了六扇窗子。埃莱尔－德维尔很富有啊，太富有了。阿当斯贝格寻思着，就算非工作不可，达马斯为什么不开一家高级商店，而偏要在阴暗拥挤的底层楼开那么一家滚轴骑士店呢。

正当他等在阴影里这么胡思乱想的时候，大门打开了。他看到玛丽－贝勒手挽着一个相当矮小的男人从里面出来，和他一起在荒芜的人行道上走了几步。她对他说话，情绪激动且不耐烦。是她的情人，阿当斯贝格这么猜想。因达马斯而与情人之间所起的一场争执。他悄悄地靠近。在路灯的灯光下，他能好好地看清他们，这是两个拥有美丽金发的人。当那男人转过身来回答玛丽－贝勒时，阿当斯贝格看清了他的脸。一个相当漂亮的家伙，有点儿无趣，眉毛很淡，但很好看。玛丽－贝勒紧紧倚着他的胳膊，在分别前亲吻了他的双颊。

阿当斯贝格注视着大门在她身后关上，年轻男人也顺着人行道走了。不，不是情人。人们对情人不会只吻脸颊，还那么快。一定是其他什么人，一个男友。阿当斯贝格目送着年轻男子的背影远去，然后他穿过小街，打算上楼去找玛丽－贝勒。她没生病。她是要见一个人。一个人们不知道是谁的人。

她弟弟。

阿当斯贝格停住了，手悬在楼门前一动不动。她弟弟。她的小弟弟。同样的金发，同样浅浅的眉毛，同样拘谨的微笑。玛丽－贝勒无精打采，死气沉沉。她在罗莫朗坦的小弟弟应该很惧怕巴黎。但他却出现在巴黎。阿当斯贝格这个时候才突然想起，他并未在达马斯的电话清单上发现任何一个打往卢瓦尔－谢尔省罗莫朗坦的电话。但他的姐姐却说她经常给他打电话。因为小弟弟总是无法自己解决麻烦，小弟弟想要得知新消息。

但这个小弟弟现在却出现在了巴黎。茹尔诺家下一代的第三个孩子。

阿当斯贝格在国民公会街上跑了起来。这条街很长，他远远地看到年轻的埃莱尔－德维尔。在距离他三十米远的地方，他放慢脚步，在阴影中尾随着他。年轻男子向马路上频频投去目光，看样子在寻找一辆出租车。阿当斯贝格闪进一个门廊下边，打电话叫一辆车过来。然后他把手机放进内侧口袋，又掏出来再看了看。只消向那电话投去该死的一眼，他就明白卡米叶不会打电话来。也许是五年、十年，也许永远不会打来。好吧，随便吧，反正全一样。

他赶走这种想法，继续跟踪埃莱尔－德维尔。

年轻的埃莱尔－德维尔，第二个男人，在哥哥和玛内被监禁的现在，前去完成鼠疫作品的人。而无论是达马斯还是克莱门汀都不曾有一秒钟怀疑过后续工作会有人接手。家族史诗的神力将运作下去。茹尔诺家的下一代懂得团结一致，也绝不会容忍污点的存在。他们是主人而不是殉葬品。他们会在鼠疫的鲜血中洗去耻辱。玛丽－贝勒刚刚把这一棒转交到了茹尔诺家最小的孩子手上。达马斯已经杀了五个，这一位还将再杀三个。

不能跟丢他，不能打草惊蛇。这次追踪变得复杂起来，因为年轻男子一直不断地转头去看马路，搞得阿当斯贝格也跟着他一起看，并担心会突然出现一辆出租车，在不发出警报的情况下，他不确信能拦下它。阿当斯贝格看到一辆打着指示灯的汽车在慢慢地向前开着，他立刻认出这是属于重案科的一辆米色车子。车子一直开到他身旁，阿当斯贝格并未转头地向司机悄悄打了个手势，示意其慢行。

四分钟以后，年轻的埃莱尔－德维尔到达费利克斯－福尔十字路口，他举起手臂，一辆出租车停到人行道边。在他身后三十米远处的阿当斯贝格跳进米色的汽车。

"跟着那辆出租车"，他一边轻轻地关上车门一边喘着气说。

"我知道"，薇奥莱特·勒唐库勒中尉回答，她就是在第一次紧急会议中生硬地质问他的那名笨重而粗壮的女人。

在她旁边，阿兰斯贝格对上了年轻的埃斯塔莱勒的一双绿眼睛。

"勒唐库勒"，女人声明。

"埃斯塔莱勒"，年轻男人说。

"小心跟着，别做多余举动，勒唐库勒。我把这家伙当成我的眼珠一样来珍视。"

"他是谁？"

"第二个男人，茹尔诺家的小孙子，一个小主人。就是他接手去惩处剩余的施暴者，特鲁瓦一个，沙泰勒罗又一个，还有巴黎的凯万·鲁博，如果我们放他走了的话。"

"一群混蛋"，勒唐库勒说。"我是不会为他们哭泣的。"

"但我们也不能一边打牌，一边眼见着他们被勒死，中尉"，阿当斯贝格说。

"为什么不？"勒唐库勒说。

"相信我，他们不会收手。如果我没弄错，茹尔诺－埃莱尔－德维尔家的人遵循的是一种递进模式，从弱到强。我有种感觉，他们的屠杀是从团体中较不残忍的人开始的，而最后干掉的则是恶棍之首。因为就像西尔万·马尔莫和凯万·鲁博那样，队中成员们会渐渐发现，他们昔日的受害者又回来了。最后的三个人会知情，他们等待着，并且吓个半死。这就使复仇感更加强烈。左转，勒唐库勒。"

"我看见了。"

"逻辑上讲，名单上的最后一个人应该就是发起这次凌辱的委托人。一个航空工业领域的物理学家，必然能从达马斯的工艺发明中获得全部好处。无论在特鲁瓦或沙泰勒罗都不会有几千号这种人的。我已经派丹格拉尔去查了。这个人，我们有机会把他给找出来。"

"我们只需等着这个年轻人带我们去找他就可以了。"

"诱饵的赌注太过冒险，勒唐库勒。但凡有其他方案，我都倾向于避免使用它。"

"他这是领着我们去哪儿呢，这年轻人？我们一路向北开去了。"

"回他家，一个旅馆或是一间租来的房子。他接到了指示，现在要去睡觉了。今夜会很平静。他不会让出租车一直开去特鲁瓦或沙泰勒罗。今晚我们唯一感兴趣的，就是他藏身处的地址。不过他明天就会离开那里的。他会马力全开。"

"那个姐姐怎么办？"

"我们知道那个姐姐的住址，有人监视着她。达马斯向她交代了所有细节，以便万一出现意外，她能把它传递给小弟弟。对他们来说，中尉，最重要的就是把活干完。他们挂在嘴上的只有这么一件事：把活干完。因为自从 1914 年起，一个茹尔诺家的人就不再知道失败为何物，他们也不该知道。"

埃斯塔莱勒从牙齿缝里发了个嘘声。

"我嘛"，他说，"我可不是一个茹尔诺家的人。现在我可确信这一点了。"

"我也不是"，阿当斯贝格说。

"我们快到北站了"，勒唐库勒说。"他会不会今晚就坐火车走？"

"现在太晚了。而且他连一个随身包都没带。"

"他可以轻装上阵。"

"那么那些黑色的颜料怎么办，中尉？还有开锁工具呢？装跳蚤的信封？催泪瓦斯？绳套？木炭？他不可能把所有这些全都藏在他裤子的后兜里。"

"就是说这个小弟弟七得自己开锁喽。"

"那肯定了。除非他把他的受害者引到外面来，就像维亚尔和克莱尔那样。"

"没那么简单了"，埃斯塔莱勒说，"一旦受害者们目前都有了警觉的话。而据您所说，他们都有警觉了。"

"那个姐姐都干些什么？"勒唐库勒说。"其实要把一个男人引到外面来，叫一个姑娘去做反倒容易得多。她漂亮吗？"

"很漂亮。不过我相信玛丽—贝勒只是在做信息的传递工作。我不确定她是不是全部知情。她很天真，而且还是个大嘴巴，达马斯很可能防备着她，或者是在保护她。"

"照这么说，这还是件男人们的事喽？"勒唐库勒相当不客气地说。"超人们的事？"

"这是个彻底的难题。停车，勒唐库勒。把火熄掉。"

出租车把年轻男子送到圣马丁运河边上热马普堤岸的一处荒芜

区域。

"人们至少会说这是个僻静的角落"，阿当斯贝格小声嘟囔着。

"他在等出租车先走一步，然后再回家"，勒唐库勒评论道。"很小心嘛，这个超人。我看他并没给出确切地址。他要步行一段。"

"开车跟上去，别开灯，中尉"，阿当斯贝格说，这时年轻男子又转回大路了。"跟着。停。"

"混蛋，我看见了"，勒唐库勒说。

埃斯塔莱勒向维奥莱特·勒唐库勒投去惊恐的一瞥。老天，可没人敢对组里的头头骂混蛋啊。

"对不起"，勒唐库勒嘟嘟囔囔地说，"说顺嘴了。只是，我看见了。我在黑暗中能瞧得很清楚。那年轻人现在一动不动了。他在运河旁边等着。他到底在磨蹭什么？他要睡在这儿还是怎么的？"

阿当斯贝格俯身到两名中尉之间，花了一小会儿分析这里的地形。

"我出去"，他说。"我再靠近一点儿，躲到广告牌的后面。"

"哪里有这个牌子的咖啡？"勒唐库勒问。"快乐到死？对于一个藏身处来讲，这可不怎么鼓舞人心。"

"您真是慧眼如炬，中尉。"

"只要我想的话。我还要提醒您这四周都是砂石。很容易发出声响。那个超人点燃了一支香烟。我猜他是在等什么人。"

"或者他是想透透气，也可能是在想事。你们俩在我身后保持四十步距离，十点钟和两点钟方向。"

阿当斯贝格消无声息地下了车，接近等在水边的那个纤细身影。距离三十米时，他脱下鞋，一步一步地走过砂石地带，贴到了快乐到死的广告牌后面。在这片几乎全黑的区域里，很难分辨出哪里是运河。阿当斯贝格抬头看向离得最近的三盏路灯，证实它们都是坏的，玻璃被人打碎了。或许这小伙子站在这里并不单纯为了透气。年轻男子把烟头丢到水里，将手指扯得咔咔响，先是一只手，然后是另一只手，同时他还密切关注着他左侧的堤岸。阿当斯贝格观察着同一方向。一个黑影从远处走来，又高又瘦，迟疑不决。是个男人，一个年老的男人，时时留意着脚下。会是第四个茹尔诺吗？一个叔叔？爷爷辈？

老人终于来到年轻人跟前，他停在阴影里，难以辨认。

"是您吗？"他问。

他收获了打在太阳穴上的一拳，然后又是直接击向下巴的一记重拳，他像散落的纸牌屋那样倒了下来。

阿当斯贝格跑过隔在他和堤岸之间的一片空场，这时年轻人正把那具了无生气的躯体丢进运河。他听到阿当斯贝格奔跑的脚步声，转过身来，迟疑了一秒之后，立刻逃走了。

"埃斯塔莱勒！追上他！"阿当斯贝格大喊着，纵身跳入运河，老人的身体肚子朝下浮在水里，毫不挣扎。阿当斯贝格拽着他向河岸边划了几下水，埃斯塔莱勒从那里向他伸出一只手。

"该死，埃斯塔莱勒！"阿当斯贝格大叫。"那个家伙！去追那个家伙！"

"勒唐库勒在上面追呢"，埃斯塔莱勒解释着，就像在说他刚刚放出了他的狗。

他帮着阿当斯贝格重新爬回堤岸，并帮着他托起那具又重又滑的身体。

"人工呼吸"，阿当斯贝格一边下着命令，一边在堤岸上面跑了起来。

　　他远远地看到那年轻人的身形跑在前头，快得好似一头小鹿。追在他后面的是迈出沉重脚步的勒唐库勒那胖大的身影，像拖着海鸥屁股的坦克一般无能为力。接着，胖大身影看上去缩短了间距，甚至是径直逼近了她的猎物。阿当斯贝格目瞪口呆地放慢了脚步。二十来步之后，他听到一声巨响，一个沉重的声音，以及一声惨叫。然后远处就再没有任何人在跑动了。

　　"勒唐库勒？"他嚷着。

　　"您尽管慢慢来"，女人用低沉的声音回答他。"他已经被制伏了。"

　　两分钟以后，阿当斯贝格发现勒唐库勒中尉正舒舒服服地骑在逃跑者的胸脯上，就差把他的肋骨全部压断。年轻男子几乎无法呼吸，他拼命挣扎着，试图甩掉压在他身上的这颗炸弹。勒唐库勒根本用不着掏枪。

　　"您跑得很快，中尉。我不该押您输的。"

　　"因为我有一个大屁股吗？"

　　"不是"，阿当斯贝格撒谎道。

　　"您错了。这妨碍了我。"

　　"妨碍不多。"

　　"该说是我拥有能量吧"，勒唐库勒回答。"我把它们转换成我想要的样子。"

　　"比方说？"

　　"比方说在眼下这个时候，我就把它们聚集起来。"

　　"您有手电吗？我的那只泡了水。"

　　勒唐库勒把自己的手电递给他，阿当斯贝格照亮了他们囚犯的脸。接着他给他戴上手铐，其中一只套在勒唐库勒的手腕上。简直如同把他铐在了一棵树上。

"茹尔诺的小孙子"，他说，"复仇到此为止了，结束于这座热马普堤岸上。"

男人转头看向他，眼睛满是仇恨和惊讶。

"你们抓错人了"，他扮了个鬼脸说。"老家伙要袭击我，我完全是出于自卫。"

"我当时就在你身后。是你出拳打的他。"

"那是因为他掏出了手枪！他对我说：'是您吗？'，而与此同时，他掏出了一把枪！我把他打倒。我不知道这个家伙想对我干什么！我求求您，您能不能让这位好女士起身来？我快喘不过气来了。"

"您只需压着他的腿就行了，勒唐库勒。"

阿当斯贝格在他身上搜查着证件。他从夹克衫内侧找出一个皮夹，把它倒空，然后用手电照向地面。

"放开我！"这家伙叫着。"是他袭击我的！"

"闭嘴。好好配合。"

"你们抓错人了！我根本不认识茹尔诺！"

阿当斯贝格皱起眉来，照亮他的身份证。

"你也不姓埃莱尔－德维尔？"他吃惊地问。

"根本不姓！您现在知道抓错了吗！是那个家伙袭击我！"

"让他起来，勒唐库勒"，阿当斯贝格说。"把他押到车上去。"

阿当斯贝格重新站直身子，他衣服上滴着脏水，忧心忡忡地朝埃斯塔莱勒那边走了回去。年轻男子名叫安托万·于尔芬，生于卢瓦尔－谢尔省的韦蒂尼。难道他只是玛丽－贝勒的一个普通朋友？

被一个老人袭击？

埃斯塔莱勒看来已经救活了那个老人，老人此时正靠坐在他身上，由他扶着肩膀。

"埃斯塔莱勒"，阿当斯贝格一边走近一边问，"刚才我叫您去追的时候，您为什么不去？"

"对不起，警长，我违令了。但勒唐库勒跑起来比我快三倍。那家伙已经跑得老远了，我觉得她是我们唯一的希望。"

"很奇怪她的父母居然给她起名叫薇奥莱特①。"

"您知道，警长，小婴儿都是不怎么胖的，谁也不会想到日后她会长成一副多功能坦克车的样子。不过她很温柔，女人的那种温柔"，他赶紧补上一句纠正。"人很好。"

"真的？"

"当然您得先了解她。"

"这个人怎么样了？"

"他能呼吸了，但气管里还是有水。他被打伤了，很虚弱，也可能身心俱疲。我已经打电话叫了救援，我做得还行吗？"

阿当斯贝格在他身边跪了下来，用手电照亮男人的脸，他正靠在埃斯塔莱勒的肩上。

"混蛋。德康布雷。"

阿当斯贝格扳着他的下巴，轻轻摇晃着他。

"德康布雷，我是阿当斯贝格。睁眼看看，老兄。"

德康布雷看上去费了好大的劲儿才抬起眼皮。

"不是达马斯"，他虚弱地说。"木炭不是他弄的。"

---

① 紫罗兰花的意思。

救护车停在他们面前，两个男人抬着一副担架走了下来。

"你们要把他送到哪儿去？"阿当斯贝格问。

"圣路易"，其中一名护士一边搬动着老人一边说。

阿当斯贝格看着他们把德康布雷抬上担架，往车那边走去。他从兜里掏出手机，又摇了摇头。

"手机进水了"，他对埃斯塔莱勒说。"把您的给我。"

阿当斯贝格意识到，即便卡米叶想要打给他，她也无法再打得进来了。手机进水了。然而这一点儿都不重要，因为卡米叶根本不想打给他。好极了。别打了。走吧，卡米叶，走吧。

阿当斯贝格拨通了德康布雷家里的号码，埃娃接听了起来，她还没有睡觉。

"埃娃，让莉兹贝丝来接电话，是急事。"

"莉兹贝丝去小酒馆了"，埃娃冷冰冰地说。"她今晚有演唱。"

"那就把酒馆的电话号码告诉我。"

"莉兹贝丝演出的时候不能被打扰。"

"这是命令，埃娃。"

阿当斯贝格在寂静中等了一分钟，心想自己是不是不该摆警察的威风。他很清楚埃娃一心只想惩处全世界，只不过现在真的不是一个好时机。

他花了十分钟联系上莉兹贝丝。

"我退出了，警长。假如您打来是为了通知我说你们释放了达马斯，那我听着。否则就没什么好说的。"

"我打来是为了通知您德康布雷遇袭了。他被送去了圣路易医院。不，莉兹贝丝，我想他没事。不，是一个年轻人。我不知道，我们会审问他的。您帮帮忙，去看看他吧，为他收拾一些随身用品，别忘了放一两本书进去。他需要您。"

"这都是您的错。您为什么要叫他去？"

"去哪儿，莉兹贝丝？"

"就是您打电话叫他去的地方啊。你们警察局就真的人手不够吗？德康布雷又不是你们的预备警力。"

"我没给他打电话啊，莉兹贝丝。"

"是您的一个同事"，莉兹贝丝肯定地说。"他替您打来的。我又不是一个傻子，还是由我转达的会面信息呢。"

"去热马普堤岸吗？"

"十一点半在堤岸路上的 57 号对面。"

阿当斯贝格在黑暗中点了点头。

"莉兹贝丝，别让德康布雷离开他的房间。不管什么电话，以任何借口都不行。"

"这么说不是您了？"

"不是，莉兹贝丝。陪在他身边。我派一个警员去支援你们。"

阿当斯贝格挂上电话，又打去重案科。

"我是加尔东下士。"一个声音应道。

"加尔东，派一个人去圣路易医院守护埃尔韦·迪库埃迪克的病房。再派两个人去国民公会街玛丽－贝勒的住处替一下班。不，一回事，他们很乐意看住大楼。当她明天早晨出来的时候，带她来见我。"

"拘留吗，警长？"

"不，询问证词。那位老太太，她怎么样了？"

"她隔着牢房的栅栏和她外孙说了一会儿话。现在她睡着了。"

"他们都说什么了，加尔东？"

"老实说，在玩游戏。他们玩的是中国式肖像游戏。您知道，猜性格的那个。假如是一种颜色？假如是一种动物？假如是一种声音？最后得猜出选定的是个什么人。不太容易。"

"所以我们不能说他们对自己的命运表现出忧虑。"

"根本没有。老太太甚至使重案科的气氛变得柔和起来。埃莱尔—德维尔真是一个好小伙，他把烘饼分给我们吃。正常情况下，玛内应该用奶皮来制作它们，但她……"

"我知道，加尔东。她用奶油代替了。克莱门汀家木炭的化验结果回来了吗？"

"一个小时前收到了。不乐观，结果是阴性的。没有苹果树成分。都是些白蜡树、榆树和刺槐，满大街都有的货色。"

"混蛋。"

"我知道，警长。"

阿当斯贝格回到车边，他湿透的衣服贴在身上，让他微微打着冷战。埃斯塔莱勒坐上驾驶位，勒唐库勒则在后座上和犯人铐在一起。阿当斯贝格俯向车门。

"埃斯塔莱勒，是您把我的鞋收起来了吗？"他问。"我找不到它了。"

"没有，警长，我没看到过它们。"

"那好吧"，阿当斯贝格边说边坐进前排。"我们别在这儿过夜了。"

埃斯塔莱勒发动汽车。年轻男子已经停止了为自己的无辜进行抗议，看上去他被勒唐库勒不动如山的气势吓怕了。

"送我回家"，阿当斯贝格说。"跟夜班组的人说开始审问安托万·于尔芬·埃莱尔—德维尔·茹尔诺，或者我也不知道他该姓什么好。"

"于尔芬",年轻男子嘟嘟囔囔地说。"安托万·于尔芬。"

"确认身份，搜查住处，不在场证明以及后续。至于我，我要去研究那该死的木炭了。"

"去哪儿查？"勒唐库勒问。

"我床上。"

阿当斯贝格在黑暗中躺了下来，合上眼睛。三幅画面从他的疲倦和白天的大量事件中浮现出来。克莱门汀的烘饼、浸水的电话、木炭。他把烘饼从脑子里轰了出去，这对调查没什么用处，不过是散布者和老祖母灵魂平静的延长符号。他浸水的手机浮现出来，就像被淹没的希望，一堆无助的残骸，仿佛若斯·勒盖恩《为所有人的法国史摘》中的船难具象化了一般。

阿当斯贝格号手机，电池续航时间三天，从德朗布尔街空载启程，行至圣马丁运河时漏水下沉。全船人员下落不明。船上女性，卡米叶·弗雷斯蒂埃，失踪。

明白了。别打来了，卡米叶。走吧。一切全一样。

最后还剩下木炭。

就让我们重新回顾一遍。从头开始。

达马斯是一个权威鼠疫专家，同时他又犯了一个极大的错误。而这两个命题是互斥的。该说达马斯对鼠疫方面近乎全无了解，他才会犯同大家一样的错误，去涂黑他受害者们的皮肤。该说达马斯对此还是有一些了解的，而他绝不敢于犯下这种错误。不会是像达马斯的这么一个家伙。不会是对古老文本异常重视、把他加诸其上的所有删减都标注出来的这么一个家伙。没人强迫达马斯去插入的那些省略号，这会使嗫报人阅读特殊公告的工作变得复杂。一切都在这些小圆点的深处，这是经由一种博学者的崇敬而点入原始文本中的状似盲文符号的东西。这是一种鼠疫学者的崇敬。我们不能随便截取一位古人的文本，我们不能像对待普通的混杂物那样把它弄得支离破碎。我们要尊敬和崇拜，我们要对它给予十足的信任，我们不可亵渎。一个写下省略号的家伙不会用木炭涂黑尸体，不会犯下一个极大的错误。这是一种冒犯，是对上帝之手所降灾祸的一种侮辱。自信为信仰之主的人会有所崇敬。达马斯运用的是茹尔诺家族的力量，但他是最后一个有能力操控它的人。

阿当斯贝格站起身来，在他的两间屋内转来转去。达马斯没有破坏历史。达马斯写上了省略号。所以达马斯没有用木炭涂黑尸体。

所以达马斯没杀人。木炭直接掩去了勒痕。这是凶手的最后一个动作，而这不是达马斯所做的。他既没用木炭涂抹也没勒人脖颈。他没有扒光尸体。没有破门而入。

阿当斯贝格一动不动地停在他的电话机旁。达马斯只执行了那些他所相信的那部分。也是灾祸的主人，他散布公告，画上数字4，也释放了鼠疫跳蚤。公告担保了一场真正鼠疫的卷土重来，卸掉了他身上的重责。公告显示了他疯狂的信念，他对他获得无边法力的信心。公告散布混乱，解放了他的手脚。符号4降低他相信会造成的损伤，安慰这位想象和谨真杀人者的良心。一名主宰不能在他所选定的受害者附近草率杀人。有必要用数字4对释放的小虫进行限制，使它们只瞄准目标，不扩大范围。达马斯并不愿因为只想攻击一人而使全楼的人都死去。那是茹尔诺家子孙不可饶恕的一种蠢行。

以上就是达马斯所做过的。他深信的那一套。他为了重生，把他的能力释放到那些曾经判了他死刑的人们身上。他把一些无能为力的跳蚤送进五扇门下。克莱门汀"干完了活"，把小虫释放到最后三名施暴者的家中。对此深信不疑的鼠疫散布者的这场无效犯罪就到此为止了。

但有人跟在达马斯的后面杀人。有人钻进了他的幽灵中，代替他实际操作了这件事。这是一个讲求实效的人，从来不相信鼠疫，也对此一无所知。这个人认为感染鼠疫者的皮肤是黑的。是这个人犯了一个极大的错误。是这个人把达马斯推进早已挖好的深坑中，一直走向他无可避免的终点。一个简单的操作。达马斯想要杀戮，另一个人就替他完成。对达马斯而言，这些重负是压倒性的，从链条的一头系到另一头，从鼠蚤直至木炭，引导他径直走向永远。谁会根据一些微不足道的省略号，而推出达马斯并未犯罪呢？不如说是小打小闹之于气势如山的证据。没有一个陪审团成员会去关注这几个省略点的。

德康布雷看懂了。他抓住痴迷科学的散布者与最终这个明显错误之间的不可调和性。他抓住木炭，得出了这个唯一可能的结论：两个人。一个散布者，以及一个凶手。而德康布雷那天晚上在**维京人**时说得太多了。凶手意识到了。他在衡量他这番言论的结果。学问人成功推理至终点，并把它透露给警方，这只是一个时间早晚上的问题。危险迫在眉睫，老人必须闭嘴。已经没时间去小心谋划。只剩下意外、溺死、罪恶的偶遇这一条出路。

于尔芬。一个相当仇恨达马斯并渴望他陨落的家伙。一个接近玛丽－贝勒、想要从这个天真姐姐身上收集信息的家伙。一个又干又瘦的小个子，一个人们宁愿相信顺从无比，实则既无胆怯也无犹豫，能够在您面前分分钟把一个老人丢入水中的男人。一个暴徒，一个行动迅速的凶手。如果是这样的话，为什么不直接杀达马斯？反而要杀其他五个人呢？

阿当斯贝格走到窗前，把额头贴在玻璃上，注视着漆黑的大街。

假如他换一部手机，他还能用回原来那个号码吗？

他翻着自己的湿衣服，从里面掏出手机并把它拆开，想要弄干里面的部件。谁知道会怎样呢。

假如事情单纯到，凶手只是不能杀死达马斯呢？因为罪名会瞬间落到他的头上？就像杀死富有妻子的罪名会瞬间落到贫穷丈夫的头上那样？这是唯一的可能，于尔芬就是达马斯的那个丈夫。富有达马斯的贫穷丈夫。

埃莱尔－德维尔的财产。

阿当斯贝格用固定电话打给重案科。

"他都招供什么了？"他问。

"说什么是那个老人先攻击他啦，什么他只是防卫啦。他态度很坏，非常坏。"

"别放人。您是加尔东吗？"

"我是莫尔当中尉，警长。"

"是他，莫尔当。他勒死那四个男人和一个女人的。"

"他自己可不是这么说的。"

"但他却是这么做的。他有不在场证明吗？"

"他当时在罗莫朗坦的家中。"

"在这一点上深挖，莫尔当，调查罗莫朗坦。去找于尔芬和埃莱尔－德维尔家财产之间的关系。等一下，莫尔当。您再给我说一下他的名字。"

"安托万。"

"埃莱尔－德维尔的父一辈就叫安托万。把丹格拉尔叫起来，让他快去罗莫朗坦。天一亮就要开始调查。丹格拉尔是个家族逻辑方面的能手，尤其擅长从荒芜中进行推导。跟他说去查一下安托万·于尔芬是不是埃莱尔－德维尔家的儿子。一个不为人知的儿子。"

"我们为什么要查这件事？"

"因为这就是事实，莫尔当。"

醒来后，阿当斯贝格盯着他开膛破肚的手机看，里面已经晾干了。他拨打了技术服务中心的电话，那里白天黑夜都有人值班，专门解决一些烦人的问题，他请求换一部新手机，以接收他淹水老手机的旧号码。

"这是不可能的"，一个疲惫的女声回答他。

"这是可能的。电子原件都已经晾干了。只需要把它换到另一部机器里。"

"这是不可能的，先生。这不是衣服说换就换，这是一个磁卡，我们不可能……"

"我了解有关跳蚤的一切①"，阿当斯贝格打断她说。"它们有极强的生命力。我期待您能给它找一个新家。"

"您为什么不索性换个号码？"

"因为我从现在往后的十到十五年中，都要一直等一个紧急电话。警方犯罪的事"，阿当斯贝格补了一句。

"这样的话那试试看吧"，女人吃惊地说。

"我一小时后把机器给您带过去。"

他挂上电话，满心希望他自己的跳蚤能比达马斯的那些更有效些。

三十七

丹格拉尔打来电话的时候，阿当斯贝格刚好穿完衣服，他穿了和前一天很相似的一条裤子和一件 T 恤。阿当斯贝格试图达到一种符合宇宙通则的衣着境界，摒弃所有关于选择和搭配的问题，以便使人生尽可能少地被这些穿衣服的故事所困扰。但现在，他怎么也无法从柜子里找出另外一双鞋来，除去一双沉重的登山鞋外，可那并不适于在巴黎市内行走，最后他只好穿上一双皮凉鞋，直接穿在了赤脚上面。

"我在罗莫朗坦呢"，丹格拉尔说，"我困死了。"

"您要是能把这座城市彻底查个遍的话，之后就有四天时间好睡。我们接近关键点了。别放开安托万·于尔芬这条线索。"

---

① 这里有文字游戏，法语中，手机中的磁卡叫"carte à puces"，字面上来理解就是跳蚤卡。故而这里的回答中提到了"跳蚤"。

"我已经查完于尔芬了。我要睡一觉然后回巴黎去。"

"再等等，丹格拉尔。喝三杯咖啡，再跟进一下。"

"我已经跟进过了，然后我查完了。我受够了盘问他母亲，她跟神秘什么的压根沾不上边，恰恰相反。安托万·于尔芬是埃莱尔－德维尔的儿子没错，比达马斯小八岁，私生子。埃莱尔－德维尔给他……"

"他们生活状况怎么样，丹格拉尔？贫穷吗？"

"该说是一贫如洗吧。安托万给一个锁匠工作，他住在店铺楼上的一间小屋子里。埃莱尔－德维尔给他……"

"好极了。上车，您到达后再把细节讲给我。物理学家施暴者那方面有什么进展吗？"

"昨天午夜时我在电脑上锁定了一个目标。是沙泰勒罗。梅瑟莱钢业，工业巨头，航空领域的头号供货商，市场遍及全世界。"

"中大奖了，丹格拉尔。梅瑟莱当然就是企业主了？"

"是的，鲁道夫·梅瑟莱，物理学工程师，大学教授，实验室负责人，企业领导，九项专利发明的唯一持有者。"

"其中有一项是关于某种不裂超轻钢的？"

"是非裂"，丹格拉尔纠正他说。没错，是有这项。他于七年零七个月前提交了这项专利。

"就是他，丹格拉尔，他就是那次凌辱和偷窃的委托人。"

"显然就是他。但他如今也算外省之王，是法国工业界一名不可碰触的人物。"

"我们就是要碰他。"

"我不觉得内务部会在这件事上支持我们的，警长。这里面牵扯到太多金钱和国家名誉的游戏规则了。"

"我们不需要知会任何人，更别提布雷齐永了。媒体只要稍微得到一点儿风声，两天之内，舆论就会自动蔓延到这坨垃圾头上。他再不能节外生枝，一定会垮台。到时候我们再把他交给法庭。"

"好极了"，丹格拉尔说。"至于说到于尔芬的母亲……"

"稍后再说，丹格拉尔，她儿子现在正等着我呢。"

夜班警官把报告留在了桌上。安托万·于尔芬，二十三岁，生于韦蒂尼，现居卢瓦尔—谢尔省罗莫朗坦，一直顽固坚持他最初的说辞，并打电话给一位律师，律师立即建议他闭口为妙。自此以后，安托万·于尔芬就一言不发了。

阿当斯贝格站在他的单人牢房前。年轻男子坐在床铺上，托着下巴，活动着他瘦削脸庞上的小块肌肉，把纤瘦的手指关节扳得咔咔响。

"安托万"，阿当斯贝格说，"你父亲也叫安托万。你是一个被剥夺了一切的埃莱尔—德维尔。被剥夺了名分，被剥夺了父亲，被剥夺了钱财。但却很可能没少挨打挨揍，没少吃苦。你也一样，你也打也揍。对付达马斯，另一个儿子，有名分有财产的儿子。你的半血亲兄弟。其实如果你不怀疑，他也和你受了同样的苦。都是同样的父亲，同样的毒打。"

于尔芬保持着沉默，向警长投去一道既仇恨又脆弱的目光。

"你的律师叫你闭嘴，你就听从了。你又听话又顺从，安托万。对于一个凶手而言，这很不一般。假如我现在踏进这间牢房，我不知道你究竟是会扑到我身上撕破我的喉咙，还是会在墙角缩成一团。或者两者皆是。我甚至不知道你对自己所做的事是否有意识。你时刻都在行动，但我不知道你有没有过思考。达马斯倒是时刻都在思考，但是却无能为力。你们两个都是毁灭者，你用手，他用脑。你在听我说话吗，安托万？"

年轻男子哆嗦着，没动弹。

阿当斯贝格放开栏杆，离开了，当面对这张扭曲和颤抖的面孔时，他就像面对达马斯那张无知无觉的冷漠面孔时感觉到几乎同样的难过。埃莱尔－德维尔老爹该为他自己自豪吧。

克莱门汀和达马斯的牢房在建筑物的另一头。克莱门汀和达马斯打起了扑克，他们把纸牌从地上在两个牢房之间传来传去。用烘饼做输赢的赌注。

"您还能睡得着吗，克莱门汀？"阿当斯贝格打开栅栏门说。

"还算不坏"，老妇人说。"不像在家里，总归是有点儿变化的。我和我外孙，我们什么时候能离开？"

"弗鲁瓦西中尉会陪同您去盥洗室，并把换洗衣物给您。您从哪儿找到的这些纸牌？"

"是您的加尔东下士给的。昨天，我们度过了一个很美妙的夜晚。"

"达马斯"，阿当斯贝格说，"准备一下。马上就到你了。"

"干什么？"达马斯问。

"洗澡。"

埃莱娜·弗鲁瓦西带走了老妇人，阿当斯贝格来到凯万·鲁博的牢房。

"你该走了，鲁博，起来。你得换地儿了。"

"我在这儿挺好的"，鲁博说。

"你还会再回来的"，阿当斯贝格说着，把栅栏门大大地敞开。"你被指控殴打、伤害，以及推定强奸。"

"该死"，鲁博说，"我只是把风。"

"但把控的是些恶劣的行径。你位于名单上的第六位。所以是最危险的人物之一。"

"可恶，不管怎么说我也帮了您。这难道不能算作协助正义？"

"这不归我说了算。我不是你的法官。"

两名警官把鲁博带出了重案科。阿当斯贝格查了一下他的记事本。粉刺、突下巴、敏感，等于莫雷尔。

"莫雷尔，谁在冯丽－贝勒的住处值班呢？"他查看着时钟问道。

"是诺埃尔和法夫尔，警长。"

"他们在搞什么？已经九点半了。"

"也许她没出门吧。自从她哥哥被捕以来，她就再也没开过店铺的门了。"

"我去找她"，阿当斯贝格说。"既然于尔芬不开口，那就让玛丽－贝勒来给我讲讲他是怎么逼迫她的。"

"您就这样去吗，警长？"

"这样怎么啦？"

"我是说，就穿着凉鞋去吗？您需不需要我们借您点儿什么穿？"

阿当斯贝格审视着他箍在旧皮带下面的赤脚，寻找着其中的不妥。

"这样有什么不好吗，莫雷尔？"他真诚地问。

"我也不知道"，莫雷尔边说边思考着如何后撤。"您是组里的老大啊。"

"啊"，阿当斯贝格说。"形象问题，是不是？莫雷尔？"

莫雷尔什么都没回答。

"我没时间再去给自己买鞋子了"，阿当斯贝格耸了耸肩说。"何况克莱门汀也比我的衣着要紧急，对吧？"

"是的，警长。"

"确保她什么都不缺。我去找那个妹妹，去去就回。"

"您确信她会对我们说吗？"

"很有可能。玛丽－贝勒最喜欢讲她的人生。"

当他穿过门廊的时候，一个特派送信员把一只包裹交给了他，他就当街把它打了开来。他从里面拿出他的手机，把所有东西放在一辆汽车的车盖上，在那里研究着协议的有关事宜。富有生命力的磁卡。旧号码得以保存并转移到一部新机器上。他开心地把它收进内侧口袋，继续走他的路，他的手穿过衣料摸在手机上面，好像是在鼓励它，并与它重拾那段被打断了的对话。

他看到诺埃尔和拉马尔在国民公会街上执勤。个子小一点儿的是诺埃尔。耳朵、刷子、夹克衫，等于诺埃尔。又高又直的那个是拉马尔，从格朗维尔来的旧宪兵。两个人都快速地看了一眼他的脚。

"是的，拉马尔，我知道。我晚点儿就去买鞋。我上去了"，他指着四楼说。"你们可以回去了。"

阿当斯贝格穿过奢华的大厅，踩在铺有巨大红地毯的楼梯上。他还没走上楼梯平台就看到玛丽－贝勒的门上钉着一个信封。他带着一种震惊缓慢地爬完最后几级台阶，来到这个白色的长方形物体面前，上面简单地写着他的名字，让－巴蒂斯特·阿当斯贝格。

走了。玛丽－贝勒从他派去监视的警员鼻子底下溜走了。她逃跑了。不照顾达马斯就跑了？！阿当斯贝格取下信封，眉头紧皱。

达马斯的妹妹把此信留给了一片大火。

达马斯以及安托万的姐妹。

阿当斯贝格重重地坐在楼梯的一级台阶上，把信封放在他的膝盖上。声控灯熄灭了。

安托万并没有从玛丽－贝勒那里刺探什么情报，反而是玛丽－贝勒一直在给他指示。给姓于尔芬的凶手，给姓于尔芬的服从者。他在遵从她姐姐的命令，玛丽－贝勒·于尔芬。阿当斯贝格在一片昏暗中给丹格拉尔打去电话。

"我在车里"，丹格拉尔说。"睡觉呢。"

"丹格拉尔，埃荚尔－德维尔在罗莫朗坦的家中是不是还有另一个私生的孩子？一个女孩？"

"这就是我刚才一直想向您说的。玛丽－贝勒·于尔芬比安托万大两岁。她是达马斯的半血亲妹妹。一年前她离开自己家前往巴黎，在此之前他们两人并不认识。"

阿当斯贝格无声地点点头。

"不顺利吗？"丹格拉尔问。

"是啊。我一直在找谋杀的主犯，现在我找到了。"

阿当斯贝格挂上电话，起身打开电灯，背靠在门板上，拆开了那封信。

亲爱的警长：

我给您写信不是为了帮您理清头绪。您把我当成一个傻瓜，这一点让我很不高兴。但由于我的确长了一个傻瓜的外表，自然而然，我也就无法对您抱恕什么。一旦我动笔写信，这都是为了安托万。我希望这封信能够在他的审讯过程中被朗读，因为他没有责任。是我自始至终在驱使着他，是我叫他去杀人。是我对他讲出原因、对象、地点、手法和时间。安托万不该对任何事情负责，他只是听从于我，就像他一贯所做的那样。这不是他的错，而且他完全没有错。我希望在他的审讯中能明确这一点，我是不是能指望您呢？我得抓紧一点儿，因为我已经没有多少时间了。您打电话给莉兹贝丝，让她去医院陪伴老爷子，这件事做得有点儿蠢。因为莉兹贝丝，我们就这样说吧，她有时候需要鼓励。需要我的鼓励。她立刻就给我打了电话，告诉了我德康布雷遭遇的意外。

因此刺杀老爷子的行动失败了，安托万也被你们抓住了。您用不了多久就会查到谁是他的父亲，尤其因为我母亲的身份也实在没有多神秘，所以您马上就会追到这里来。已经有两个您的人守在楼下的车里。太蠢，被我看穿了。您不用绞尽脑汁去找我了，只是白费力气。我从傻瓜达马斯的账户里抽了一笔钱，我懂得如何脱身。我有一件莉兹贝丝在节日时送给我的非洲服装，您的人还将一直看到这里亮着灯，对此我丝毫也不担心。自然而然，请放手吧。

我现在快速地对您讲几个细节，以便大家能够明白安托万不需要为任何事负责。他和我一样厌恶达马斯，但他却没有能力谋划什么。他一方面顺从母亲，而当父亲打他的时候，他在儿时所懂得做的全部，也就是勒住鸡和兔子的脖子来发泄他的怒气。自然而然，之后也没什么改变。我们的父亲，或许算是个航空业的大王，但其实他尤其是个头号恶棍，您必须了解他是个什么样的人。他除了搞大女人的肚子，就只会实施暴力。他有了第一个儿子，一个他在巴黎好好抚养的公开儿子。我说的是荣耀的达马斯。而我们，我们是不光彩的家庭，是罗莫朗坦的穷人家，他甚至从来都不愿与我们相认。他自己说，这是名誉问题。可反过来，虐打的问题，却从不吝惜，我和妈妈、弟弟，我们都没少挨过他的毒打。我受够了，发誓总有一天一定要杀了他，可最后他却自己先死了。而在钱的问题上，他连一个子儿都不给妈妈，就让我们自生自灭，因为他怕邻居看到我们日子过得好一点儿会诸多非议。一个混蛋，一个禽兽和一个懦夫，这就是他的为人。

他死以后，我和安托万，我们只能说我们看不出为什么我们无权分得一份财产，而此前我们早已没有了名分。我们应该有权利，不管怎么说我们也是他的孩子啊。好吧，但这事还必须证明。自然而然，我们明白没法做亲子鉴定，因为他都已经在大西洋上空化为灰了。但是我们可以和达马斯做，正是他占有着那份财产而不分享。唯一的问题是，我们认为这个达马斯不会同意去做遗传鉴定，因为自然而然，这会让他的财产一下子就减少三分之二。除非他很爱我们，我这么想。除非他迷恋于我。我对这种游戏相当在行。我们幻想着除掉他，但我对安托万说，这是我们绝不能做的事：一旦我们去申领遗产，人们第一个会怀疑谁呢？自然而然是我们。

我去巴黎时就已经打定主意：对他说我是他的半血亲妹妹，对他哭穷，让他接纳我。结果这个达马斯，就像个只有两天城府的小毛孩一样掉进了陷阱。他对我敞开怀抱，他还哭了一点点，而当他得知自己还有一个半血亲的弟弟时，哭得更凶。他对我言听计从，一个彻头彻尾的傻瓜。一切都顺着我和安托万的 DNA 计划而顺利向前进行。一旦我们得到那三分之二财产，我就将离开达马斯。我不是很喜欢他那型的小伙子，有着一身肌肉，却要为一点点小破事哭鼻子。我是后来才听说达马斯的那份荣耀的。由于他对我言听计从，又需要支持，他就把他荣耀的全部计划都讲给我听，他的复仇，他的鼠疫，他的跳蚤和所有杂七杂八的一大堆。他对着我讲了好几个小时，我了解了所有琐碎的细节。他重新找到的那些家伙的名字、地址，所有一切。我从来就没信过他那些愚蠢的跳蚤能够杀得死任何人。自然而然，我修改了计划，您站在我的位置上想想就明白。既然我们可以拥有全部，为什么还要只拿三分之二呢？达马斯他继承了姓氏，他已经得到了很多。而我们，却一无所有。好在，达马斯根本就不想碰他父亲的钱，他说那是不祥，是堕落。顺便一提，我感觉他的童年过得也不是很开心。

我得抓紧一点儿。只需让达马斯自己去玩他那一套，而我们跟在他后面杀人。如果我们完成他的计划，这个达马斯就会永远坐牢。八次谋杀结束以后，我会不着痕迹地把他的线索透露给警察。我在这方面相当在行。接着，因为他对我言听计从，我就会接管他全部的财产，就是说我和安托万，我们从他那儿骗到了财产，然后就可以说再见了，一切都回归原样。安托万他，他只需听从于我去杀人，这是分工，他喜欢这样，听从、杀人。而我，我既不强壮，又没有这方面的嗜好。我给他帮了把手，把那两个男人骗到外面，就是维亚尔和克莱尔，当时到处都是警察，安托万就挨个结果了他们。所以我才对您说，这不是安托万的错。他只是在听从于我，他不懂得做别的事。即便我叫他去火星上打一桶水来，他也会毫无怨言地照办。这不是他的错。比起坐牢，他更应该被专门机构看护起来，就是那种集中管理的地方，您知道，那才算更加公平些，因为自然而然，他没有什么责任。他是全无判断能力的。

至于达马斯，他知道这些人是要死的，他自己要的也无非就是这种结果。他深信他的"茹尔诺力量"会起作用，除此之外他也不再跟进后续信息。可怜的傻瓜。我对他也就言尽于此了，既然您并没有追过来的话。他也是需要好好照顾自己，他也一样需要某种集中管理。

至于我，我还好了。我从来就不缺点子，我并不担忧自己的将来，您不必为我挂心。假如达马斯能够把他那些堕落的钱寄一点儿给妈妈，这不会对任何人有害的。您尤其不要忘了安托万，我就拜托您了。亲吻莉兹贝丝和那个可怜的傻姑娘埃娃。我也拥抱您，您虽然彻底失败了，但我却是很喜欢您这一型的。别恨我，

玛丽一贝勒

阿当斯贝格折好信，坐在阴影里，他用拳头抵着嘴唇，待了很久。

回到重案科后，他一言不发地打开达马斯单人牢房的门，示意他跟他走。达马斯坐到一把椅子上，把他的头发甩到后面，专注又耐心地看着他。阿当斯贝格始终没有说话，把他妹妹的信递了过去。

"这是写给我的吗？"达马斯问。

"是写给我的。你读读看。"

达马斯遭受了严酷的打击。那封信捏在他的手指尖上，他用一只手捂住了脸，阿当斯贝格看到泪水落在他的膝盖上。一时间接收到的新信息太多，来自他弟弟和妹妹的仇恨，茹尔诺家族能力的无稽之谈。阿当斯贝格只是静静地坐在他面前，等待着。

"那些跳蚤身上什么都没有吗？"最后达马斯终于轻声说，但头始终是低埋着的。

"什么都没有。"

达马斯又沉默了很久的一段时间，双手紧紧地扣在膝盖上，好像他刚刚喝下了什么难以忍受的东西，怎么也咽不下去一样。阿当斯贝格几乎可以看到，事实的重量，好像巨大的灾难般砸向了他，

把他的头撞碎，使他圆满的世界像一个球那样爆炸，使他的想象变得一片空白。他怀疑这个男人一会儿还能不能站着走出这间办公室，因为有一颗巨大陨石星的重量压在他身上。

"所以并没有鼠疫？"他用几乎听不清的声音问道。

"根本没有鼠疫。"

"他们都不是死于鼠疫的？"

"不是。他们都是被你的半血亲弟弟勒死的，就是安托万·于尔芬。"

又是一阵新的消沉，抓在膝盖上的手又是一阵新的绞动。

"先勒死，再涂黑"，阿当斯贝格继续说。"这使你惊奇吗，这些勒过的痕迹，还有木炭？"

"是的。"

"怎么会？"

"我还以为是警方编造了这些情况，来掩盖鼠疫，为的是不让人们恐慌。难道这些都是真的？"

"是的。安托万跟在你后面，结果了他们。"

达马斯看着自己的手，摸着他那枚钻石。

"是玛丽－贝勒指使他去做的？"

"是的。"

又是一阵新的沉默，一个新的打击。

这个时候，丹格拉尔进来了，阿当斯贝格对他指了指掉落在达马斯脚边的那封信。丹格拉尔把它捡起来，一边读一边神情凝重地点着头。阿当斯贝格在一张纸上写了几个字交给他。

打电话给弗雷医生，叫他来看达马斯：急。通缉玛丽－贝勒：不要抱任何侥幸，犯人极其狡猾。

"所以玛丽－贝勋根本不爱我？"达马斯小声说。

"不。"

"我以为她爱我。"

"我也曾经这么以为。所有人都是这么以为的。我们全都被耍了。"

"那她爱安托万么？"

"是的。有一点儿吧。"

达马斯用两只手捂住了脸。

"她为什么不直接开口和我要钱？我会给她的，全都给她。"

"他们没想过这是可行的。"

"我不想动那笔钱，从来都没想过。"

"你会动的，达马斯。你得为你的半血亲弟弟请一个好律师。"

"是的"，达马斯说，始终把头埋在胳膊里。

"你还要去关照他们的母亲。她一无所有，无法生活。"

"对。'罗莫朗坦的胖女人'，当我们在家中提到她时总是这样说。我根本不知道这些词是什么意思，也不知道是指谁。"

达马斯突然抬起头。

"您不会对她说的，对不对？您不会对她说的？"

"对他们的母亲吗？"

"对玛内。您不会对她说她的跳蚤，它们没有……它们没有……"

阿当斯贝格并没有试图帮助他。达马斯必须亲自说出这些词，不管是重复多少遍。

"没有……感染吧？"达马斯终于说了出来。"这会害死她的。"

"我不是一个杀人凶手。你也不是。想想这件事，好好想想吧。"

"你们会对我怎么样？"

"你没杀任何人。你只需对被跳蚤叮咬的三十多个包和大众的恐慌负责。"

"所以？"

"法官不会追究的。你今天就可以离开，现在就可以走。"

达马斯像一个极度疲倦的人那样跟跟跄跄地站了起来，他紧紧地攥着拳头，攥着他的那颗钻石。阿当斯贝格看着他走出办公室，他跟了上去，想确保他踏上外面真实街道的第一个脚步。但达马斯却回到了他敞开的单人牢房中，蜷缩起身子躺到床铺上面，然后就一动不动了。安托万·于尔芬此时也以同样的姿势躺在自己的单人牢房中，只是方向完全相反。埃莱尔-德维尔老爹干得真是漂亮。

阿当斯贝格打开克莱门汀的牢房时，她正在一边抽烟一边用纸牌玩着接龙游戏。

"怎么了？"她看向他说。"这地方又有什么新动向了？又是来，又是去的，我可是从来都搞不清发生了什么。"

"您可以走了，克莱门汀。我们会开车送您回克利希。"

"不算太早。"

克莱门汀在地上踩灭了烟头，穿上她的粗毛线衣，仔细地系好扣子。

"您的凉鞋，它们很棒"，她用一种鉴定人的口吻说。"很衬您的脚。"

"谢谢"，阿当斯贝格说。

"现在，警长，既然我们彼此间已经有了些了解，或许您能够告诉我，最后的那三个混蛋，他们到底有没有完蛋？因为这次风波的关系，我没办法收听新闻。"

"他们三个都死于鼠疫，克莱门汀。首先是凯万·鲁博。"

克莱门汀微笑起来。

"接着那个我忘记了名字，最后是鲁道夫·梅瑟莱，仅仅在不久之前，还没过一个小时。他像一个保龄球瓶那样倒下了。"

"赶巧了"，克莱门汀露出大大的笑容说。"总归是有天理可言的。所以不用太心急，就是如此。"

"克莱门汀，提醒我一下那第二个人的名字，我就是想不来了。"

"对我来说，可是绝不会忘记的。格勒内勒街的亨利·托梅。那些混蛋中的最后一名。"

"就是他。"

"我外孙呢？"

"他在睡觉。"

"当然了，承受了这么多压力，您让他累坏了。您跟他说我像往常一样，周日等着他一起吃饭。"

"他会去的。"

"好吧，我看我们也都说开了，警长"，她下了结论，向他伸出一只有力的手。"我要去和您的加尔东说几句话，感谢他借给我纸牌。还有另一个人，个子高高的，有些颓废，谢顶，把自己打理得很精致，很有品味的一个男人。"

"丹格拉尔吗？"

"对，他想要我那烘饼的配方。他虽然没直接这么说，但我心里明白其实就是这么回事。这似乎对他很重要。"

"太有可能了。"

"这是一个懂得生活的男人啊"，克莱门汀点点头说。"借光，我先走一步了。"

阿当斯贝格陪着克莱门汀·库尔贝走到门廊，看到弗雷正站在那里。

"他吗?"弗雷指着关押于尔芬的那间牢房说。

"那是凶手。家庭的大事件，弗雷。他很可能会被关进精神病收容所的。"

"我们已经不再叫'收容所'了，阿当斯贝格。"

"但是他"，阿当斯贝格指着达马斯继续说，"他得出去，他不是这种情况。您得看看，好好地看看，弗雷，您得帮助他，之后还要跟进他。让他重返真实的世界。真是太惨的一次跌落了，十层楼那么高。"

"这是您说的那个有幽灵笼罩的家伙吗?"

"就是他。"

当弗雷试图去叫起达马斯的时候，阿当斯贝格打发两名警官去找亨利·托梅，并告诉媒体关于鲁道夫·梅瑟莱的事。接着他打电话给将于当天下午出院的德康布雷，以及莉兹贝丝和贝尔坦，通知他们准备热烈迎接达马斯回家。他最后打给马塞纳，还有旺多斯莱，告诉他关于那个极大错误的结果。

"我听不清您那边在说什么，旺多斯莱。"

"是吕西安正在讲解餐桌上的食物。他在大声嚷嚷。"

与此相反，他清晰地听到吕西安的大嗓门在嘈杂的大厅中宣布:

"通常来讲，人们总是过分忽视笋瓜的非凡能力。"

他挂上电话，心里想着，这对于若斯·勒盖恩的唱报来说倒是一条好公告。一条健康有力、精心打造的公告，其中没什么故事，跟逝去"鼠疫"所引起的不祥反响离得老远老远的。他再次把他的手机摆在桌上，摆在桌子的正中央，用心地观察了它一会儿。丹格拉尔手里抱着一本案卷走进来，看到了阿当斯贝格的目光。于是他也开始无声地端详起这部小小的机器来。

"这个手机有什么不对劲儿吗？"他等了长长的一分钟之后，开口问道。

"没什么"，阿当斯贝格说。"它就是不响。"

丹格拉尔放下罗贝朗坦的案卷，未加评论地退了出来。阿当斯贝格头枕着手臂，就这么趴在案卷上睡着了。

三十八

晚上七点半，阿当斯贝格来到埃德加－基内广场，他没有加快脚步，反而感到两周以来前所未有的轻松。更为轻松，同时也更为空虚。他走进德康布雷的房子，在一间小书房内挂着一块朴素的招牌，上面写着：咨询人生诸事。德康布雷坐在他的位子上，面色还是一如既往的苍白，但腰杆却重新挺得笔直，他正在同坐在他对面的一位情绪激动的红发胖男人说话。

"怎么"，德康布雷说着看了一眼阿当斯贝格，随后又看了一眼他脚上的凉鞋，"赫尔墨斯，众神的使者。有什么新消息吗？"

"城里一切安好，德康布雷。"

"等我一下，警长。我正在咨询中呢。"

阿当斯贝格走向门口，听到了继续进行的对话中的一个片段。

"毁了，就那么一下"，男人说。

"已经复原了"，德康布雷回答。

"还是毁了。"

十多分钟以后，德康布雷叫阿当斯贝格进去，请他坐在那张还留有上一位访客余温的椅子上。

"你们到底在说什么？"阿当斯贝格问。"是一件家具么？还是身体的某处呢？"

"是一段关系。与同一个女人分手二十七次，又复合二十六次，在我的顾客中绝对创纪录。人们叫他分分合合。"

"那您建议什么呢？"

"从不建议。我试图弄清这些人想要什么，然后帮助他们实现。这就是我这个咨询师要做的。假如一个人想要分手，我就帮他。假如第二天他又想复合，我也帮他。那您呢，警长，您想要什么？"

"我不知道。而就算那种情况发生的话，对我来说也全一样。"

"那我就没办法帮您了。"

"不。没人能帮。一贯是如此的。"

德康布雷靠向他的椅背，露出一个浅浅的笑容。

"关于达马斯，我没说错吧？"

"没有。您不愧是一个好咨询师。"

"他不可能真正杀人，我知道的。他并不是真正希望如此。"

"您去看他了吗？"

"他一小时前回的店铺。但他还没有升起卷帘门。"

"他听唱报了吗？"

"没赶上。平日里的晚间唱报是十八点十分。"

"对不起。我对时间不太严谨，对日期也是。"

"这也没什么要紧的。"

"有时候要紧。我派了个医生去看达马斯。"

"您做得对。他从云端跌到了地面。这从不会太愉快的。高高在上时，既没有破碎的东西，也没有要修复的东西。他原本就是在那么一个地方。"

"莉兹贝丝怎么样？"

"她立刻就去看他了。"

"啊。"

"埃娃可要有点儿不好受了。"

"自然而然"，阿当斯贝格说。

他让沉默持续了一小会儿。

"您看，迪库埃迪克"，他换了一个坐姿，直接面冲着对方，再次说道，"达马斯为一项并不存在的罪名坐了五年牢。今天他为自己深信已经犯下的罪行获得自由。玛丽－贝勒为她策划的一场屠杀正在逃亡。安托万即将为并非由他自己决定的谋杀而被判罪。"

"错误以及表面看似的错误"，德康布雷慢慢地说，"您对此感兴趣？"

"是的"，阿当斯贝格直视他的眼睛说。"我们全都身陷其中。"

德康布雷盯着他的目光几秒钟，然后点点头。

"我没碰那个小姑娘，阿当斯贝格。三名中学生在厕所里压到她的身上。我像什么都听不见一样地砸门，我拉起那个姑娘，把她带离了那里。证词使我不堪重负。"

阿当斯贝格动了动睫毛表示明白。

"这就是您在想的事吗？"德康布雷问。

"是啊。"

"那么您也可以做一个好咨询师了。在当时，我几乎已经无能为力了。您也是这么想的吗？"

"不。"

"而现在，我不在乎了"，德康布雷抱起双臂说道。"或者说几乎不在乎。"

此时，诺曼底人的雷鸣声响彻广场。

"苹果烧酒"，德康布雷说着竖起一根手指。"热腾腾的饭菜。这可马虎不得。"

维京人里，贝尔坦以达马斯的名义，邀请众人都喝上一杯，后者低着疲倦的脑袋，靠在莉兹贝丝肩上。勒盖恩站起身，与阿当斯贝格握手。

"损毁已堵好"，若斯评论道。"再没有特殊公告了。售菜消息回归榜首。"

"通常来讲"，阿当斯贝格说，"人们总是过分忽视笋瓜的非凡能力。"

"没错"，若斯严肃地说。"我就见过一些笋瓜，两夜工夫就变得像皮球那么大。"

阿当斯贝格潜身进入这群吵吵闹闹正准备开饭的人群之中。莉兹贝丝为他拉过一把椅子，对他笑了笑。他立刻有一种冲动想要冲进她怀里，不过那个位子已经被达马斯先占了。

"他会在我肩上睡着的"，她指着达马斯说。

"这也正常，莉兹贝丝。他会睡很长时间的。"

贝尔坦庄重地在警长面前添了一个盘子。热腾腾的饭菜。这可马虎不得。

丹格拉尔是在上甜点的时候推开维京人的门的，他用手肘支在吧台上，把毛球放在脚边，对阿当斯贝格悄悄比了个手势。

"我时间不多"，丹格拉尔说。"孩子们在等我。"

"于尔芬没惹什么麻烦吗？"阿当斯贝格问。

"没有。弗雷已经看过他了。给他开了镇静剂。他乖乖听从，现在休息了。"

"好极了。到头来，在今晚，所有人最后都睡着了。"

丹格拉尔跟贝尔坦要了一杯葡萄酒。

"您不睡吗？"他问。

"我不知道。我也许会去走一下。"

丹格拉尔吞下杯中的一半饮料，低头看着靠在他鞋上的毛球。

"它在催您，是吗？"阿当斯贝格说。

"对。"

丹格拉尔喝完了他的酒，把酒杯无声地放回柜台上。

"里斯本"，他说着把一张折好的纸放在吧台上。"圣乔治酒店。302 号房间。"

"玛丽－贝勒吗？"

"卡米叶。"

阿当斯贝格感到他的身躯仿佛被人猛推了一下地绷紧了。他抱起手臂，抱得紧紧的，靠在柜台上。

"您是怎么知道的，丹格拉尔？"

"我让人跟踪她了"，丹格拉尔说着俯身去抱小猫，也可能是为了挡一下自己的脸。"从一开始就跟踪了。像个坏人一样。她应该永远都不会知道的。"

"派一个警察跟踪吗？"

"是维尔纳夫，5区的一个老朋友。"

阿当斯贝格保持着一动不动的姿势，眼睛盯着那张折起来的纸。

"还会有其他的冲突"，他说。

"我知道。"

"而就算那种情况发生的话……"

"我知道。就算那种情况发生的话。"

阿当斯贝格就这么一动不动地看着那张白色的纸片，然后他慢慢地伸出手去，按在了它的上面。

"谢谢您，丹格拉尔。"

丹格拉尔重新抱起小猫，把它夹回胳膊底下，在背后一只手的指指点点中，走出了维京人。

"那是您的同事吗？"贝尔坦问。

"他是个信使。上帝派来的信使。"

当夜幕降临到广场时，阿当斯贝格靠在梧桐树上，打开他的小本，撕下了一页纸来。他思前想后，接着写下了卡米叶这个名字。他等了一会儿，又添上了一个我。

他心想，作为一个句子的开头，这已然不算太坏了。

十分钟以后，由于句子的后续并未出现，他就在我的后面点了一个句点，然后他用这张纸包起了一枚五法郎的硬币。

之后，他迈着慢慢的脚步，在穿过广场时，把他的信件投入了若斯·勒盖恩那蓝色的信箱中。